徳間文庫

夢のまた夢

若武者の誕生

森岡浩之

徳間書店

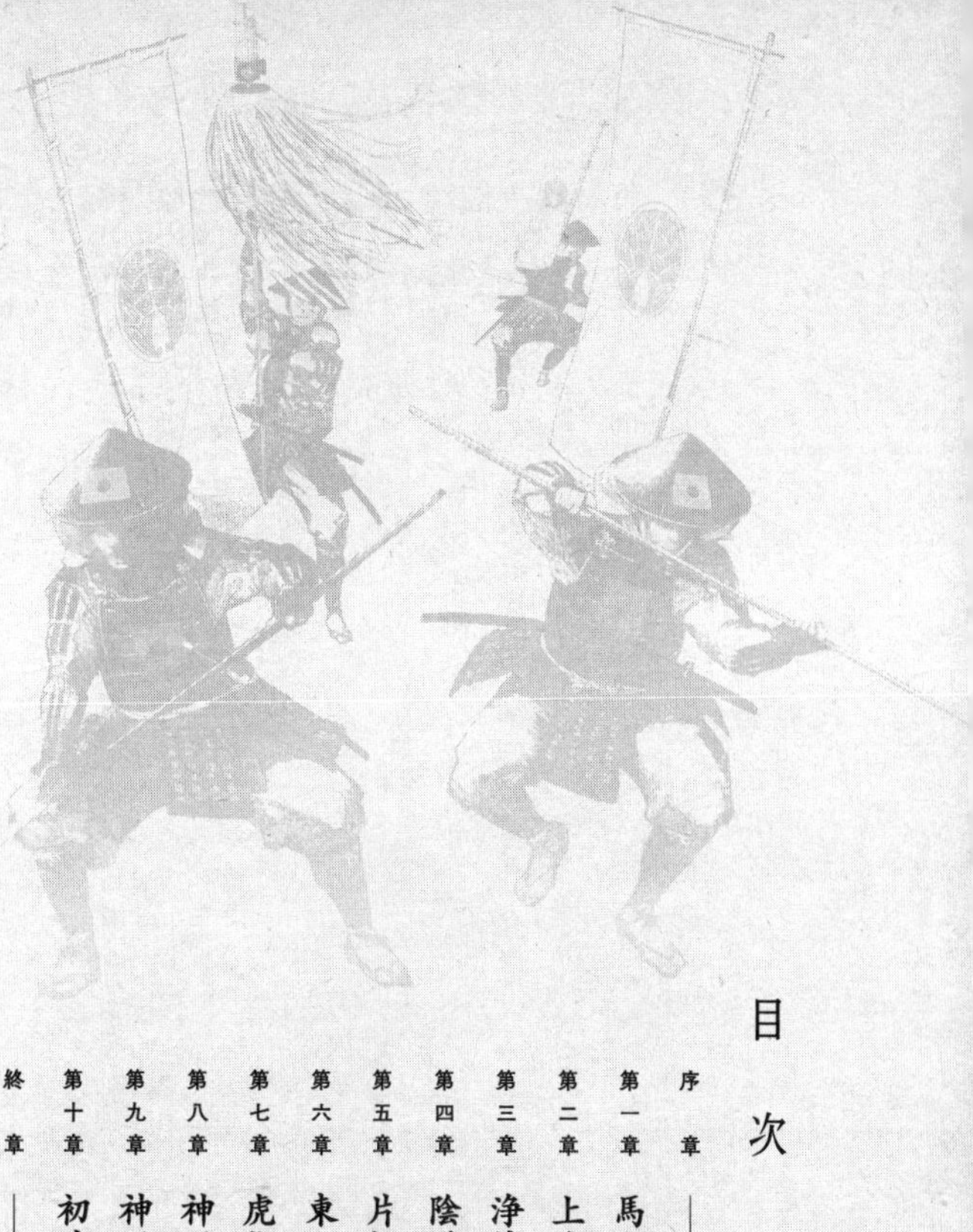

目次

《主な登場人物》

・神照《かみてる》庚丸《かのえまる》　大坂城で奥小姓《おくごしょう》を務める少年。出自不明。数えで十六歳。
・原田《はらだ》藤馬《とうま》　奥小姓。商家出身。
・大野《おおの》信濃守《しなののかみ》治徳《はるのり》　奥小姓。重臣の嫡子《ちゃくし》。
・土肥《とい》庄五郎《しょうごろう》　奥小姓。父は馬廻《うままわり》衆。
・豊臣《とよとみ》秀頼《ひでより》　庚丸たちの主君。太閤秀吉の遺児で、大坂城主。
・木村《きむら》長門守《ながとのかみ》重成《しげなり》　奥小姓出身の小姓頭。秀頼の乳兄弟。
・片桐《かたぎり》東市正《いちのかみ》且元《かつもと》　豊臣家重臣。
・大野《おおの》修理亮《しゅりのすけ》治長《はるなが》　豊臣家重臣。治徳の父。
・浄林《じょうりん》和尚《おしょう》　庚丸の育ての親。
・竹若《たけわか》　浄林和尚の従者。

序　章

一人の男が死にかけていた。

猩々緋《しょうじょうひ》の羅紗《しゃら》を敷いた寝台に横たわり、緞子《どんす》の夜着をかけた彼は、遺言を語っていた。その声は弱々しいが、はっきりしている。

男の名は豊臣秀吉。

慶長《けいちょう》三年五月頃から病に伏せがちとなり、とうとう、自らの死期を悟ったのか、この日、すなわち七月十五日に諸大名を伏見《ふしみ》と大坂《おおざか》に集め、病の床から遺言を残すことにしたのである。

大名たちは秀吉の右側に詰めている。十八畳の部屋には入りきれず、次の間まで溢《あふ》れていた。

枕元に座しているのは、徳川家康、前田利家《まえだとしいえ》、毛利輝元《もうりてるもと》、宇喜多秀家《うきたひでいえ》という面々である。彼らに、領国に帰って不在の上杉景勝《うえすぎかげかつ》を加えた五人が、豊臣政権の中枢を担う五大老だった。

五大老の後ろには、前田玄以《まえだげんい》、長束正家《なつかまさいえ》、片桐且元《かたぎりかつもと》、小出秀政《こいでひでまさ》らが控えている。

遺言は長く、五大老一人ひとりに当てて残された。高齢である家康と利家については、その後継者の徳川秀忠《ひでただ》と前田利長《としなが》にも名指しで言葉が残された。だが、誰にたいしても内容はほぼ同じである。すなわち、秀吉の嗣子《しし》である秀頼《ひでより》を盛り立ててやってほしい、ということに尽きた。秀頼はまだ数えで六歳の幼児である。

病人には辛いらしく、休みやすみ、言葉を紡いでいく。

その足下には、二人の祐筆《ゆうひつ》がうずくまり、途切れがちな言葉を書き記していく。

「大坂の秀頼のもとには、貴殿がついていてやってくだされ。いろいろ面倒を見てやってくだされ」秀吉は前田利家の目を見ながらいった。「もし天守に上りたくなったら、遠慮なくお上りくだされ」

利家は秀頼の傅役《もりやく》である。秀吉は利家に、幼い秀頼の後見人として大坂城に入ってくれ、と頼んでいるのだ。そして、天守に自由に上ることができるのは、城の主であることを意味する。

「承知つかまつった」利家はいった。

「大坂城の守りはみなで協力してやってほしい」秀吉は大名たちにいった。「話し合って、順番を決めて詰めるのじゃ」

そういうと、秀吉は長々と沈黙した。

そして、頭を左に向けた。

寝台を挟んで大名たちと反対の方向には、北政所《きたのまんどころ》をはじめとする秀吉の妻妾《さいしょう》たち、彼女らに仕える女房衆、そして秀頼がいた。

「秀頼」秀吉は息子を呼んだ。

生母である淀殿《よどどの》にそっと背中を押されて、秀頼は寝台の枕元に近づいた。

その頭を、秀吉は愛おしげに撫《な》でた。彼のしわんだまなじりに涙が滂沱《ぼうだ》と流れる。

家康と利家がうなずきあった。

これからは天下人《てんかびと》ではなく、一人の父親として過ごしていただこう、と思ったらしい。

「太閤《たいこう》殿下はたいそうお疲れのご様子」家康が平伏して述べた。「われら一同はこれにて失礼つかまつろうかと存じまする」

「待たれよ」太閤はいった。

それまでの弱々しさが嘘《うそ》のような大音声《だいおんじょう》だった。秀頼が怯《おび》えて、乳母である宮内《くない》卿局《きょうのつぼね》の背後に隠れてしまったほどだ。

「おお、大声を出して悪かったの。おことを叱ったわけではない。こちらにおいで」と秀吉はわが子を呼び寄せると、大名たちのほうを向いて、「皆の前で秀頼に申しきかせたい儀がある。いましばし、お留まりあれ」といった。

そういわれれば、否《いや》も応《おう》もない。大名たちは静かに言葉を待った。

「おことは天下人になるのじゃ」秀吉はいいきかせた。「おことが二十歳《はたち》になる前に、天下を返すよう、家康殿や利家殿によく頼んでおいた。それゆえ、おことも器量を上げねばならぬ。十五になるまでは大坂の城から出ず、よい天下人になる修養をせよ。まず武芸が肝要じゃ。戦場《いくさば》で功名稼ぎをするのは、天下人のすることではないが、武芸不心得の者にもののふはついてこぬし、無礼者を手ずから成敗できぬようでは、話にならぬ。寅《とら》の刻には起きて、朝餉《あさげ》の前に弓を引き、後には馬を馳《は》せるのを日頃の心得とせよ」

淀殿や宮内卿局の顔に驚きが浮かんだ。

それまでの秀吉は息子に甘く、厳しく接することはなかった。

秀頼には石松丸、鶴松という兄がいたが、いずれも幼いうちに亡くなっている。そのこともあってか、とにかく秀吉はわが子にたいして壊れ物でも扱うように接し、周囲にもそれを求めたのである。危ないことや疲れることを避けさせていた。

寅の刻といえば、夜明け前だ。いままでの秀頼の生活を考えると、毎日、そんな時間に起きて、弓矢の練習をするというのは、いかにも過酷に思われた。

「まだ幼くてあらせられるのに」と宮内卿局は呟《つぶや》くようにいった。

「学問はさらに大事じゃ」秀吉は宮内卿局の言葉を無視した。耳に入ってもいないのかもしれない。「天下人ともなれば御禁裡《ごきんり》や公家《くげ》衆とも昵懇《じっこん》にせねばならぬ。歌のひとつも詠《よ》めぬようでは恥をかく。聖賢の教えが政《まつりごと》の基《もとい》であることはいうまでもない。雨の日は書を繙《ひもと》け。晴れの日も常に文字の書かれたものを持ち歩き、暇があれば読め。武芸ばかりに気をとられてはならぬ。午《うま》の刻を過ぎたなら、手習学問に励め。よいな」

秀頼はこくんとうなずいた。

「それから夜には御伽《おとぎ》をさせよ。さまざまな者を召し出し、くさぐさの話をさせるのじゃ。戦巧者に武略を学べ。武辺者《ぶへんもの》に手柄話をきくも、博学な者に故実《こじつ》を語らせるのもよい。商人に異国の話をさせるのもよかろう。おことにはそれがいちばん面白いかもしれぬな。たまには下々の者を召すがよい。市井のたわいない話にも、政のためになることが埋もれているものだ」

秀吉はふたたび大名たちに視線を向けた。

「大納言《だいなごん》どの」と利家を官途名《かんどな》で呼び、「いま、申し渡したこと、秀頼が背かぬよう厳しく見てほしい」

「お任せあれ」

「叔父御《おじご》や東市正《いちのかみ》も頼むぞ」秀吉はさらに二人の大名を名指しした。

叔父御というのは、岸和田《きしわだ》三万石の領主、小出秀政である。彼は秀吉の母の義弟だった。この時代の人間にしては縁戚の少ない秀吉にとって、姻族とはいえ貴重な近親であり、幼馴染《おさななじ》みでもあった。

そして、東市正こと片桐且元は若いうちから秀吉に仕え、賤ケ岳《しずがたけ》七本槍の一人に数えられる。秀吉に仕える前は、淀殿の父である浅井長政《あざいながまさ》の家臣であったから、彼にとって秀頼は主君の息子であると同時に旧主の孫でもあった。

利家や利長と同じく、彼らも秀頼の傅役である。じっさいに秀頼に近侍するのはこの二人だった。

二人はそれぞれに承知した旨を伝えた。

「他の者も頼むぞ。皆の家来に武功の衆は多かろう。自慢の者、秘蔵の者を秀頼の前に侍らせて、話をさせよ。家来でなくとも、領民ども、存じ寄りの者で、これはと思う者を参らせよ。身分は問わぬ。百姓、町人、中間《ちゅうげん》といえども、かまわぬ」

十二カ条の遺言を語りおえると、秀吉は咳《せ》きこみ、また沈黙した。
やがて、ひとこと、「疲れた」といい、目を瞑《つむ》った。
片隅に控えていた侍医が秀吉の脈をとり、「御寝《ぎょしん》あそばされました」と告げた。
今度こそ、大名たちは退出した。
つづいて秀頼と女房衆が退いた。
侍医と北政所だけが残った。
北政所が侍医になにかをいう。
侍医は一礼して、退室した。
北政所はただ夫の寝顔を眺めていた。
わたしもその場を離れた。

第一章　馬上鼓吹

慶長十九年七月二十九日の大坂城――。

二の丸に桜の馬場と呼ばれる、高さ四尺の土塀で囲まれた広場がある。そこから笛と鼓《つづみ》の調べに乗って、声変わり前の少年だけが持つ、澄んだ歌声が流れていた。

「豊国《とよくに》の、豊国の、神の威光、いやましに～♪」

馬が二列になって、そこをゆっくりと歩いていた。馬には一頭ずつ口取《くちと》りがつき、煌《きら》びやかな鞍《くら》のうえには少年たちが乗っていた。

年嵩《としかさ》の少年たちは楽器を演奏し、幼い少年たちは合唱する。

「万代《よろずよ》までも、久しく、めでたし～♪」

馬の列のあいだには楽人《がくじん》が一人、徒歩でついていた。天王寺楽所《てんのうじがくそ》の楽人である。

この大坂城の主である豊臣秀頼はときどきなにかを思いつくことがある。思いつくだけならいいが、それを行動に移してしまう。家臣たちはこれを「上様の御新儀」と呼んで、迷惑がっていた。

だが、たまに有益なことも思いつくうえ、駄目とわかっても、家臣のせいにするということがない。試してみてうまくいかなかったときは、「いけなかったか」と残念そうに呟《つぶや》き、苦労した者に褒美《ほうび》を下賜《かし》することさえある。

したがって、憎まれてはいなかった。

いま、桜の馬場で行われているのも、馬上鼓吹といい、上様の御新儀の一つだが、そのなかでは、比較的おとなしい部類に入る。

雅楽に道楽というものがある。「どうらく」ではなく「みちがく」と読み、行進しながら楽曲を奏でることである。

これを騎乗でできないか、といきなり秀頼がいいだした。

のみならず、天王寺楽所から楽人たちを呼び出し、具体的な方法を詰めはじめたのだ。

雅楽の管弦は三管両絃《りょうげん》三鼓というが、歩きながら弾くのは困難であるため、道楽では舞楽の伴奏と同じく弦楽器を用いない。秀頼は馬上鼓吹に取り入れたがったようだが、けっきょくは諦《あきら》めた。

また、打楽器も、小型の打ち物はよいとして、大型の楽太鼓《がくだいこ》と鉦鼓《しょうこ》は一人では扱えない。なので、道楽の場合、二人で担ぐ拵《こしら》えにする。後ろの者が打つわけである。だが、これも騎乗しながらでは難しい。

けっきょく、打楽器は猿楽《さるがく》の大鼓《おおつづみ》と小鼓《こつづみ》を使うことになった。管楽器は雅楽のまま に、鳳笙《ほうしょう》、篳篥《ひちりき》、龍笛《りゅうてき》を使う。

楽人たちにやらせれば話は早いのだろうが、なぜか今回の犠牲者は奥小姓《おくごしょう》たちだった。おそらく、秀頼の相談した楽人たちのなかに知恵者がいたのだろう。

奥小姓とは、児小姓《こごしょう》ともいい、主君に付き従う少年のことである。男色と絡めて語られることも多いのだが、秀頼はこの点、父に似て、厳格な異性愛者だった。彼は少年たちをただ弟のように慈《いつく》しんだ。

この大坂城では、奥小姓は楽な務めだ。秀頼の身の回りの世話は、元服した近習《きんじゅう》や小姓たちがする。たまに回ってくる太刀番《たちばん》の日をのぞけば、奥小姓は武芸学問に励めばよい。その唯一の仕事である太刀番にしても、秀頼が政務を執り、さまざまな人と対面する場に同席するわけだから、将来に備えた勉強といえなくもない。じっさい、秀頼は奥小姓たちに、有能な近習となることを期待している節があった。

その代わり、上様の御新儀で迷惑を被《こうむ》る確率も高いのだった。

奥小姓の一人、神照庚丸《かみてるかのえまる》は鳳笙を吹いていた。

いかにも拙《つたな》い。それも無理からぬ話で、ほんの一カ月前まで彼は鳳笙など見たこともなかったのだ。

庚丸にとって幸いなことに、他の奥小姓たちも似たようなものだった。そして、毎日、だれかが大きなしくじりをするので、彼が下手なのもさほど目立たなかった。

だが、今日は庚丸がしくじる日だった。大きく音を外してしまったのだ。

歌が中断する。先頭にいた奥小姓などは首を巡らせて、音を外した朋輩を睨《にら》む。

庚丸は自分が失敗したことなど気づいてもいないように、悠然としている。

「では、はじめからお願い申す」楽人がいった。

ふたたび奏楽と歌謡が始まった。庚丸も鳳笙を吹き鳴らす。

「貴び上りて、いざや神をすずしめ、この神をいざやいさめむ〜♪」

本番まであまり日にちがない。

来月十三日に馬上鼓吹は、豊国社《とよくにしゃ》臨時祭の出し物のひとつとして披露される予定なのである。

豊国社は豊臣秀吉を豊国大明神として祀《まつ》る神社である。臨時祭が初めて行われたのは、慶長九年八月、秀吉の七回忌のときだった。このときは、豊臣家と徳川家が共同で祭りを催行した。

十二日の湯立《ゆだて》神事を皮切りに、祭礼は始まった。十三日に予定されていた行列は雨のため順延されたものの、翌十四日にはにぎにぎしく執り行われた。

沿道に設けられた桟敷《さじき》には、翠簾《すいれん》が下げられ、金屏風《きんびょうぶ》が立てられた。二千三百余の桟敷にも入りきれない見物人が都大路《みやこおおじ》を埋め尽くした。

先頭は金の御幣《ごへい》と御榊《おんさかき》。それぞれ高さが七尺五寸という巨大なもので、供が百人つきしたがった。

それに騎馬行列が続いた。二百頭の馬による馬揃《うまぞろ》えである。馬は、前田利長の三十頭を筆頭に、国持《くにもち》大名、郡持《こおりもち》大名たちから献じられたもので、豊国社、吉田神社、下賀茂《しもがも》神社の神官たちが風折狩衣《かざおりかりぎぬ》をまとって騎乗した。

さらに田楽《でんがく》衆が悪疫悪霊退散を祈りながら練り歩き、最後に、金春《こんぱる》、観世《かんぜ》、宝生《ほうしょう》、金剛《こんごう》の猿楽四座が鼓を打ちながら行進した。

さらに十五日には町人たちによる風流が行われた。

この時代、風流といえば、笛や太鼓の演奏に合わせ、輪になって踊ることである。華やかな衣装に身を包んだ町人たち五百人が五組に分かれ、御所や豊国社に踊りを奉納し、街を乱舞した。ついには、桟敷にいた見物人、警固の衆までが踊りに加わるといった有様だった。

古今に例なしといわれ、天覧にも与《あず》かったこの盛大な祭りを、秀頼は見ていない。十五になるまで大坂城を出てはいけない、という太閤の遺訓があったからである。

そして、もう一方の主催者であるはずの徳川家康も、京洛とはすぐ目と鼻の先の伏見にいながら、祭礼には足を運ばなかった。大名たちの多くも、祭礼を無視した。家康が将軍宣下《せんげ》を受けて一年という、微妙な時代背景がそうさせたのだろう。

臨時祭は秀吉の十三回忌にあたる慶長十五年にも行われた。

しかし、このとき、すでに家康は息子の秀忠に将軍位を譲り、徳川の世をより盤《ばん》石《じゃく》にしていた。したがって、幕府の豊国社にたいする態度はさらに冷淡だった。

諸大名は徳川をはばかって、祭礼に関わることを避け、公序良俗に反するという理由で、豊国社における風流も禁じられていた。

ここで秀頼は上様の御新儀を発動する。

金銀施行《せぎょう》である。豊国大明神として祀られる秀吉の神徳を分かつため、貧しい人々に金銀を施すのである。それ自体は目新しいものではない。じっさい、秀吉にも、生前、外出するときに銀銭を携え、帰るまでに貧民にすべて分け与えた、という挿話がある。秀頼はその挿話から思いついたらしい。

新儀たる由縁《ゆえん》は、配るための金銭と銀銭をわざわざ鋳造したことだった。

金銭は重さが一匁《もんめ》一分、上下に「豊国」の二文字が、左右には菊紋と桐紋が鋳込《いこ》まれており、裏には桐の刻印が四つ、捺《お》されている。

銀銭の重さは一匁、上下に豊国と鋳込まれているのは金銭と同じだが、左右には桐紋の刻印が捺され、裏は無紋である。

この金銭を五千枚、銀銭を三万枚、鋳造し、配った。

金銀施行は貧者ばかりではなく、商人にも喜ばれた。なにしろ、品位もばらばらの金貨、銀貨を秤《はかり》で量って取引に使うという世情である。大きめの判金《はんきん》や丁銀《ちょうぎん》などで買い物をするときは、対価分を切り取るなどという不便なことが行われていたのである。

品位と重量が均質化された貨幣はそれだけで貴重だった。

だが、いかんせん、数が少なすぎる。そこで、商人たちは秀頼に、金銭と銀銭の発行継続を懇請した。

秀頼はそれを受け、臨時祭のあとも金銭と銀銭を発行した。世人はこれを、「豊国金銭」「豊国銀銭」と呼んだ。のみならず、「豊国通宝」という銅銭も発行され、この三種類の通貨は「豊国銭」と総称された。

　豊国銭はそれまで発行された貨幣よりも価値が高かった。例えば、大判の重量は豊国金銭四十枚分だが、実際には大判一枚が金銭三十枚から三十二枚ぐらいで取引されていた。そのため、積極的に大判や丁銀、鐚銭《びたせん》などを回収して、豊国銭に鋳なおすことで、豊臣家は莫大な利益を上げることができた。

　今年、慶長十九年は秀吉の十七回忌にあたるので、八月に臨時祭が催される。秀頼はこれを、十年前の祭礼に負けない盛儀にするつもりだった。

　これまでは臨席できなかったが、今回は八月二日に上洛し、十九日まで滞在する予定である。そのため、東山に京屋敷を新築した。

　金銀施行はもちろん行われる。今度は金銭四万枚、銀銭四十万枚を十五日に方広寺《ほうこう》大仏殿跡地で配る予定で、すでに触れも出ている。

　それとはべつに、十三日の祭礼行列でも金銀を撒く予定だった。ただ、行列を見物する人々が貧民とは限らない。むしろ裕福な人間が多い。そこで、金銀を施すのではなく、より厭勝銭《えんしょうせん》、つまり福銭《ふくせん》としての性格が強いものを配ることになった。

　すでに流通している豊国銭ではなく、またしても新しい銀貨を鋳ることにしたのである。

　豊国金銭と銀銭ももともと厭勝銭なのだが、施行というからには、貧しい人々によって日々の食糧と換えられることも前提としていた。だが、新銭には、記念品あるいは縁起物として末永く人々の手元に置かれることが期待されている。

歌を歌う奥小姓たちは、歌の合間に鞍につけた袋に手を突っ込んで、なにかを撒き散らす所作をしている。いま袋の中は空だが、祭礼行列の際には新銭で満たされる予定だった。


「豊国の、豊国の、神の威光、いやましに〜♪」

「万代までも、久しく、めでたし〜♪」

「貴び上りて、いざや神をすずしめ、この神をいざやいさめむ〜♪」

少年たちの歌声が響く馬場に、若い武士が入ってきた。

「精が出るな、おぬしたち」その青年は、女と見まごうほど美しい白面を綻《ほころ》ばしていった。「中休みにしないか」

「長門《ながと》どのがそう仰せなら」先ほど庚丸を睨んだ奥小姓――大野信濃守治徳《おおのしなののかみはるのり》が偉そうにいった。「おい、皆の者、下馬せよ」

だが、その下知《げち》を待たず、奥小姓たちは馬を下り、長門どのと呼ばれた武士のもとに駆け寄った。

その武士、木村長門守重成《しげなり》は秀頼の乳兄弟であり、いまでは六組ある小姓組の一つを預かる。

重成の束ねる小姓と、庚丸の属する奥小姓とは違う。奥小姓はほとんどが元服前の少年だ。それに対して、小姓は元服した武士であり、壮年の者もいる。ふだんは主君の身の回りの世話をし、戦場では主君をいちばん身近で守る、いわば親衛隊である。気が利くだけではなく、武勇も備わっていなければならない。

ただ、重成自身が奥小姓の出身であるせいか、彼らのことを気にかけている。格別の用がないかぎり、昼時になると、こうして差し入れを持ってきてくれるのだ。

重成は何人かの家来に行器《ほかい》や指樽《さしだる》を持たせていた。

重成が指示すると、家来たちの半分は離れ、馬へ近づく。

「わが主人からの振る舞いでござる」年長の家来が行器を示しながら、口取りや楽人たちにいった。「しばらく休まれよ」

「いつもかたじけない」口取りの一人が相好を崩しながらが応えた。「馬を繋いでまいりますゆえ、しばし待ってくだされ」

重成と残った家来を、奥小姓たちが輪になって取り囲む。

行器二つを棒の前後に吊るして担いでいた家来が荷を降ろした。

縄を解いて、行器の蓋《ふた》を開けた。その行器には食器が入っていた。銘々皿《めいめいざら》と茶碗だ。もうひとつの行器には草餅《くさもち》が収められていた。

家来が皿に餅をとりわけ、べつの家来が茶碗に指樽から甘酒を注ぐ。

まずはじめに受けとったのは、治徳である。彼は豊臣家の家老、大野修理亮治長《しゅりのすけはるなが》の嫡子であり、奥小姓たちの最年長である。尊大で、とかく血筋で他人を判断する癖があった。

彼が元服したとき、とうぜん奥小姓を辞し、大野家の嫡子としてしかるべき役職に転じるだろう、と思われた。ところが、「今日からは信濃守さまと呼べ」などといいつつ、帰ってきたものだから、奥小姓一同、がっかりしたものである。

餅と甘酒が配られているあいだに、他の家来が馬場の隅に毛氈《もうせん》を敷いた。むろん、真っ先に治徳が坐《すわ》る。

庚丸も餅と甘酒を受けとり、毛氈に腰を下ろした。

「さっきのはいかんぞ」

坐るなり、治徳に怒鳴られた。むろん、音を外したことをとがめているのである。

「面目ないことです」庚丸は無表情でいった。

「面目ないですむか」治徳はますます居丈高になった。

ここのところ、治徳は庚丸にたいしてきつい。

なにしろ、庚丸は孤児である。両親の顔も名前も知らない。物心ついたときには浄林《じょうりん》という僧侶と一緒に暮らしていた。

だが、以前は治徳にも遠慮があった。

それは、庚丸の請人《うけにん》が理由だったのだろう。

奥小姓には地侍や商人の子などがおり、大坂城の主があまり出自にこだわらないことを示している。が、さすがに秀頼の側《そば》近くに仕えるには、それなりの請人、つまり身元を保証する人間が必要である。

たいていの奥小姓は親が請人となる。が、孤児である庚丸の場合、それは不可能だった。そこで、請人は織田老犬斎《おだろうけんさい》が務めた。

老犬斎はもとの名を信包《のぶかね》といい、織田信長の弟である。秀頼の祖母、お市の方とは同腹の兄弟であり、その縁もあってか、大坂城にあって幼君を補佐していた。

庚丸は浄林と老犬斎の関係も知らない。十歳のとき、大坂城内にある織田屋敷に連れてこられ、なにがなにやらわからぬうちに、秀頼に仕えていたのである。庚丸自身は老犬斎と二言、三言、言葉を交わしたのみで、とくに可愛がられた憶えもない。

しかし、老犬斎が請人となったことで、庚丸が織田家の縁者である、という噂《うわさ》が流れた。より具体的に、「岐《ぎ》阜中納言《ふちゅうなごん》の忘れ形見ではないか」という者もいた。

岐阜中納言こと織田秀信《ひでのぶ》は、織田信長の嫡子、信忠《のぶただ》の長男で、三法師という幼名のほうが知られている。この名前のとき、秀吉の後押しを受け、織田の家督を継いだのだから。

秀信は関ヶ原において西軍に属したが、一命を助けられ、高野山に追いやられた。しかし、その後まもなく、若くして死亡してしまった。子はいないことになっているが、父親になっていても不思議ではない年齢ではあった。

そこで、秀信が身分卑しい娘に手をつけ、孕《はら》ませたのではないか、と想像をたくましくする向きもあった。生まれるまでのあいだに関ヶ原の合戦が起こり、秀信はわが子と対面することもなく死んだのではないか、と。その子が庚丸だというのだ。

むろん、根拠のない推量である。

噂の的である庚丸は超然としていた。なにしろ、両親のことをまったくきかされていないのだから、彼自身にも真偽がわからないのだ。面と向かって尋ねられれば、「わたしにもわからぬのです」と正直にこたえているが、相手にすればはぐらかされたと感じるらしい。

治徳のように家柄を重視する者にとっては、かえって不気味である。大野家は今でこそ権勢を振るっているが、それも治徳の祖母が淀殿《よどどの》の乳母であったという理由で、それ以前は浅井家に仕える地侍に過ぎなかった。しかも、その権勢にしても大坂城内に限定されてしまう。もし庚丸が織田信長の曾孫《ひまご》なら、家柄ではとてもかなわない。

老犬斎は去る十七日に急死した。

庚丸も葬儀に参列したが、格別の扱いはされず、形見分けにも与《あず》からなかった。

治徳の庚丸にたいする態度が変わったのはそのときである。織田の縁者ではない、と確信したのだろう。

「庚丸めにまんまと謀《はか》られた」と憎々しげに吐き捨てたのをきいた者もいる。庚丸はなにも嘘をついていないのだが、治徳にとっては許し難い背信だったのだろう。それまでの遠慮を取り戻すかのように、庚丸を罵倒《ばとう》するようになった。

もっとも、庚丸の態度は変わらない。なにをいわれても、適当に受け流している。

「おぬしには武士たる者の覚悟が足りぬ」治徳はいった。「なんの間違いで奥小姓になったかは知らぬが、さっさと荷物をまとめて退去するがいい」

「行く当てなどありません」と庚丸。

「ならば、身を慎むことじゃ。なにをしれっとした顔をしておる」

「怒鳴るほどのことではなかろう」と声をあげた者がいる。「信濃どのも、しばしばしくじりなさる」

「信濃守さまと呼ばぬか」治徳は目を剝《む》いた。

口を挟んだのは、原田藤馬《はらだとうま》だった。

「楽曲の類は武士の本分ではない。うまくいかずとも大事ない」

「武士だと」治徳は鼻で嗤《わら》った。「おぬしは商人の子ではないか。武士の本分などと、どの口でぬかす」

「商人とはいうが、祖父は合戦に出たこともある。たまたま商いを世過ぎの道に選んだだけのことだ」

「それを商人というのであろうが」

「商人であっても、武士ではないとはいえまい」

治徳は嘲笑した。「そのような珍妙な理《ことわり》はきいたことがない。武士は武士、商人は商人だ。商人の子が武士の真似事をするなど、ちゃんちゃらおかしい。真似事はしょせん真似事。猿を人がましく飾り、芸を仕込んだところで、人にはなれまいが」

「もう一度、申してみよ」藤馬は目を細めた。手は刀の柄にかかっている。

「抜くのか、貴様」治徳も刀の柄に手をかけた。

高らかな笑い声がきこえた。

「元気がよいな、おぬしら」重成だった。「ここで果たしあいか。いまのうちに辞世の句を詠《よ》め。聞き覚えておく」

「負けるつもりはありませぬ」藤馬がいった。

「勝っても負けても、おぬしら二人とも死ぬ。上様の家来を斬《き》って、ただでは済むまい。生き残ったほうは腹を切らねばならぬだろうな」

「無礼な町人を討ち果たすだけのこと。切腹とは異な事でございましょう」と治徳。

「むしろ目の前で町人が刀を抜こうとしているのに、見過ごすようでは卑怯千万。それこそ切腹ものでございます」

「それは違うぞ」重成はにこやかにいった。「原田は上様の大切な家来だ。奥小姓として仕えているかぎり、原田は武士である。それに、原田の父上は上様と昵懇《じっこん》、お禄もいただいている。よもや忘れたわけではあるまいな」

「そのようなこと、どうでもようございましょう」治徳は歯を食いしばった。「お禄をいただいていようが、商人は町人でございます。具足《ぐそく》姿での働きを上様が期待しておられるわけではございません。藤馬の祖父は戦《いくさ》働きが辛くて商人になった、といま、こやつが申したばかりではありませんか」

「わたくしを武士と思うてくださるなら、止めてくださいますな」藤馬もいった。

「わたくしだけのことならともかく、祖父までも愚弄《ぐろう》したのです。許せませぬ。許しては、先祖に申し訳が立ちませぬ」

「止めてはおらぬ」重成は自然なようすで刀をすらりと抜いた。「ここに至っては是非もなし。介錯《かいしゃく》はこの木村長門が務めよう。人で切れ味を試したことはないが、大枚はたいて求めた村正《むらまさ》だ、さぞやよく切れるであろう。さあ、この名刀の刃《やいば》を受けるのはどちらだ？」

「木村さま」幼い奥小姓が不安げに呼びかける。

「ああ、おぬしら、悪いが場所を空けてやってくれ。大野と原田とどちらかは知らぬが、この緋毛氈《ひもうせん》の上で腹を切るそうだ」重成はそういって奥小姓たちを毛氈の上から去らせると、睨みあう二人に向かい、馬場の外を指さした。「ここは、上様もお使いになる御馬場だぞ。荒らしてはならぬ。やるなら、あちらで果たしあえ」

「いえ、町人を斬って、死ぬのはごめんです」どこかほっとしたようすで、治徳は刀の柄から手を離した。

「そうか。原田はどうする？」

「初めて人を斬るのは戦場にいたしとうございます」藤馬はいったが、刀の柄から手を離さない。「ではありますが、信濃どのが先ほどの暴言を取り消さぬのなら、斬らねばならない。祖父まで愚弄されて、黙っておられますか」

「誰が取り消すかっ」治徳は憤然とした。

「おぬしら」重成は眉をひそめた。「いい加減にしておけよ。ほんとうに介錯させるつもりか」

そのとき、それまでやりとりを黙って見守っていた庚丸が、毛氈の中央あたりに進んだ。

刀を脇に置いて坐る。脇差《わきざし》は正面に置いた。

「おぬしはなんのつもりだ、神照」うんざりした口調で、重成が問うた。

「もともとのきっかけは、わたくしのしくじりです」庚丸はいった。「二人が死ぬなら、おめおめと生きているわけにはいきません。生き残ったほうと並んで、腹を切りますので、介錯をお頼み申し上げます」

「それは違う」藤馬が慌《あわ》てたようにいった。「おまえは音を外しただけではないか。それを、信濃どのが己のことをも棚に上げて要らざることをいったゆえ、争いになったのだ。おまえが腹を切るべきことではない。笛がうまく吹けなかったぐらいのことで腹を切らねばならぬのなら、われら一同、一人も生き残っておらぬわ」

「おれはなにも、音を外したことで腹を切るわけではないよ、藤馬」庚丸は友の目を見据えながらいった。「たとえよかれと思ってやったことでも、それが元で朋輩が死んだなら、その者にも上様にも、おれは申し訳が立たない。まして今回のことは、しくじりがきっかけになって、二人も死ぬ。どの面を下げて生きよというのだ」

「しかし、おれが勝手に口を挟んだのだ。おまえは悪くない」藤馬はいった。

「なんの罪科がなくても、死なねばならぬときもあろう」庚丸は落ち着いた口調でいった。「藤馬、勝てよ。どうせなら、おまえと並んで腹を切りたい」

「わかった」藤馬はようやく手を下ろした。「抜かぬ。ここは堪える。だから、おまえも死ぬな」

「二人が斬りあわぬのなら、おれが死ぬ謂《いわ》れもない」庚丸はいった。

「よく聞き分けた」重成は心底ほっとした様子だった。「さあ、いまのことは忘れろ。餅を食え、甘酒を飲め。よいな」

奥小姓たちの緊張が一気に解けた。

藤馬と治徳はしばらく睨《にら》みあっていたが、どちらからともなく視線を外した。

庚丸は無表情で脇差を腰に差しなおした。

「神照さま」奥小姓の一人、高橋十三郎《じゅうざぶろう》が庚丸の分の餅と甘酒を持っていった。

「すまぬ」まだ幼い十三郎の気遣いに、庚丸は笑みを見せた。

そのとき、あらたな騒ぎがもちあがった。

「開門っ」とだれかが叫んでいる。

玉造口《たまつくりぐち》から本丸大手門である桜門めがけて、一頭の馬が走っているのだ。

「開門っ」馬上の武士がふたたび叫んだ。「これなるは、片桐東市正《かたぎりいちのかみ》さまよりの早馬であるっ。開門、疾《と》く開門せよっ」

番兵たちが慌てて門を開ける。

早馬は門の中へ吸い込まれていった。

「何事があったかは知らぬが、登城せねばならん」重成がいった。「おぬしらは励めよ。そうだ、原田」

「なんでございます？」と藤馬。

「おぬしも心得違いをしているぞ」と重成。「武士の本分とは、主君の思いを叶《かな》えることにある。たとえそれが音曲の類であろうとも、主君の命とあらば全力を尽くすのが武士だ」

藤馬は納得いかないような表情だったが、「肝に銘じます」といった。

重成は満足げにうなずくと、家来たちを集め、本丸に向かった。

*

夕餉《ゆうげ》をしたためたあとは御伽《おとぎ》の時間と定められている。武士や僧侶、学者などが体験談や学識を語るのに、秀頼が耳を傾けるのである。そのとき、奥小姓たちも同席する。

だが、このところは御伽が行われないことも多い。庚丸が奥小姓になって間もない頃は、他家の家来衆などもわざわざ大坂に来たものだが、ここ数年は絶えている。

この夜も御伽はなかったので、奥小姓たちは夕餉のあと早々に寝所《しんじょ》へ引き上げた。

奥小姓たちは本丸表御殿に隣接した長屋に住んでいた。四畳半の部屋を二人で使うのである。

庚丸と藤馬は同室だった。

そろそろ寝ようかという時刻に、速水出来麿《はやみできまろ》が二人の部屋を訪れた。

出来麿は藤馬に懐《なつ》いている。異国の話が好きなのだ。商人扱いされることを極端に嫌う藤馬も、この年下の同輩に対してだけは、実家で仕入れた異国の話を面白おかしく語る。

しかし今夜は、出来麿は異国話をせがみに来たのではなかった。

「豊国祭礼が取りやめになるそうでございます」と出来麿は告げた。

出来麿は今日、太刀持ちを務めていた。そのため、早馬でやってきた使者が秀頼に報告するのを、すぐ後ろできくことができたのである。

「なぜだ?」寝転がっていた藤馬は起き上がった。

読書をしていた庚丸も本を閉じ、出来麿に眼差しを向けた。

「詳しいことはわかりませぬが、駿府《すんぷ》から横槍が入ったそうです」

駿府というのは、前将軍・徳川家康の居住する場所である。もちろん、横槍を入れたのは家康自身だろう。

「それはおかしい」庚丸が首を捻《ひね》った。「祭礼のことはずいぶん前から駿府にも江戸にも報《しら》せてある。なぜ今さら異議を唱えるのだ」

「それはわかりかねます」出来麿は困惑顔でいった。「詳しいことは、明日、片桐さまが帰ってきて、ご報告申し上げるそうです」

「嫌がらせではないか」と声がきこえた。

奥小姓の土肥庄五郎《といしょうごろう》だった。別室に住んでいるが、声をききつけてやってきたのであろう。

奥小姓たちの住まいは檜造《ひのき》りの立派なものだが、しょせん長屋である。外気と内部を隔てるものは障子《しょうじ》しかなく、壁も薄い。話をすれば筒抜けだった。

ほかの奥小姓たちもわらわらと集まってくる。

「なぜ前将軍家が嫌がらせをする？　前将軍家は上様の大舅《おおじゅうと》さまではないか」藤馬は納得がいかない様子だった。

「もしかして、徳川は豊臣家が禁裡《きんり》と結びつくことを恐れているのかもしれぬ」庄五郎はいった。

「上様は朝臣だ。禁裡とはすでにご縁がある」藤馬が指摘した。

秀頼は右大臣を辞し、官職がないが、官位まで剝奪《はくだつ》されたわけではない。今なお正《しょう》二位という、高い位を有する、れっきとした朝廷の臣《しん》である。

「それがそう単純な話でもない」と庄五郎。

「意味がわからん」藤馬は首を捻った。

「そういえば」とやはり奥小姓のひとりである高橋半三郎《はんざぶろう》がいった。「以前、お太刀持ちをしたときに、上様が公家衆とお話しあそばしていたのをきいたことがあります。そのときの公達《きんだち》のお話では、徳川がご禁裡に自分たちの推挙を経ずに武家へ官位を与えるな、といったらしい」

「傲慢《ごうまん》な」吐き捨てるように、藤馬はいう。

「徳川は武家の棟梁《とうりょう》になろうとしている。徳川以外の武家が直にご禁裡と取り結ぶことなどあってはならぬことなのだ」訳知り顔で庄五郎がいう。

「豊臣は武家だが、公家でもある。なにより、徳川の主家である。並の武家として扱われる謂《いわ》れはないぞ」藤馬は力説した。

「それゆえ、嫌がらせ、と申しておる。思い返せば、徳川の嫌がらせは今に始まったことではない」


徳川が豊国祭礼について不快感を表したのは初めてではない。ただし、それは祭礼そのものにたいしてではなく、秀頼の上洛についてであった。

秀頼は八月二日に上洛し、その足で参内《さんだい》、その後、公卿《くぎょう》らとの交流や京洛の社寺への参拝をしつつ、祭礼の終わる十九日まで京に滞在する予定だった。

これに対して、家康が、「朝見《ちょうけん》は不要であろう。みだりに参内するのは、宸襟《しんきん》を悩ますことにつながらないか」という意味のことをいったらしい。

たしかに不要といえなくもない。参内するのは、祭礼の際、豊国社へ奉幣使《ほうへいし》を派遣することを願うため、ということになっていた。しかし、すでに奉幣使のことは豊臣家と朝廷のあいだでそれぞれの臣が話し合い、人選まで決まっている。つまり、秀頼自ら奉幣使の派遣を奏請《そうせい》するのは儀式の意味合いが強い。

片桐且元《かつもと》などは、「ご上洛は上様のお心次第に、といってくださっているのだから、大御所さまがご不快ならば、ご参内は遠慮すべきかもしれない」などと気弱なことをいったが、大坂城では憤慨する者が多かった。

殿上人《てんじょうびと》でもある秀頼が、事前に打ち合わせをした上で参内するのを、「みだりに」といわれる筋合いはない。まして、「宸襟を悩ます」とは侮辱にもほどがある。秀頼のことを、内裏に押しかける破落戸《ごろつき》といわんばかりではないか。

そもそも、豊国祭礼は豊臣家がほとんど独力で催すのである。豊臣恩顧大名からの合力はあるが、徳川は人も金も出さない。にもかかわらず、口だけは出してくることにたいして、豊臣側には不満を持つ者が多かった。事細かに報告するのは、豊国社のある京を支配しているのが徳川である以上、その承認を取りつける必要があるからにすぎない。

寄合衆《よりあい》の薄田《すすきだ》隼人正《はやとのかみ》兼相《かねすけ》などは、「なんの遠慮が要るものか。堂々とご参内を果たすべし。もし徳川が力ずくで阻むというなら、こちらも弓箭《きゅうせん》の道にかけて押し通ろう」と勇ましい意見を吐いた。

困惑しきった且元に、京都所司代の板倉伊賀守勝重《いたくらいがのかみかつしげ》が、「大御所さまの仰《おっしゃ》りたいのは、ご参内に表道具は穏やかならず、ということでござろう」と告げた。

表道具とは、鉄砲や槍など、主戦兵器のことである。

秀頼は三千名余りの供を引き連れて上洛する予定だった。具足こそ着けないが、馬上の士たちは供に弓や槍を持たすつもりだったし、先頭には秀吉以来の伝統で玳瑁《たいまい》の千本槍を立て、その後ろには虎皮の鉄砲袋を担いだ足軽たちが続くはずだった。

そこで、且元は妥協案を出した。行列の人数を大幅に減らして六百名余りとし、威儀のため太刀は佩《は》かせるが、鉄砲、弓、槍などは持たせないことにしたのである。

むろん、これにも不満は出た。供回りというのは、なにも勢威を誇示するためだけではなく、護衛という意味もある。なぜ秀頼の身を危険にさらしてまで、大幅に譲歩しなければいけないのか、と強硬派の家臣たちはいった。

強硬派が警戒しているのは、いうまでもなく徳川家である。刀剣しか備えていないといっても、六百名の供回りを蹴散らして秀頼を害するには、軍勢を動かさなければならないだろう。京洛でそれができるのは徳川以外にない。

徳川が軍勢を差し向けるなら、槍鉄砲を持った三千名の護衛でも勝ち目はないが、盾《たて》となって秀頼を逃がすぐらいのことはできる。それに、こちらの戦力が増せば、相手もより大きな軍勢を準備せざるをえない。敵が強大であるほど、事前に探知し、難を避けることが容易になる。

それに対して且元は、「豊臣と徳川の和親を世に顕《あらわ》すためである」と述べて、家中を説得しにまわった。

世間には、いまにも豊臣と徳川が戦端を開くのではないか、と不安に思う向きがある。そんな状況で、軽武装で上洛するというのは、それだけ豊臣家が徳川家を信頼していることを世間に示し、さらには、秀頼の器量の大きさを知らしめる効果がある。そんなことを説いたのである。

強硬派は完全に説得されたわけではなかったが、じつのところ徳川家が暗殺めいた行動を秀頼にたいしてとるとまでは考えていなかったので、とりあえず極端な意見は下火になった。

なにより秀頼が且元の案に乗り気だった。

「そうか。ならば槍鉄砲の代わりに旗を持たせよう」と御新儀の種にしてしまったのである。さっそく彼は新しい旗の制作を命じたので、わずかに残った反対派も、なにもいえなくなってしまった。

そして、徳川方からも異議が出なかった。

それで、この件は落着したもの、とすくなくとも大坂方では思っていた。

ところが、秀頼の上洛が差し迫ったこの時期になって、待ったをかけてきたというわけだった。

「なぜおれに報告しないのだ」怒鳴り声がきこえた。大野治徳である。「今日の太刀持ちはだれだ」

「わたしです」と出来麿。

「速水どのか……」治徳は棒を呑んだような顔をした。

他人を評価するのに、まず家柄を考える彼が、奥小姓たちのうちで唯一、対等と見なしているのが出来麿だった。なにしろ、彼は筆頭馬廻頭《ひっとううままわりがしら》・速水甲斐守守久《はやみかいのかみもりひさ》の嫡子なのである。もっとも、出来麿はまだ十二歳。つまり治徳より五歳も年下なので、自分のほうが上役と考えている節はある。

「はい」出来麿はうなずいた。

「大事な話はまずおれにいってもらわなければ困る」治徳は胸を反らしていった。

「気をつけます」出来麿は素っ気なくいった。

「忘れるな。さて、おれは屋敷に帰って、父に詳しいことを訊いてまいる。ちょっと待っていろ」

意気揚々と去っていく治徳の背中を、奥小姓たちは無言で見送った。

「明日、片桐さまが帰ってこられるのだな」治徳の姿が見えなくなると、藤馬が出来麿にたしかめた。

「そう伺いました」出来麿はいった。

「それでは、明日の太刀持ち番はだれだ」

「おれだ」庚丸がいった。

「そうか。ならば、明日の夜には詳しいことがわかるな」藤馬は破顔した。

わたしは治徳という少年が好きではないが、このときばかりは同情した。

くましい。

豊臣秀頼は偉丈夫である。身長は六尺五寸、筋骨は幼い頃よりの鍛錬のおかげでた

第二章　上洛停止

長身の主君の斜め後ろで、庚丸《かのえまる》は太刀を持って控えていた。

ここは表御殿御対面所、いわゆる千畳敷と呼ばれる建物である。

片桐東市正且元《かたぎりいちのかみかつもと》が御対面所に姿を見せたのは、昼過ぎのことだった。早朝、京を出発し、淀川《よどがわ》を下ってきたという。

そのとき、千畳敷には織田常真《じょうしん》、有楽斎《うらくさい》、大野治長《はるなが》、六小姓頭、七馬廻《うままわり》頭、寄合《よりあい》衆などの重臣たちが参集していた。早朝より、このたびの事態に対する対処を協議していたのである。といっても、且元が到着するまでは、京都所司代が秀頼の上洛を拒否する構えである、といったことぐらいしかわからず、その理由も判然としないので、実りのある議論は期待できなかった。

「待ちかねたぞ、爺《じい》」長年、傅役《もりやく》を務めた且元を秀頼はそう呼んだ。「いったいどういうことか」

「祭礼行列、罷《まか》り成《な》らぬ、とのことでございます」且元はこたえた。「また、上様のご上洛も遠慮願う、と」

「それはなぜか」

「駿府の大御所さまがいたくお怒りのご様子との由《よし》にて」

「であるから、それはなぜか、と問うておる」口調から、秀頼が苛立《いらだ》ちかけているのがわかる。「祭礼行列の儀、上洛の儀、いずれも前から諒解《りようかい》を得ているのではなかったのか」

「畏《おそ》れながら、祭礼で撒く予定の福銭、これがお怒りに触れたようでござる」

「金銀施行《せぎよう》がいけないというのか。わけがわからぬ。金銀を貧民に施すのは功徳であるし、これまでもしてきたではないか」

「いえ、施行のほうではなく、お行列で撒く、新しい福銭のほうが障りとなったのでござる。銭に鋳込む文言に謀反《むほん》の気配あり、と」

「だれか、銭を持ってまいれ」秀頼は命じた。

　小姓の一人が動く。

ほどなくして、鋳造されたばかりの金銭と銀銭を折敷《おしき》に載せて戻ってきた。秀頼は金銭を摘み上げた。「これのどこに謀反の気配があるというのか」

「豊臣ヲ君トシテ楽シム、と読める、と」且元がいった。

「よもや」秀頼は金銭をまじまじと見つめた。

そこには四文字が記されている。上下右左の順に読むと、君臣豊楽、すなわち、「君臣富ミ楽シム」となる。それをどうやら、右回りに読み、「君《トシテ》二豊臣《ヲ》一楽《シム》」と受けとったらしい。

「それはこじつけでしょう」大野治長がいった。

「いかにも」且元はうなずいた。「しかし、金銭より銀銭がお怒りを買ってしまったらしい」

「どういうことか」と秀頼。

「ご無礼つかまつる」且元は秀頼の元へ躙《にじ》り寄り、銀銭を一枚、折敷から取りあげた。

「他のものはともかく、これが悪うございました」

秀頼は銀銭を覗《のぞ》きこんだ。「これは、むしろ喜んでくださると思ったが」

「そうはまいりませんだ」

銀銭の銭文は数種類ある。且元が指摘したのは、「国家安康」と鋳込まれたものだった。

「これも右回りで読まれたのか」秀頼は首を捻《ひね》った。「国、家康ヲ安ンジル、とでも」

「いえ。これはそのままに、国家安康と。大御所さまの諱《いみな》を分断し、呪詛《じゅそ》しているのであろう、とのことでござる。家康を切って、国を安んじる、の意味か、と訊かれましてござる」

「奇っ怪な」秀頼の槍の指南役でもある、渡辺内蔵助《わたなべくらのすけ》糺《ただす》が吐き捨てるようにいった。

「さきほどは強いて右回りに読み、このたびは常道どおりに読む。文句をつけるためならば、自由自在ですな」

「呪詛のつもりがなくとも、とにかく犯諱《はんい》が無礼きわまりなく、大御所さまを軽んじている証《あかし》である、とのことでござった」且元は秀頼をまっすぐ見ていったので、糺を半ば無視する形になった。「しかも、金銭に豊臣の姓を鋳込み、銀銭に大御所さまの諱を割いて用いる。これは逆心の顕《あらわ》れというほかない、と」

当時、目上の者を軽々しく諱、つまり実名で呼ぶのは無礼とされていた。

徳川家康も「家康さま」や「家康公」ではなく、「大御所さま」あるいは「前将軍家」などと呼ばれるのが普通である。諱をみだりに使うのは、犯諱という無礼な行為にあたるのだ。まして、その名を呼び捨てのうえ、断ち割ってしまうのは、暴挙ととられてもしかたがない。

もとより、銭文に「豊臣」あるいは「家康」といった文字が刻まれているのは、偶然ではない。一種の隠し題だった。もちろん、家康に対しても悪意があるわけではなく、その諱を吉祥句《きっしょうく》のなかに潜ませることで、敬意を表したつもりだった。

だが、悪意にとられる余地があるにもかかわらず、事前に諒解をとらなかったのは、不手際といわれてもしかたがない。

「そうか」秀頼はこたえたが、口調は険しい。

「それに、上様の心底がわからぬ、とも仰せのことでございました。祭礼が神君《しんくん》の菩《ぼ》提《だい》を弔うためとは、とても信じられぬ、と」

且元のいう神君とは豊国神君、すなわち豊臣秀吉のことである。

「亡き父への想いを疑われるとは、心外な」秀頼の口調には怒りが窺《うかが》われた。「なぜそのようなことを仰せなのだ」

「菩提を弔うのならば、まず方広寺《ほうこう》大仏殿の再建を第一に考えるべきところ、それを等閑《なおざり》にして派手な祭礼にのみ心を砕くのは、いかなる所存か、と」

「方広寺は当家の菩提寺ではないぞ」秀頼は声を荒げた。

方広寺は秀吉が京都東山に創建した寺院であり、奈良東大寺のものを上回る規模の大仏殿を備えていた。秀吉は、東大寺を開基した聖武《しょうむ》天皇に自らをなぞらえていたともいう。

ところが、この寺院は災厄続きだった。

最初の大仏は木製金漆塗《きんうるし》りだったが、開眼《かいげん》前に地震で倒壊してしまった。

秀吉の死後、秀頼が改めて銅製の大仏を再建しようとする。もっとも、当時、秀頼はまだ幼く、彼自身の考えというより、生母である淀殿の意志によるものだった。

しかし、この大仏は鋳造中に事故を起こし、そのさい発生した火災によって、大仏殿のほか、堂宇《どうう》の大半が焼失するという、悲惨な結果を招いた。

方広寺大仏殿再建はさらにその後も計画された。

このときも、秀頼よりは淀殿が熱心に推し進めた。淀殿はまず、実妹で徳川秀忠の正室であるお江与《えよ》の方をとおして、徳川家に方広寺再建への協力を求めた。

要請を受けた秀忠は、駿府の家康の元へ、老中・本多佐渡守正信《ほんださどのかみまさのぶ》を送る。この段階では、秀忠も方広寺再建に協力するのを前向きに考えていたらしい。

ところが家康は、「方広寺は豊家の菩提寺であり、その再建は豊臣の家事である。われわれが協力する謂《いわ》れはない。くだらないことをいってくるな」と正信を叱りつけた。

家康の意向に逆らってまで、秀忠が協力するはずもない。淀殿からの要請は断られた。

やむなく、淀殿と且元ら重臣たちは豊臣家独力で再建を進めようとした。

それに反対したのが、秀頼である。当時、彼は十六歳で、もはや幼いとはいえなかった。なにしろ、この年、彼は初めての息子を設けている。一人前の男としての自信を備えていた。

秀頼は、「方広寺は豊臣家のものではなく、天下の寺である。亡き父が鎮護国家、天下太平のため創建したのである。天下の家老である徳川が関わらぬ、というのなら、慌てて再建すべきではない」と言い放った。

当時の秀頼は、すぐにでも天下を返してもらえる、と思い込んでいた。そういわれて育ってきたのだし、淀殿はじめ周りの大人たちもそれを信じていたので、彼を世間知らずと嗤《わら》うことはできない。

したがって、天下を取り戻したときに、その象徴的な事情として方広寺大仏殿の再建をしようと、秀頼は考えていたのである。また、周囲も彼の考えに賛同した。

徳川としても、「豊臣の家事」に容喙《ようかい》することはできず、方広寺大仏殿再建を執拗《しつよう》に勧めるようなことはしなかった。

それをいまになって持ち出してきたのである。深読みすれば、秀頼の思いを知った上で、「おまえに天下を返す気などない」と宣告したともとれる。

「爺よ」秀頼はいった。「そちはどうすべきと思うか」

「謀反の疑いまでかけられた以上、ご上洛はもはや無理でござる。この上はただひたすらご寛恕《かんじょ》を願うしかありません」

「東市正《いちのかみ》どの」治長がいった。「聞き捨てならぬことを仰せられる。謀反とは何事ですか。いつから豊家は徳川の臣下に堕ちたのですか」

「大御所さまは天下さまであられる」且元はいった。「天下さまに二心を抱けば、謀反といわれても仕方あるまい」

座は静まりかえった。

その沈黙を破ったのは、治長の弟、大野主馬首治房《しゅめのかみはるふさ》であった。

「よくもそのようなことを」刀の柄に手をかけかねないようすで、治房はいった。

「天下は上様のものでござる。徳川には預けてあるだけのこと」

「預けてあるだけだとしても、いま、大御所さまが天下の置き目をとっておわすことに相違あるまい。現に見よ、太閤殿下ご存命のみぎり、この千畳敷には諸国大名はもとより、異国からの使者も詰めかけておったものだ。いま、その方々は大坂ではなく、駿府や江戸に伺候《しこう》されておるではないか」

　且元がそういうなり、怒号が渦巻いた。

　そのなかで、なにを思っているのか、且元は目をつむり、端然と坐っている。

「静まれっ」低いがよく通る声で、秀頼が命じた。

　とたんに千畳敷に静寂が戻った。が、それはほんの一瞬のことだった。

「畏《おそ》れながら、上様」まだ憤懣《ふんまん》が収まらぬようすで、治房が身を乗り出した。

「よい、主馬。江戸におわすはわが舅御《しゅうとご》、駿府におわすはわが大舅御だ。さらに亡き太閤はご両所を父とも思えと言い残された。天下がだれのものであろうと、予がご両所を疎略に扱ってよい道理はない」

　わが意を得たり、と思ったのだろうか、且元は平伏した。

「爺、ご苦労だが、駿府へ下ってくれ」

「はい。謹んで釈明してまいります」

「こう伝えよ」と秀頼。「銭文のことでご不快の念を生じさせたことはまことに申し訳なく、たしかに浅慮であったかもしれない。しかしながら、この秀頼に悪心などあろうはずがない。天下の静謐《せいひつ》が永く続かんことを願うばかりである、と」

「ご上洛はいかがなされますか」且元は顔を上げ、問うた。

「誤解が解けるまでは控えることとしよう」苦渋のにじんだ口調で、秀頼はいった。「日にちもないゆえ、予定どおりは無理であろう。だが、来月十八日の祭礼には参列したい。そのことを頭に入れて、話をしてきてほしい」

「さようお伝え申し上げましょう」

「疲れたであろう。今日は屋敷に引き取って休め。出立は明日でよい」

「ありがたきご配慮ながら、ことは急を要しまする。ただちに駿府へ向け、発つ所存でございます」

「そうか。大儀である」

「なにほどのことでもありません」

且元は千畳敷から退出した。

その直後、号泣した者がいた。薄田《すすきだ》兼相《かねすけ》である。秀頼ほどではないが、兼相も巨漢である。その彼が顔を畳に埋《うず》めるようにしながら、髭面《ひげづら》をぐしゃぐしゃにして泣いている。

他の者たちは明らかに鼻白んでいた。

「隼人正《はやとのかみ》、御前であるぞ、慎むがよかろう」旗奉行である郡主馬助良列《こおりしゅめのすけよしつら》が見かねたようすで窘《たしな》めた。

「わしは悔しゅうてならんのです」兼相は嗚咽《おえつ》しつついった。「匹夫《ひっぷ》ですら、父親を弔うのになんの遠慮も要らんというのに、なぜやんごとなき上様がこんな想いをせねばならんのですか」

その後も「なぜじゃ、なぜじゃ」といいつつ、泣きやまない。

秀頼は振り向き、庚丸を見た。

「庚丸。そちはなぜだと思う」

評定の場で太刀持ちの奥小姓が発言を許されることなどめったになく、意見を求められることはなおさらない。

だが、この大坂城の主はときどきこうして奥小姓に意見を訊く。将来の股肱《ここう》であるべき少年たちの能力を見ているのかもしれないし、単なる気まぐれなのかもしれない。

いま、庚丸に向けている表情を見ると、後者のほうが正しそうだが、いずれにしろ、重臣たちにとっては自分たちが軽視されているようで、あまり評判がよくない。

主君の質問を無視するわけにはいかない。かといって、下手なことをいえば、悪評が立つ。いや、意見めいたものを口にすれば、それだけで生意気と見なされかねない。

いちばんいいのは、「非才の身ですから、ご下問にはお答えできません」と許しを請うことだろう。

だが、庚丸は図太かった。

「ご祭礼が大坂で催されないためだと存じます」と即答した。

「ふむ」秀頼はしばし考えこんだ。「なるほど、祭礼を大坂で催すならば、いちいち京の所司代に話をとおさねばならぬということはないし、ひいては、駿府や江戸の意向も気にかけずにすむ、というわけか」

「仰せの通りでございます」

「ならば、豊国社を大坂につくらねばならぬな」

「しかしながら、上様」余計なことをいうな、とばかりに庚丸を睨《にら》んでから、馬廻《うままわり》頭の一人、青木《あおき》民部少輔《みんぶのしょう》一重《かずしげ》がいった。「豊国社ならば大坂にもありますぞ。去年、遷宮式をなさったのをお忘れか」

「忘れるわけがなかろう。月命日の拝礼は欠かさぬわ」秀頼はいった。「しかし、あの場所では万民に参拝を差し許すわけにはいかぬ」

大坂の豊国社は、大坂城本丸の山里と呼ばれる一郭《いっかく》にあった。町人はおろか、家来でさえなかなか立ち入ることのできない場所である。位置といい、規模といい、秀頼や淀殿など、ごく限られた人々のための祠《ほこら》なのは明らかだった。

「それに」秀頼は言葉をつづけた。「祭礼を大坂で行うには、大明神の奥津城《おくつき》もここに移すべきである」

京の豊国社には秀吉が埋葬されており、神社と墓を兼ねている。秀頼は、京都東山に眠る秀吉を、大坂に遷葬しようといっているのだ。

「豊太閤殿下はお喜びにならんでしょうなぁ」織田有楽斎《うらくさい》が独りごちるようにいう。

「しかし、それもよいかもしれん」

京は日本の中心である。秀吉は紛れもなく天下人だったし、京を本拠地としていた期間も長いので、彼がその地に葬られていることは不自然ではない。

だが、京に豊国廟《びょう》をとどめたままにしておくことは、豊臣家が天下を諦めていないことの証と受けとられる可能性があった。

廟所を大坂に移せば、豊家は摂河泉（摂津《せっつ》、河内《かわち》、和泉《いずみ》）の地に蟠踞《ばんきょ》するだけで満足である、と示すことになるだろう。

さすがにこの時期になると、天下を返す意志が徳川にないことを、秀頼も理解していたのである。

一座は静まりかえった。

「よし、修理《しゅり》」と秀頼は大野治長を呼んだ。「そちに惣奉行《そうぶぎょう》を申しつける。新しい廟所を建立せよ。水原石見守《みずはらいわみのかみ》と伏屋飛騨守《ふしゃひだのかみ》を下《した》奉行としてつけてつかわす」

「承《うけたまわ》りましてございます」治長は畏《かしこ》まっていった。「さっそく、豊国神君が安らぐに相応《ふさわ》しい場所を探しましょう」

「いや、それは予が自らやる」と秀頼。「近いうちに城下を巡検して、よい場所を見定める。縄張りまでのあいだ、そちは普請の支度をせよ。すなわち、材木と人足のための兵粮《ひょうろう》を用意するのだ。金千枚、いや、二千枚をその費《つい》えとして与える。足りぬようなら、追加するゆえ、どんどん買え。ただし、上方での値が騰《あ》がらぬように、遠国で買い付けよ。それから、いい木を買うのは後回しにせよ。まずはなににでも使えるような、普通の材木を購《あがな》え。それと人を集めよ。人足はまだよい。職人を集めよ。近場の職人はあとでもよいが、遠国の職人は呼び寄せるにも時間がかかる。いまのうちから声をかけておけ。番匠（大工）、石工、鍛冶、鋳物師《いもじ》、染物職人を召し出せ」

「畏れながら」治長が質問した。「鍛冶には釘でも打たせるのでしょうが、染物職人にはなにをさせるのでしょうか」

「人足どもに揃いの羽織を着せたい。であるから、反物や染料も買え。鍛冶の使う鉄や炭が入り用であることはいうまでもない。それと鉛も買え」

「鉛ですか」治長は驚いた顔をした。

「そうだ。新しい豊国社は鉛葺《ぶ》きとする」

家臣たちは顔を見合わせた。当惑している者もあれば、喜色を表している者もいる。鉛は銃弾の材料であり、戦《いくさ》となれば大量に消費する。その他の物資も、社寺普請《ぶしん》に必要だが、戦にも不可欠のものばかりだ。

秀頼は豊国社を造営するためと称して、戦争準備をするつもりなのではないか、と家臣たちは疑いはじめたのである。

「それと焰硝《えんしょう》も買い集めよ」秀頼はいった。

焰硝とは硝石のことである。これに炭と硫黄《いおう》を加えて黒色火薬をつくる。火薬のことは、鉄砲薬、玉薬《たまぐすり》などと呼ぶが、ときにはこれも焰硝と呼ぶからややこしい。

唐土では天然で析出し、無尽蔵に採取できる硝石が、日本では古い家の床下などにごく少量、生じるだけである。人工的に硝石を生じさせる方法がこの頃には確立していたが、まだ一般的ではなく、生産量もわずかだった。そこで、もっぱら輸入に頼っていた。大量に購入するのは簡単ではない。

鉛につづいて焰硝を購入するよう指示したことで、家臣たちの危惧、もしくは期待は確実なものになった。

「それは、どのような名目で集めますか」と治長。

「名目とはなんだ」秀頼は聞き咎《とが》めた。「豊国社建立のために決まっているではないか。他に目的などない」

「仰せですが、ご廟所の普請に焔硝がどのように役立つのか、知りたがる者もおりましょう」治長はいった。

「それはだな……」秀頼は考えこんだ。

「畏れながら、なにか勘違いをあそばしたのだろう」有楽斎が取り繕うようにいった。

「上様、焔硝の儀はおやめなされ」

「いや、しばし待て」

秀頼にそういわれては、有楽斎も黙るしかない。

千畳敷の空気が重苦しくなったころ、木村重成《しげなり》がいった。「爆竹をせねばならぬのではありませぬか」

有楽斎が重成を睨みつける。

秀頼は明るい表情を見せた。「そうだ、爆竹だ。新しい廟所が落成した暁《あかつき》には、爆竹を行う」

爆竹とは唐土の風習で、もとは青竹を火にくべて爆《は》ぜさせ、厄《やく》をはらったり、土地を清めたりすることである。日本にも古くから宮中行事として伝わり、この頃には左《さ》義長《ぎちょう》などと呼ばれて民間でも広く行われていた。

その後、唐土では火薬が発明され、爆竹に用いられるようになった。爆発力を高めるため、竹に詰めるのである。ついには、紙が竹に取って代わった。

織田信長がこの火薬式の爆竹を日本で行った。しかし、硝石が貴重な日本では、爆竹に火薬を用いる風習はあまり広がらず、彼が本能寺に斃《たお》れてからは絶えてしまった。

重成にしろ秀頼にしろ、本能寺の変から十年以上経ってから生まれているから、火薬による爆竹を見たことがない。しかし、生前の信長を知っている人間は大坂城にいくらでもいる。話をきく機会はあった。それに、重成は漢籍に詳しく、唐土の事情に通じている。

「廟所のみならず、城や町からも厄を払い尽くす。豊国大明神が渡御《とぎょ》あそばす道も清めねばならぬ。であるから、焔硝は大量に要るぞ。大いに買いまくれ」秀頼は命じた。

＊

評定が終わり、秀頼は席を立った。

もちろん、庚丸も太刀を持って後に続く。

それを廊下まで追いかけてきた者がいた。

「上様」織田有楽斎だった。

秀頼は足を止めた。

「なにか」

「鉛と焔硝を買い増す儀、お考えなおしあれ」有楽斎はいった。「豊国社建立のためなどとあまりにもあからさますぎますぞ」

有楽斎は秀頼にとって大叔父《おじ》であり、茶道の師でもある。ずけずけと物をいうことが許されているし、秀頼もそれなりに丁重な態度を取る。

「あからさまとは、なにがだ」

「米や木ならともかく、焔硝まで買っては、戦の備えであることは明らか。両御所さまのご機嫌を損ねましょうぞ。だいたい、鉛も焔硝もすでにおびただしく蓄えられているではありませんか」

事実だった。

武士は具足《ぐそく》や兵器を自弁するが、合戦時の食糧や弾薬などの消耗品は主君に供給を仰ぐ。したがって、大きな戦が起こった場合、諸大名の主君である天下人がその供給を担わなければならないのだ。

そして、豊臣家はいずれ天下を返してもらう前提で動いていたから、大坂城にはふだんから八万石の米が備蓄され、弾丸と玉薬に至っては年々、貯蔵量が増加している。このとき、大坂城には約六百万放ち分の弾薬が貯蔵されていた。さらにその原料である鉛塊、硝石、硫黄、木炭なども用意されている。城内では場所が足りず、野田村や木津村などに分散されて貯蔵されているほどである。

「予はなにも欺《あざむ》くつもりはない。大坂に豊国大明神が鎮座あそばす暁には、ほんとうに爆竹をしよう、と考えているのだ。そのときには、このたび買い求めるぶんだけではなく、蓄えてきた焔硝も蕩尽《とうじん》するつもりだ」

「それでしたら、なにも……」

「それだけではない。新しい廟所には金をかけるつもりだ。大坂城の金蔵の底を浚《さら》える」

当主が太閤の遺児であることとならんで、財力もまた豊臣家の力の源泉だ。大坂城を守るために必要な火薬だけでなく、秀吉の残した莫大な遺産も使い果たしてしまえば、豊臣家は一地方大名に墜ちるだろう。

大坂豊国社が完成するまで、徳川家が静観していれば、自ら牙を抜く、というのだ。

「そこまでのご覚悟とは、感じ入りました。ではありますが、なおいっそう、両御所さまの疑心を呼ぶようなまねはお控えなさるべきか、と存じます」

「わが真意は有楽どのがよく申し述べてくれるのであろう」秀頼は意味ありげな笑みを浮かべた。

有楽斎は家康とも近い。ことあるごとに豊臣家の動きを事細かに駿府《すんぷ》に書き送っている。今回のことも、書簡で家康に報《しら》せるだろう。それを見越しての、秀頼の言葉だった。

「豊国社の落成、大御所さまがご存命のうちに叶《かな》いましょうや」有楽斎は訊いた。

「そのようなこと、神ならぬ身にわかるわけがあるまい」秀頼は笑い飛ばした。

「せめてご存命のうちに落成できるよう、急がねばなりませぬな」

「いや、時間はかけるぞ。まあ、十年はかかる」

「十年……」

十年もあれば状況は変化する。

家康はすでに七十代だ。いつ死んでもおかしくない年齢である。十年後ならば、生きている可能性のほうが少ない。

秀忠が将軍職を譲られてすでに九年が経つが、未だに天下人は家康だった。秀忠は徳川家譜代の大名や旗本を統括しているだけで、朝廷や外様《とざま》大名に対しては家康が前面に立ち、天下の大事をさばく。

徳川の天下はまだ固まっていない。家康が没したあと、戦国時代を生き抜いた有力大名たちを秀忠が抑えきれるかは疑問だった。

征夷《せいい》大将軍という官職は天下人という概念と等号で結ばれるものではない。いまの天下人が前将軍であることをさておいても、秀吉の時代に前例がある。彼が関白宣下《せんげ》を受けたとき、足利義昭《あしかがよしあき》がまだ将軍だったのだ。それでも、秀吉が天下人として振舞うことになんの支障もなかった。

それを考えると、家康亡きあと、関白豊臣秀頼に将軍徳川秀忠が従属する、ということもありえる。

また、秀忠自身、十年後に生きているかはわからない。医療が発達していないこの時代、人はちょっとした病気で死んでいく。三十代、四十代での死は珍しくなかった。その場合、家督を嗣《つ》ぐのは、順当に行けば嫡子の竹千代《たけちよ》だろうが、将軍夫妻は次男の国松《くにまつ》に嗣がせたがっているという噂《うわさ》もあった。また、秀忠には兄弟が多い。子息たちが幼いうちに彼が亡くなったとしたら、すんなり後継者が決まるとは思えなかった。

もっとめでたい変化もありうる。秀頼の正室、千姫《せんひめ》は秀忠の息女である。二人のあいだにまだ子はないが、男子が産まれれば、母親の血統が重視される日本の伝統により、その子が嫡子となるだろう。つまり豊臣家の三代目は徳川の血を引くことになるのだ。そうなれば、江戸との関係も和らぐはずだ。

徳川を牽制しつつ、時間を稼ぐことが、秀頼の狙いらしい。

「まあ、有楽どのも、大坂豊国社の落成を見たいのなら長生きなさることだ」秀頼は立ち去ろうとした。

「まだ話は終わっておりませぬ」有楽斎は食い下がった。「久方ぶりに上様のお点前《てまえ》を拝見いたしたい」

「よかろう」苦虫をかみつぶしたような顔で、秀頼はうなずいた。「宗匠《そうしょう》のご鞭撻《べんたつ》をいただこうぞ」

*

茶室は本丸の、山里と呼ばれる一郭《いっかく》にある。というより、茶室を設けるために造られた庭園が山里なのである。

茶室からやや離れたところに腰掛けがしつらえられている。主人たちが茶を喫しているあいだ、従者たちはここで待つことになっていた。

刀は茶室に持ちこまぬのが掟《おきて》である。したがって、庚丸も主君の太刀を持ったまま腰掛けに坐っていた。

隣には近習の平井吉右衛門保能《ひらいきちえもんやすよし》がいる。彼はついこのあいだまで奥小姓で、まだ二十歳《はたち》そこそこだった。

腰掛けは二つあり、向かいの腰掛けには有楽斎の従者たちが控えている。

もちろん、会話などない。みな、茶室のほうを見ている。

茶室ではしばしば密談が行われる。有楽斎が秀頼に茶を所望したのも、人にきかせたくない話をするのが目的だろう。

腰掛けは、茶室での話し声がきこえない距離にあった。それでいて、茶室とのあいだに遮るものがなく、不審な人間が近づいたり、異常があったりすればすぐわかる。

半刻ほどたって、有楽斎が出てきた。顔つきから察するに、彼にとってあまりいい結果が出なかったらしい。

有楽斎は従者とともに去ったが、秀頼は出てこない。

保能が席を立ち、茶席の躙《にじ》り口のかたわらに片膝をついた。

庚丸も立ったが、その場を動かず、太刀を捧げて待つ。

とくに密談をしたとき、秀頼は立て続けに人を茶に招くことがある。保能は、だれかを呼ぶのかどうかを確かめに行ったのだった。

保能はすぐ帰ってきた。彼もなにやら不機嫌な顔をしている。

「上様がおまえをお待ちだ」という。

庚丸は意外そうな顔をしたが、「承知いたしました」といい、捧げ持つ太刀に視線を向けた。

「お太刀はおれが持とう」保能はいった。

「お願いいたします」庚丸は秀頼の太刀を渡した。

だが、太刀こそ佩《は》いていないが、庚丸自身も脇差《わきざし》を帯びている。

「捧げ持つつもりはないが、見ておいてやるから、おまえの刀も置いていけ」保能は苦笑した。

「かたじけのうございます」庚丸は刀を腰掛けに横たえた。

「おそらく上様は先ほどのご下問に答えたことでおまえをお褒《ほ》めになると思う」保能は釘を刺す。先輩として一言、いっておきたくなったようだ。「だが、増長してはいけないぞ。おまえのしたことは、かわいげがない」

「はい。心得ております」と庚丸はいった。

「ほら、それがかわいげがない」

庚丸は頭を下げ、茶室に向かう。

つくばいで手を洗って、茶室に入った。

「神照庚丸、まいりました」

「おお、きたか。なに、そちに茶を振る舞いたくなっただけのこと。そこらで気楽にしておれ」

秀頼は有楽斎のほか、古田織部正《ふるたおりべのかみ》や千宗旦《せんのそうたん》などにも茶の湯の手ほどきを受けている。当代一流の茶人の一人といっていいだろう。だが、庚丸が入ったとき、彼は行儀悪く胡座《あぐら》をかき、背を丸めて、炭をなおしていた。作法を気にしなくていい、ということを態度で表しているつもりなのかもしれない。

秀頼は炉に釜をかけると、違い棚から棗《なつめ》をとった。蓋を取ると、懐紙《かいし》の上で傾ける。氷の粒のように見えるものが零《こぼ》れ出た。

秀頼は懐紙を無造作に片手で差し出した。

庚丸は押し頂き、珍しそうに懐紙の上のものを見る。

「金平糖《こんぺいとう》だ。食べたことはあるか」と秀頼。

「これは金平糖というのですか」庚丸はいった。「見るのも初めてでございます」

金平糖はこのころ、製法までは伝わっていない。すべて舶来である。

「味おうてみよ」秀頼は満足げだった。

庚丸は一粒取り、神妙な顔つきで口に入れた。

湯が沸き、秀頼は薄茶を点《た》てはじめた。

「明日、此度《こたび》のことについて公家衆へ使いを出す」茶筅《ちゃせん》を使いながら、秀頼はいった。「なにしろ使いを出す先が多い。それゆえ、手分けして使いさせねばならぬ。結構な人数になるだろう。そちはその行列についていけ」

「承知いたしました。どなたについていけばよろしいのでしょうか」

「だれでもよい。京に着いたら、供だけを連れて立本寺《りゅうほん》へいけ。そこに浄林《じょうりん》和尚がいる」

「浄林和尚へ使いをいたすのですか」庚丸は驚いた様子だった。

「その顔はなんだ。よもや浄林和尚を忘れたわけではあるまい。そちの養い親ぞ」

「もちろんでございます。なれど、上様が和尚をご存じとは思いもよらぬことでした」

「うむ、そうか」

「それで、なんと伝え申せばよいのでしょうか」

「老犬斎の亡くなったこと、和尚に報せたか」

「報せるもなにも」庚丸はいった。「和尚がどこにいらっしゃるのか、生きていらっしゃるかどうかさえ、存じませんでした。まったく便りがございませんでしたゆえ」

「それでは、予はそちより和尚を存じておることになるな」秀頼は微笑《ほほえ》み、茶筅を置いた。「ともかく、和尚は立本寺におる」

「老犬斎さまのご逝去を伝えればよろしいのですか」

「表向きはそうだ」秀頼は薄茶を入れた茶碗をよこした。「金平糖を口に含んで、喫してみよ。なかなかに乙だぞ。有楽どのがうるさいので人前ではやらぬが、一人で茶を楽しむときはやる」

庚丸はいわれたとおりにした。

「おいしゅうございます。叶うなら、茶のなかに金平糖を注ぎ込んで喫したい心地がします」

「それは思いつかなかった」秀頼は邪気のない笑顔を浮かべた。「よいことをきいた。今度、試してみよう」

だが、いま試すつもりはないようだった。自分の分の茶は点てず、茶を啜《すす》る庚丸をにこにこしながら見ている。

「それで、表向きとはどういうことでありましょうか」庚丸は訊いた。

「表向き、そちは自ら望んで浄林和尚へ会いにいくことにする。しかし、そちはまだ年若、一人では道中、危なくてならぬ。そこで、予が京洛へ使いの行列を出すことを聞き及び、ぜひいっしょに行かせてくれ、とせがんだのだ。徳川の役人などに問われれば、そう申せ」

「承知つかまつりました」

「浄林和尚への進物《しんもつ》をそちに託す。それを渡して、こう申し伝えよ。秀頼が会いたがっておるゆえ、近々、大坂にお下りあれ、と。それが真の使いの趣旨だ。ただし、この趣旨は余人に決してもらすな。和尚に迷惑がかかるかもしれぬ」

「それはいったい、どういうわけでありましょうか」

「和尚ならば、わかるはずだ。わからぬようであればそれまでのこと。予の見込み違い、ということだな」

それ以上の質問を拒む響きが秀頼の言葉にあった。

「かしこまりました」しかたがない、という風情で、庚丸はうなずく。

「用はそれだけだ。あとは茶を飲んで、くつろいでおれ」

「ありがたき幸せにございます」

庚丸はゆっくり茶を飲み干した。

「金平糖になぜ手をつけぬ」不思議そうに秀頼が問う。

「これを持ち帰ることをお許しいただけるでしょうか。朋輩どもにも味わわせてやりたいのです」庚丸は頼んだ。

「そういうことならば」秀頼はにっこり笑うと、金平糖の入った棗をとって、庚丸の前にぽんとおいた。「これを持っていくがよい」

中身はその日のうちに奥小姓たちの口に消えたが、この棗はいまでもわが家の家宝だ。

第三章　浄林和尚

公家衆への使いを差配するのは、筆頭小姓頭である細川讃岐守頼範《ほそかわさぬきのかみよりのり》と決まった。彼は室町幕府の管領を代々務めた京兆《けいちょう》家の当主である。武将として名高い細川幽斎《ゆうさい》、忠興《ただおき》親子も、彼から見れば傍流に過ぎない。そのため、官位も従四位下と国持《くにもち》大名並みである。公家衆への使いにはうってつけだろう。

使者は十数名にのぼった。それぞれが供を連れており、一行は百名を超える。庚丸《かのえまる》もその行列に混じって上洛した。大坂に来て以来、初めての上洛である。それどころか、城の外に出るのも六年ぶりだった。

一行が京に着いたのは、夕刻だった。彼らはそのまま、東山《ひがしやま》にある豊臣京屋敷に入る。一泊して、翌朝から公家衆の屋敷を手分けして回るのだ。

だが、庚丸は途中で行列と別れ、京極今出川《きょうごくいまでがわ》の立本寺《りゅうほんじ》にむかった。

庚丸には家来がいない。しかし、彼の上洛を知った木村重成《きむらしげなり》が、馬と供回りをつけてくれた。供回りは、徒士《かち》、挟箱《はさみばこ》持ちの中間《ちゅうげん》、馬の口取りの三人である。徒士は世慣れているうえ、京洛の地理にも明るく、道中、なんの問題もなかった。

浄林は、妙法院という塔頭《たっちゅう》に住んでいるという。

寺僧に案内を請い、妙法院に赴いた。

塔頭で庚丸を出迎えたのは、鼠《ねずみ》のような顔をした、痩身《そうしん》の寺男だった。

寺男は目を細めて、庚丸を見た。頭のてっぺんから爪先まで数度、視線を往復させて、「ああ、小倅《こせがれ》か」と唸《うな》るようにいう。

「ご無沙汰しております」庚丸は一礼した。

この男は竹若《たけわか》といい、浄林の従者だった。庚丸が物心つく以前から、浄林に仕えている。

「和尚、小倅だ」礼にはこたえず、竹若は振り返って叫んだ。「庚丸の餓鬼がケツ割って、出戻ってきやがったぞ」

「なんじゃと」浄林はすぐ出てきた。竹若の誤解を訂正する間もなかった。

浄林はもう七十歳を超えているだろう。だが、未だ矍鑠《かくしゃく》としており、その足取りにも衰えがない。

浄林は仁王立ちして、睨《にら》みつけるような眼差しを庚丸に向けた。

「出戻りではござらん」庚丸の代わりに徒士がいった。「神照《かみてる》さまはいまも上様の奥小姓を務めておられます」

「それはよかった」浄林はほっとしたようすでうなずいた。「てっきり老犬斎どのが亡くなったので、追い出された、と思うたぞ」

「老犬斎さまのご逝去をご存じだったのですか」庚丸はいった。

「これでも坊主じゃからな、大きな葬式が出れば耳に入ってくるわい」と浄林。「なんじゃ。もしかして、それを報《しら》せに来てくれたのか」

「はい」

「そうか。それは大儀じゃった。で、今夜は泊まっていけるのか」

「泊めていただけるなら、喜んで」そういいながら、庚丸は供をちらりと見た。

「拙者どものことならお気遣いなく」徒士がいった。「宿はいくらでもあてがござるゆえ。明朝、お迎えに伺いましょうぞ」

「そうしてくださるか」浄林はうなずいた。「なにしろむさ苦しいところにて、そのほうがお互いのためじゃろう」

「では、お荷物を運ばせましょう」

中間が挟箱を降ろす。

浄林は竹若に指示して、荷物を中へ運ばせた。

供回りの去り際、浄林は幾ばくかの金を心付けとして徒士に渡し、徒士は大げさなぐらい礼をいって受けとった。

「あいつら、これから遊郭《ゆうかく》へでも繰り出すんだぜ」供の後ろ姿を見送りながら、竹若が羨《うらや》ましそうな顔をした。「和尚、おれにもたまには小遣いをくれよ」

「馬鹿なことをいうておらんで、飯の支度でもせい」と浄林はいう。

「へえへえ」竹若はどこかへ行ってしまった。

浄林は座敷に坐りこんだ。

庚丸は挟箱から進物を取り出して、浄林の前で畏《かしこ》まる。

浄林は目を細めて、挨拶《あいさつ》をする庚丸を見つめていた。

「それでは、上様のご用向きをお話しいたします」挨拶を終えると、庚丸は切り出した。

「右府《うふ》さまのご用向き、とな」浄林は訝《いぶか》しげに眉をひそめる。

右府というのは右大臣を唐風にいったもので、秀頼のことである。秀頼はその職をすでに辞しているので、厳密にいえば不適当なのだが、新しい官職が与えられるまでは、前職の官名で呼ばれるのが通例だった。

「はい。上様より口上と進物を預かっております。まずはこれをお納めください」

進物は文箱《ふばこ》だった。ずしりと重い。

「これは右府さまからか」

「さようです」

庚丸が肯《うべな》うと、浄林は文箱を押し戴いて受けとり、紐《ひも》を解いた。蓋を取って、なかのものをしげしげと見つめる。

「それで、言伝《ことづて》はなんと」浄林は促した。

「上様がお召しです。近いうちに大坂まで来てほしい、とのことでございました」

「それだけか」

「はい」

「なるほど」浄林は腕組みをした。「関東となにか不和でもあったか」

この場合の関東というのは、もちろん徳川家のことである。

「はい」すこし驚いた様子を見せながら、庚丸はこたえた。「豊国祭礼のことで言いがかりをつけてまいりました。上様のご上洛も難しいようです」

つづけて、庚丸は自分が知っているかぎりのことを話した。

べつに隠すようなことではない。浄林は知らなかったようだが、すでに噂《うわさ》はもう京洛中を駆け巡っているだろう。祭礼には、武家や公家だけではなく、有力な町人たちも関わっているのだ。

ひととおりきくと、浄林はいった。「右府さまの仰せ、恐悦至極じゃが、お断りするしかないな」

「なぜでございます」

「なにしろこの老体じゃ。右府さまにお仕えしても、お役には立てん」

「和尚は勘違いをしておられる」庚丸はいった。「上様はなにも和尚に仕官を求めておられるのではなく、顔をご覧になりたい、と仰せあそばすだけでございます」

「この面をか」浄林は自分の顔をつるりと撫でた。「そんなわけあるまい。見て楽しいものではないわ」

「しかし、仕官とは飛躍が過ぎましょう。はっきり申して、厚かましいにもほどがある」

関ヶ原以来、世間には仕官したくてもできない牢人《ろうにん》が溢《あふ》れているのである。

浄林は笑った。「豊臣家の立派な御小姓が来たと思うたが、そろそろ昔のくそ生意気な小倅に戻ってきたようじゃの」

「そんなことはありませぬ。わたしは上様の奥小姓です。主命はなによりも大切でございます」

「その主命だが」と浄林。「わしの首に縄をつけてでもひっぱってこい、と仰せじゃったか」

「いいえ」庚丸は頭を振った。「進物をお渡しし、言伝をするのみです」

「ふむ、他にもなにか仰せではあらせなかったか。例えば、ほんとうの用向きをみだりに話すな、とか」

「なぜわかるのですか」

「わかるとも。右府さまは立派になられた。わしのようなものにもちゃんと気を配うてくださる」

「わたしにはさっぱりです」

「気にするな」

「それが仕官を求めておられる証左になるのですか」

「まあ、これを見ろ」浄林は文箱を庚丸のほうへ押しやった。

金銭と銀銭がみっちり詰まっていた。

「これは……」庚丸は唖然《あぜん》とした。

「いくら大坂に金銀が唸っているとはいえ、単なる手土産というには多すぎる」浄林は説明した。「路銀と考えても同様じゃ。これはこの金で武具や家来を整え、参上せよとのことであろう。つまり支度金じゃ」

庚丸はしばらく沈黙した。

「昔からお尋ね申し上げたかったのですが、和尚はいったいどなたなのです」意を決したように訊く。

「どなたもこなたもない。見てのとおりの貧乏坊主だ」

「ごまかさないでください。ただの僧侶を仕官させようなどと、だれが考えますか。さらにいえば、老犬斎さまとも懇《ねんご》ろだったのでしょう。かつては高名な武士だったのでありますまいか」

「昔の名前をいうたら、この寺にも迷惑がかかる」

「だれにも漏らしません」

「おまえを信じぬわけではないが、どこでだれがきいているやもしれん。わしは一生、昔のことを口にすまい、と決めたんじゃ。右府さまの仰せ、まことにありがたい。しかし、いまさら昔には戻れぬ。お仕えすることはできぬ、と申し上げてくれ」

「それはかまいませんが……、しかし、もし和尚が名をなした武者だったのなら、もったいないとは思いませんか」

「たとえ天下に武名を響かせようと死ねば終わりよ。武士としてのわしは死んだんじゃ。じゃが、そうじゃの」浄林は庚丸の顔をじっと見つめた。「おまえになら仕えてやってもよいと思う」

「はあ」庚丸は素っ頓狂な声を出した。「なにを仰せですか。気でも狂われたか」

「正気だ」庚丸の言葉に気を悪くした様子はなかった。

「そのようなことができるわけがありますまい。ご覧のとおりまだ元服前でございます。お禄をいただいておりません」

奥小姓たちは部屋住みである。四季施《しきせ》を着て、出されたものを食べ、本丸の長屋に住む。衣食住すべてが秀頼から与えられているのだ。給金はいくらかもらっているが、自分自身さえ養えない。大野治徳《おおのはるのり》や速水出来麿《はやみできまろ》のような、れっきとした家の嫡子ならなんとかなるかもしれないが、庚丸には家来を抱えるなど無理である。

「だれも今すぐとはいうておらん。寺での暮らしが気に入っておるでな。おまえが家来を召し抱えられるようになったら、呼んでくれればよい」

大笑いした者がいた。竹若がいつの間にか廊下にいたのである。

「和尚、いつまで生きるつもりだ」笑いながら彼は訊いた。

「このまま坊主として死んでも、悔いはないわい」浄林はいった。「飯の支度はできたのかい」

「おお、それそれ。せっかくだから一本つけようと思って、酒手をもらいにきた」

「なにがせっかくじゃ。おのれが呑みたいだけであろうが」

「ここは寺ではありませんか」庚丸が指摘した。

「堅いことというな、小倅」竹若がいった。「だから、こっそり買ってくるんだよ。手慣れたもんだ。和尚、酒手をくれよ」

「まあ、よかろう。おまえにしてはよい考えじゃ」浄林は袂《たもと》から銭を取り出した。

「けちけちするな、和尚」竹若は不満げに、文箱を顎で指した。「そこに金銀がたっぷりあるではないか。金銭とはいわないが、せめて銀銭を一枚……」

「阿呆。これはわしが庚丸に召し抱えられるときに使う、大事な金じゃ。まったく肝心なことをきいておらん」

「そのことですが、和尚」庚丸はいった。「やはり無理でございます」

「なんじゃ。わしでは不足か」浄林は目を剝《む》いた。

「そういうことではありませぬ。もし和尚のいわれるとおりならば、上様が支度金まで下されて、ご家来にと思し召したお方を、わたしが横取りしたことになってしまいます。そのようなこと、許されるわけがありませぬ」

「横取りなどと、人を木石のようにいうな。わしがおまえを選んだのじゃ」

「しかし、わたしが不忠者になってしまいます」

「そうでもないぞ。むしろ、わしを召し抱えることこそが忠義じゃ」

「どういうことでありますか」

「先ほどもいうたようにわしは老いぼれじゃ。右府さまに仕えても、たいした働きはできん。じゃが、おまえはちがう。これから長年にわたって右府さまのために働くことができるじゃろう」

「それがどうしたと仰せなのですか」

「老い先短い身じゃが、おまえをひとかどの武士にしてやるぐらいのことはできるよ。わしにできることは、若い武者を一人前にすることぐらいじゃ。たいして働けぬ老い武者を抱えるよりも、長く働くことのできる若武者を得ることのほうが、右府さまにとってもよいことであろうが」

「回りくどいことを」庚丸は呆れたようにいった。「それならば、上様にお仕えして、われら未熟な者どもを鍛えてくだされればよい」

「そこまでの気力はない。なにしろ未熟者を鍛えるには手取り足取りせねばならぬからのう」浄林はにやにやしながらいう。「襁褓《むつき》をしていたころから見ていた庚丸相手だから、できるんじゃ」

「和尚」竹若がまた大笑いした。「まだ懲りていないのか」

「どういう意味です」と庚丸。

「まだおったんかい。早う酒を買うてこい」浄林が不快げにいった。

けっきょく、二人とも庚丸の質問にはこたえてくれなかった。

だが、この夜、庚丸が長年気にしていたことを浄林はひとつだけ教えてくれた。庚丸の実の親についてである。

「はじめにいうておくが、おまえがどこぞのご落胤《らくいん》だとか、そういった雅《みや》びやかな話はないぞ」浄林はいった。

「はい」

「近江《おうみ》に神照《しんしょう》寺という寺がある」浄林は指で神照と文字を空中に書いた。「そのあたりの村も寺の名前に因《ちな》んだ名前なのだが、どういうわけか、『かみてる』と訓じる。おまえの父御《ちちご》はその神照村の地侍じゃった。名は神照長次郎どの」

「そのおっしゃりようでは、もうこの世の人ではないのですか」

「ああ。亡くなられた」浄林はうなずいた。「母御も亡くなられておる」

「そうですか」さすがに庚丸は落胆したようだった。「それで、どのように亡くなったのですか」

「それはまだいえん」浄林は頭を横に振った。「それをつぶさに伝えるには、わしが何者であったかを明かさねばならぬ。じゃから、おまえも詮索はしてくれるな。知りたければ、早う一人前になって、わしを召し抱えろ。ただひとついえるのは、長次郎どのと奥方がわしにとってかけがえのない命の恩人じゃということじゃ。わしは長次郎どのから一粒種であるおまえをひとかどの武士にしてやってくれ、と託された。その恩に報じるためにできるかぎりのことはする。まあの、老犬斎どのに無理をいうて、おまえを大坂城に上がらせたところで、わしの務めは終わったと思うておったが、此《こ》度《たび》の東西不和は、まだまだ足りぬ、という天の声かもしれぬな」

「和尚は戦になるとお考えですか」庚丸は訊いた。

「わしは坊主じゃ」浄林は上機嫌で杯をあおった。「八卦見《はっけみ》ではないわい」

＊

翌日は舟で淀川《よどがわ》を下ったので、往きの半分ほどの時間で大坂に着いた。

細川頼範《ほそかわよりのり》以下の使節団はまだ京に留まって、公家衆への連絡にあたっている。そのなかの何人かは、庚丸《かのえまる》と同様の、そしてより重要な「真の使いの趣旨」を抱えていた。

庚丸が城に帰着したとき、秀頼は本丸表御殿遠侍《とおざぶらい》前の庭で槍の稽古《けいこ》をしていた。

昔からの習慣で、秀頼は奥小姓たちといっしょに武芸の鍛錬をする。幼い頃から大柄だった秀頼はかつて、年上の奥小姓たちを相手にしたものだ。しかし、この頃には奥小姓たちはみな年下になり、偉丈夫である主君の稽古相手が務まる者は見あたらない。

それで、屈強な若武者たちがもっぱら相手をする。

秀頼は諸肌《もろはだ》を脱ぎ、槍に見立てた木の棒を木村重成《きむらしげなり》相手に振り回していた。

庚丸は、門の傍《かたわ》らに片膝をついた。姿を見せることで、主君に帰着を報《しら》せようとしたのである。

庭は砂利敷きである。秀頼の蹴散らした砂利が庚丸のところまで飛んできた。

秀頼が庚丸を見つけた。

庚丸は一礼して去るつもりだったが、秀頼が笑顔で近づいてきたので、その場を離れることができなくなった。

「上様、お怠けあるな」と指南役の渡辺糺《ただす》がいう。

「そうでございますぞ」重成も尻馬に乗る。「負けそうだからといって、仕合相手に背を向けるなど、恥ずかしくお思いあそばせ」

「抜かせ」秀頼は愉快そうに声をあげて笑った。「稽古よりも家来を労《ねぎら》うほうが大切であろうが」

庚丸としては頭を下げる以外にない。

「和尚は息災であったか」秀頼は庚丸に訊いた。

「はい。わたくしがともに暮らしていた頃より、むしろ若返っているがごとくでございました」

「それはなによりだ。例の用向きの返事はなんと申したか」

「それが……」彼には珍しく、庚丸はいいよどんだ。「身体のほうはいたって壮健でありましたが、妙なことを口走るようになられて……」

「ふむ」秀頼は物問いたげな目をした。

「上様に仕官を求められた、とお思いなのです。上様は会いたいとのみ仰せである、と申し伝えたのですが……」

「それで、仕える、と申したか」

「いいえ。老体ゆえお役には立てない、と」

「そうか」秀頼は険しい顔つきをした。

「他にもおかしなことをいっておりました。上様にではなく、わたくしになら仕えてもよい、と」

「そちにか」

「はい。わたくしを鍛えるために仕えるそうです」

庚丸は浄林の考えを解説した。

それをきくうち、秀頼の表情は和らいでいく。

話が終わると、秀頼はしゃがみ、庚丸の顔を覗きこんだ。

「果報者だな、そちは」にっこりすると、庚丸が反応に困っているうちに、秀頼は問うた。「そちはいくつになる」

「十六でございます」

当時のことだから、もちろん数え年である。数え十六といえば、満年齢では十四か十五。庚丸の場合は誕生日が過ぎていたので、満十五歳だった。

秀頼は立ちあがって呼ばわった。「奥小姓のうちで齢《よわい》十六に達した者はまいれ」

大野《おおの》治徳《はるのり》と土肥《とい》庄五郎《しょうごろう》、原田《はらだ》藤馬《とうま》が来た。いずれも十六歳であり、奥小姓のうちで最年長だった。

「大野は元服しておるな」と秀頼。「残りの者ども、元服せい。予の偏諱《へんき》をやろう」

偏諱というのは、実名の一文字のことである。つまり、秀頼の場合は「秀」か「頼」ということになる。

「お待ちあれ」治徳が抗議した。主君から偏諱を与えられるのは、名誉なこととされていた。「わたくしはご偏諱をいただいておりませぬ。なのに、なぜこの者どもにはお与えになるのですか」

「予は与えるつもりだったぞ」と秀頼。「だが、修理《しゅり》が断ってきたのだ」

「父が……」そういったきり、治徳は絶句した。

「ああ。まだその資格がないゆえ、ということだった」

「わたしも反対でござるな」横合いから重成が口を挟んだ。

「なぜか」秀頼は重成を見た。

「上様は雲上人でおわすから、下々の心の機微にお疎いところがござる。人には妬み心というものがあるのです。もし偏諱をお与えになれば、たいして功なき者に、と陰口をたたく輩《やから》もおるでしょう。いえ、陰口で済めばよろしいが、面罵《めんば》する者もおるやもしれませぬ。この者どもは若輩、ずいぶん気の短い者もおります」重成は藤馬をちらりと見た。「罵られて、斬《き》り合いに及ぶようなことになれば、上様のご評判に傷がつきますし、また、この者どもも死なねばなりませぬ。あまりに不憫《ふびん》でありましょう。

修理どののもそのことを慮《おもんぱか》られて、信濃《しなの》に偏諱をいただくのを断られたのではありますまいか」

「しかし、男子が一度口にしたことを撤回するわけにはいかぬ」秀頼は頑《かたく》なだった。

「しかし、信濃に偏諱をお授けになるのは考えなおされたのでしょう」

「それは断られたからだ」

「畏《おそ》れながら」庄五郎が跪《ひざまず》いたまま、声を張り上げた。「まことにありがたき仰せなれど、木村さまの仰《おっしゃ》るとおりで、われら武功なき身には、あまりに重いご恩でございます。ご偏諱をいただくのは、ご恩にすこしでも報じてからにいたしたく存じます」

「そうか」秀頼はうなずいた。「では、こうしよう。そちたちには頼の字を名に入れることを差し許す。しかし、使うか使わぬかは、そちたちの存念次第とする。しばらくはわが偏諱の入らぬ名前を名乗り、自らそれに相応《ふさわ》しいと思った功を上げたとき、改名すればよいのだ」

当時の人間はわりあい気軽に名を変更する。とくに実名は日常生活ではほとんど使わないので、不便はない。

「ありがたくお受けいたします」藤馬がいった。

重成は不本意のように見えたが、なにもいわなかった。

「神照、元服すること、まず和尚に報せてやれ。名前も考えてもらえばよかろう」秀頼は満足げにいったが、ふと気遣わしげな顔を重成に向けた。「そちも妬み心に苦しめられた口か」

重成は微笑んだだけで、なにもこたえなかった。

第四章　陰　謀

八月には京洛の豊国社で臨時祭礼が行われたが、予定どおりだったのは、日程ぐらいだった。秀頼の上洛や祭礼行列はけっきょく叶《かな》わず、金銀施行《せぎょう》も中止された。たとえ配るのが従来の豊国銭でも、徳川を刺激しかねないからである。わずかに酒や餅《もち》が参列者に振る舞われた程度で、あとは例大祭と同じ、湯立て神事などがしめやかに行われた。

豊臣家の面目は丸つぶれである。

その鬱憤《うっぷん》を晴らすかのように、大坂豊国社の創建準備は急速に進んでいた。

本来ならば祭礼行列が行われるはずだった八月十三日、秀頼は領内の巡検を実施した。城の大手門を出て、阿倍野《あべの》から住吉まで行き、茶臼山《ちゃうすやま》、天王寺、平野、岡山を巡る、一日がかりの行程でだった。

先頭に玳瑁《たいまい》の千本槍、秀頼の周囲に茜《あかね》の吹貫《ふきぬき》二十本と十二本の金切裂《きんのきっさき》の幟《のぼり》、金の四手輪《しでわ》の小馬印《こうまじるし》、そして金瓢《きんびょう》に茜の切裂の馬印を立てた、本格的な行列である。さらに豊臣家の番指物《ばんさしもの》である、金色《こんじき》の四半《しはん》旗が数百も翻る。秀吉健在の頃の「金備《きんぞなえ》」と称された軍勢を彷彿《ほうふつ》させた。

さらに、秀吉の時代にはなかった色とりどりの旗が行列を飾った。上洛の時に、槍や弓の代わりに持たすつもりでつくらせた旗である。秀頼はこれを有職《ゆうそく》旗と名づけた。襲《かさね》の色目《いろめ》というものがある。衣服の表地と裏地の組み合わせのこともあれば、複数の衣の配色をいうこともある。いずれにしろ二色の組み合わせであり、それぞれに雅《みやび》な名前がついている。例えば表が白で裏が赤なら「桜」、表が紅で裏が青なら「紅葉《もみじ》」という具合である。

旗竿《はたざお》に近い側に裏地の色の反物を、外側に表地の色の反物を配して縫い合わせ、その上部に八弁菊の紋を金革《きんがわ》で捺《お》したものが、有職旗だった。旗の名前も色目に基づいてつけられた。つまり、外側が白、内側が赤の旗なら、桜旗と呼ばれる。

秀頼はこの有職旗を百種ほどつくらせ、行列を彩らせていた。

華やかな行列のなかで、奥小姓たちはもちろん馬上鼓吹《こすい》を奏でさせられた。

巡検の結果、秀頼は大坂豊国社の場所を定めた。惣構《そうがまえ》東南、平野口のすぐ外にある小高い丘である。

それまで支度惣奉行《したくそうぶぎょう》と呼ばれていた大野治長は普請惣奉行《ふしん》となり、さっそく縄張りにとりかかった。

人足たちが集められ、本格的な普請が始まってしばらくたった九月十八日、片桐且元《かたぎりかつもと》が帰ってきた。

彼は釈明のため駿府に赴いたが、家康に謁見するどころか、駿府城に入ることさえ許されず、虚しく日を送った。そしてそのまま帰ってきたものだから、最初から風当たりは強かった。

翌十九日は凶日であったため、且元は登城を控えた。そして、二十日に彼は千畳敷において驚くべきことを告げたのである。

「策は三つござる」且元はいった。「第一に、ご居城を他国に移すことでござる。大坂城は天下無双の要害、ここに上様がおわすことによって、世間の人々は疑念を抱くのでござる。いっそ明け渡してしまえば、謀反などと心ないことをいう輩《やから》も消えましょう。第二に、上様が関東へご下向あそばすことでござる。江戸の御所さまは上様の舅御《しゅうとご》でござるから、折に触れて上様が江戸に参勤なされ、水魚の思いをなされれば、世間も安心いたしましょう。第三に、御袋さまが関東へご下向あそばすことでござる。将軍家の御台《みだい》さまはご母堂さまのご連枝《れんし》でおわすから、ご対面し、昔語りなどなされてはいかがでありましょう」

このいずれかを採らなければ、事態はとても収まらない、というのである。

いちばん受け入れやすいのは第三の案だろう。だが、淀殿《よどどの》が江戸に行けば、おそらくそのまま住むことになる。手荒なことをする必要はない。穏やかに引き留めるだけでよい。それを無視して大坂に帰れば、新たな火種を生むことになる。豊臣徳川両家の和親のために江戸に行くのだから、これでは帰ることができない。

つまり、「妹と会うため」と取り繕ったところで、実質的には人質である。この状況で生母を人質に出すということは、豊臣が徳川に臣従したことを意味する。

いまはまだ形式上、豊臣と徳川は対等な存在である。だから、徳川家は実力で凌駕《りょうが》しても、豊臣家に命令を下すことはできない。

だが、いったん臣従してしまえば、早晩、残りの二条件も今度は命令として突きつけられるだろう。それに逆らえば、紛れもなく反逆である。徳川は大名たちを動員して、討伐するにちがいない。

そういう意味では、三条件のうちどれを認めようと、結果は同じなのである。三条件とも呑む羽目になり、さらにもっと理不尽な命令が下りてくるだろう。

とりあえず淀殿を呼ぶことになった。秀頼がまだ幼かった頃、彼女はその後見役としてあたかも大坂城の女城主のように振る舞っていた。しかし、息子が成人したいまは、評定の場に姿を現すことも遠慮するようになっている。だが、今回は彼女自身に関わることなので、出席してもらうべきだった。

奥御殿に使者が走った。

やがて、淀殿は数人の女官を伴ってやってきた。

「それでことが収まるなら、お城の儀、上様の儀はともかく、妾《わらわ》が江戸に赴くのは一向にかまわぬ」ひととおり話をきいて、淀殿はいった。「しかし、東市正《いちのかみ》の話はちと訝《いぶか》しい」

なかなか復命してこない且元を心配して、淀殿は、大蔵卿《おおくらきょう》をはじめとする女房衆を使者として駿府に派遣したのである。彼女たちはすぐ家康と会うたうえ、歓待された。そして家康から、「このたびのことはちょっとした行き違いである。大坂とのあいだに問題があるとは考えていない。秀頼はわが孫婿であり、息子のように思っている。しかし、大坂ではなにやら誤解をして、牢人《ろうにん》どもを集め、戦備を整えている、ときく。これは天下泰平を毀《こほ》つ行いである。大坂と合戦するつもりはないのだから、それだけはただちに止めるように」という言質《げんち》をとってきたのである。

あまりに且元の話と違う。

その点を指摘されると、且元は、三策が徳川側からの正式な要求でなく、自分の腹案であることを認めた。

千畳敷に不穏な空気が流れた。

つまり且元は、豊臣家が自主的に徳川へ臣従を懇願すべきである、と提案しているのである。しかも、大蔵卿の言葉を信じるならば、両家のあいだにはなんの問題もないのにもかかわらず。

しかし、東西の関係が危機的状況にあることもまんざら嘘《うそ》でないことを、多くの人間は知っていた。

豊臣の家臣といっても、付き合いが家中に限られるわけではない。縁者に大名や他家の家来を持つ者もいる。また職務上、公家や町人と日常的に接する者もいた。人脈を城の外に持っている人々は、徳川が豊臣に向ける眼差しが険しくなっていることをひしひしと感じていた。

「つまりこういうことではないか」と寄合衆の赤座内膳正直規《あかざないぜんのかみなおのり》がいった。「大御所さまは端《はな》から怒ってなどおられぬ。あるいは、上様がご上洛を慎みあそばし、祭礼も控えめにしたゆえ、お怒りを解かれたのだ。それを奸臣《かんしん》どもがここぞとばかりに騒ぎ立て、この機会に当家を従属させようとしているのではないか」

たしかにそれなら筋は通る。

且元が交渉した相手は、本多《ほんだ》上野介《こうづけのすけ》正純《まさずみ》、金地院《こんちいん》崇伝《すうでん》といった、名うての謀臣たちだ。腹に一物も二物もありそうである。

一同は納得した。

「その三策、どれも承引できぬ」秀頼は結論を下した。「それは、天下人たれ、との父の遺言に背くことになる」

「畏《おそ》れながら、上様」且元も引かない。「亡き豊太閤殿下が天下惣無事《てんがそうぶじ》のため、ご母堂であらせられる天瑞院《てんずいいん》さまを岡崎の城に遣わされあそばした故事がございます」

「母に江戸へ下向願えば、両将軍家が大坂にいらっしゃり、予に拝跪《はいき》されると申すか」秀頼は苦笑いした。

「それは……」且元は言葉に詰まった。

「関東よりの申し入れならば、父の築かれた天下惣無事のため、考えぬでもない。ではあるが、こちらから膝を屈することはできぬ」

とはいえ、合戦の支度をしている、と思われたままではまずい。困ったことに戦争準備をしているのは、家康の言いがかりではなく、ほんとうのことだった。

気の早い家臣たちは一存で人数を集めていたし、秀頼自身、著名な牢人に密かに連絡をとり、武具も秘密裏に買い入れていた。

秀頼が積極的に戦争を望んでいるわけではないが、万が一の事態に備えているのも事実だったのである。

もっとも、これは家康も同様だった。東西の問題が本格化するより前、二月頃から、彼は鉛と焔硝《えんしょう》を大量に買いつけている。八月に入ってからは、大坂、駿府、江戸の三つどもえで鉛と焔硝の値を吊り上げている有様だった。

徳川も戦争準備をしているのだ。そして、大坂方もそれを察知している。

しかし、立場は豊臣のほうが弱かった。

そこで、牢人については、「大坂は他国の者にも住みやすく、自然と諸方から人が集まる。その中に牢人がいるだけの話である。また、自分の分限のうちで家来を揃えるのは、武門の嗜《たしな》みであり、ことさらご心配なさるようなことはない。しかしながら、無用の懸念を呼ぶのも本意ではないから、当分、牢人者を抱え入れるのは自粛する」という線で押し切り、それ以外の戦備については、「あくまで大坂豊国社普請の支度である。お疑いなら、江戸なり駿府なりから目付をよこしてくれてもよい」と主張することにした。

そこで、もう一度、使者を駿府に出そう、という話になったが、この人選が難航した。

旦元を再度、派遣するのは論外だった。

彼は、豊臣を徳川に臣従させる陰謀の一味かもしれないのである。騙《だま》されているのかもしれないが、その場合は無能というべきであり、やはり使者の任に堪《た》えるとは思えない。さらに、側近に邪魔されず、家康と胸襟《きょうきん》を開いて会見できる人物でなければならないが、旦元がこの点でも失格なのはもはや明らかだった。

かといって、旦元以上の適任者もおいそれと見つからないのだった。

人々が考えあぐねていたとき、治長が織田常真《じょうしん》の名を出した。

彼は織田信長の次男であり、かつては信雄《のぶかつ》と称していた。家康と同盟して、秀吉と戦ったこともある。極官は内大臣で、きわめて高い。名声とは縁遠い半生を送ってきたが、身分だけを見れば、旦元と比べものにならない大物である。

たしかに常真ならば、家康と実りのある話ができるかもしれない。

常真自身もしぶしぶながら承諾したので、彼を使者に立てることを決めて、その日の評議は終わった。

＊

二十二日、すなわち且元《かつもと》が千畳敷で三策を告げた日の翌々日、庚丸《かのえまる》は原田藤馬《はらだとうま》とともに大坂城下を歩いていた。

役目はまだ奥小姓のままだ。だが、八月のうちに、秀頼に指名された庚丸たち三人はつぎつぎに元服した。

庚丸が烏帽子《えぼし》親を木村重成《しげなり》に頼んだところ、残りの二人は羨《うらや》ましがった。

「おまえたちも木村さまに頼めばよいであろうに」と庚丸がいうと、二人とも、「しがらみがある」という意味のことをいった。どうやら親の伝手《つて》で烏帽子親を頼んだらしく、今さら断るわけにはいかないらしかった。

「おれも功のない身ゆえ、なんの名誉にもならぬが、上様のご偏諱《へんき》を使うまで、場所ふさぎにしてくれ」と重成は、「成」の字をくれた。それが二人ばかりか年下の奥小姓たちも羨ましがらせた。

もう一文字は、秀頼にいわれたとおり、浄林に手紙を出したところ、他に思いつかねば、「勝」という字を入れろ、と返書にあったので、そのとおりにした。

こうして、庚丸の諱《いみな》は「勝成《かつなり》」と定まった。

もっとも、通称のほうは庚丸と変えずにいる。元服したばかりの若い武士が幼名を使いつづけることは、当時、よくあることだった。

先月の巡検のとき、庚丸も馬上鼓吹《こすい》を奏したのだが、その翌日から年下の奥小姓たちとは別行動を命じられた。

城下を見てくるというのが、新しい任務だった。なにをするわけでもない。好きなところへ行き、そして夜、その日のうちに見たことを日記にまとめるだけである。だが、秀頼に「そのうち夜話をさせるつもりゆえ、しっかり見聞を広げてまいれ」と脅されているので、気を抜くわけにもいかない。

別行動を命じられたのは、庚丸だけではない。八月に元服した三人と、先に元服していた大野治徳《はるのり》に、同じ務めが課せられている。

とくに指示はなかったのだが、庚丸と藤馬、治徳と土肥庄五郎という二組に分かれ、町を回っていた。治徳が庚丸や藤馬と行動するのをいやがったのである。庄五郎は馬廻《うままわり》衆の息子だから、かまわないらしい。治徳以外も、彼と藤馬をいっしょにするわけにはいかない、と考えていたので、とくに異論もなくこの二組が別行動をすることになった。

大坂は活気に溢れていた。

昼間は槌音《つちおと》が絶えることがない。槌を振るう番匠たちの言葉には、庚丸のきいたこともない訛《なま》りがあった。幼い頃から遠国の商人と馴染んできた藤馬が「あれはどこその国言葉だ」などと解説してくれる。

この日、二人は近習頭の今木源右衛門正祥《いまきげんえもんまさよし》から、「船場にできた鍛冶屋敷に使いせよ」と特別な務めを申し渡された。奥小姓たちは秀頼だけではなく、彼から指示を受けることもあるのだ。

鍛冶屋敷というのは、鍛冶《かじ》職人の宿舎と工房を兼ねた建物である。同様のものに、染物屋敷や鋳物屋敷、機織《はたおり》屋敷などがあり、これらは職屋敷《しょくやしき》と総称されていた。

口上はない。鍛冶屋敷の親方に書状を渡すだけの簡単な使いだった。

大坂には大名屋敷が数多くある。だが、徳川に覇権が移って以来、本来の目的で使用されることはほとんどなくなっている。家来を置いている家は稀《まれ》である。町人に金を払って、屋敷を維持しているのはまだましで、荒れ放題のままにしている大名も多い。そもそも関ヶ原で主を失った屋敷も少なくなかった。

鍛冶屋敷もそんな元大名屋敷を改装したもので、門構えは立派だった。しかし、門は開け放たれたままで、門番もいない。

しかたなく、二人は無断で入っていった。

さいわい、すぐ職人らしい男と出会ったので、藤馬が案内を請う。

「親方なら、鍛冶場におる」とその男はいっただけで去っていった。

仮にも公儀からの使いにたいして無礼な話だが、二人は顔を見合わせて苦笑いしただけだった。治徳だったら、大騒ぎしただろう。

鍛冶場はすぐわかった。金属音が響いていたからだ。土のうえに粗末な屋根をかけただけの鍛冶場では、十数人の職人たちが仕事をしていた。

彼らは、ふだん農具や民具を打っている野鍛冶である。ここでも、鍬《くわ》や鋸《のこぎり》、釘、鎹《かすがい》などを手慣れたようすでつくっていた。

一人の男がのっそりとやってきた。

今度は庚丸が親方の所在を尋ねると、その男が「おれがここを取り仕切っておる」といったので、書状を渡した。

親方はその場で書状を読んだ。そして、振り返って、「板はもう要らぬらしい」と大声を出した。

「じゃあ、これ、どうするんじゃ」と職人の一人がいう。「ほとんどできておるぞ」

彼の前の金床に載っているのは、細長い鉄板だった。

「つくりかけのやつは打ってしまえ。済んだら、そうじゃな、鏨《たがね》が足りぬから、そちらに回れ」と親方は指示した。

そのまま仕事に戻ってしまいそうだったので、庚丸は慌てて引き留め、「返事をいただきたい」といった。

親方はきょとんとしたが、「委細、承知つかまつった、とでもお伝え願おう」とぶっきらぼうにいった。

二人は屋敷を出た。

「あれは板札ではないか」と藤馬がやや興奮したようにいう。

「具足のか」あまり興味なさそうに庚丸が応じる。

「そうだ。お貸し具足をつくっていたのではないか」

雑兵足軽は貧しい。武器や防具を自前で揃えることができず、戦時に主君から借りる。それが槍ならお貸し槍、具足ならお貸し具足という。

そして、藤馬の推測は正しかった。

鍛冶屋敷でつくられた鉄板は甲冑師《かっちゅうし》のもとに運ばれ、桶側胴《おけがわどう》や頭形兜《ずなりかぶと》といった、安価な具足に仕立てられたのである。

さすがに足軽具足を「大坂豊国社創建のため」で言い抜けるのは無理がある。そのため、ことは密《ひそ》かに行われた。

足軽具足を調達するのは、本来、具足奉行の仕事であるのに、鍛冶屋敷に板札を発注する件に関しては今木正祥が秀頼から特命を受けて管轄していたことからも、その秘密主義がわかる。板札もいったん、豊臣家に納入されてから甲冑師のもとへ運ばれるので、野鍛冶たちは具足の部材を作っているとは知らないはずだ。もっとも、うすうす気づいている、というのはありそうなことだが。

具足のほか、武具や馬もこっそりと買い集めていたのだが、昨日の評議を受け、秀頼はこういった明確な戦争準備をやめることにしたのである。

ただ、大坂豊国社普請の支度はおおっぴらにしていたものだから、すべてを急に停止すると「じつは合戦の支度であった」と認めるようなものだ。そこで、米や材木の買い入れなどは継続されることになった。

いまも船場の北を流れる天満川《てんまがわ》の河岸には、小舟が連なって、俵や樽、箱、薪束《まきたば》などをおろし、その横をさらにたくさんの小舟が惣構堀《そうがまえぼり》に向かって遡上している。道には荷車や駄馬が行き交う。むろん、この荷すべてが豊国社のためのものではないが、ふだんよりはずっと多い。

「具足づくりをおやめになったということは、合戦はないということか」藤馬はいった。

「残念そうだな」庚丸が揶揄《やゆ》の口調でいった。

「悪いか」藤馬は挑むように、「武士が戦を待ち望むのは当然だろうが」

「物騒な話だ」

「おまえは戦がいやなのか」

「いやではない。だが、上様が天下の静謐《せいひつ》を願っておられるなら、おなじく太平を望むのが武士としての道だろう」

「それはそうだが……」藤馬は口ごもった。

「それに、できれば武士として一人前になってから起こってほしい。部屋住み同然の身では、じゅうぶんに働くことができぬ」

「なに、上様もそのときは考えてくれるだろう」

「しかし、にわかに集めた家来では、やはりじゅうぶんに働くことはできぬような気がする」

奥小姓は、成人すれば知行《ちぎょう》取りの武士として召し抱えられるのが、これまでの通例だった。知行取りの武士ともなれば、家来を持たなければならない。槍脇を務める若党、馬の世話をする口取り、槍や具足を運ぶ小者、こういった供を揃えねば、戦闘ができないのだ。

　戦争直前に取り立てられれば、慌てて家来を集めなければならないだろう。上級武家の出身なら、親の代から仕えている家来をつけてもらえるだろうが、庚丸や藤馬はそうはいかない。藤馬は親の伝手《つて》があるからまだいいが、庚丸にはそれすらない。口入れ屋をとおして、それまで会ったこともない者を雇う羽目になる。

　気心の知れない家来と戦場に出て、思う存分、生命のやりとりをすることなど、できるのだろうか、というのが庚丸の危惧だった。

「そこは己の腕よ」藤馬は伸びをしながらいった。「ところで、これからどうする」

　まだ日は高い。ふだんなら夕刻まで城下を歩き回るので、城に帰るには早かった。

「今日は今木さまの使いできたのだ。いったん帰って、ご報告申し上げるのが筋かとも思うが、まあ、急いではおられぬご様子だった。いつもどおり見回りをつづけるべきだろう」庚丸はこたえた。

「たわけ。おれが訊いているのは昼になにを喰うか、ということだ」

　この当時は朝夕の二食だが、身体を酷使する職業の場合、昼食もとるのが普通だった。そして、食べ盛りの男子が二食で足りないのは、しかたがないことだろう。

　食べるところには不自由しない。豊国社普請のために集まった職人や人足を目当てに、食べ物店が増えていた。

「羊羹《ようかん》でも食うか」庚丸はいった。

「おまえ、羊羹が好きだな」

「いつか砂糖羊羹を腹一杯、喰ってみたい」

当時の羊羹は甘葛《あまづら》で甘みをつけたものがほとんどで、貴重な砂糖を使ったものをとくに砂糖羊羹と呼んだ。むろん、普通の羊羹より高価である。

「それは大望だな」藤馬は呆れたようにいった。「しかし、羊羹では腹がふくれぬ。そばがきにしよう」

普通の羊羹といえども部屋住み同然の奥小姓にとってはやはり贅沢《ぜいたく》品で、腹一杯むさぼり食うというわけにはいかないのである。

「両方、喰えばよいではないか」

「わかった。そうしよう」藤馬は賛成した。

＊

城に戻った庚丸たちは、桜門で土肥庄五郎《といしょうごろう》と会った。

「いまから城を出るのか」藤馬が訊いた。「まもなく夕餉《ゆうげ》だぞ」

「うむ。その夕餉を大野さまが馳走してくださるそうなのだ」と庄五郎はいった。

「大野さまとは修理亮《しゅりのすけ》さまのことか」庚丸が訊いた。

「そうだ。だから、城を出るわけではない」

豊臣家の重臣たちは城内に屋敷が与えられている。大野修理亮治長《はるなが》もその一人である。

「おまえだけか」庚丸は重ねて質《ただ》した。

「そうだ。羨《うらや》むではないぞ」

「羨みはせぬが、不思議に思わぬのか。なぜおまえにだけ……」

「それは、今日、片桐さまのところへ使いに行ってきたからだろう」

「ほう。そちらは羨ましいな」と藤馬。「われらなど、職人のところへ使いさせられたぞ」

「おまえたちは信濃どの（大野治徳）と折り合いが悪いからな」

「なんの関係がある」庚丸は眉をひそめた。

「信濃どのの言いつけで、片桐さまのところへ使いしたのだ」

「信濃どのがいつからわれらの頭になったのだ」藤馬が不機嫌そうにいう。

「変ではないか」庚丸もいった。「だれから言いつけられようと、われらが使いする以上、それは上様のお使いのはずだ。なぜ上様のお使いをした者を大野さまが饗応するのだ」

「おまえは堅苦しく考えすぎる」庄五郎は苦笑した。

「そうだろうか」

「そうだ。この程度のことは役得というのだ」

庄五郎は上機嫌で去っていった。

「どう思う」庚丸は藤馬に尋ねた。

「どうもこうもない。元服すれば、いろいろあるのだろう。童《わらわ》の頃とはいろいろちがうのだ」

「そういうものか。しかし、気になる」

「気になるなら、明日の鍛錬のときに、上様に伺ってみてはどうか」藤馬は提案した。

早朝の鍛錬はいまも秀頼とともにする。そのとき、この大坂城の主は奥小姓たちへ気軽に声をかけるので、少年たちも話をしやすい。

だが、庚丸はかぶりを横に振った。「それでは遅いような気がする。それにおいでになるとは限るまい」

　上洛の中止を要求されて以来、秀頼は夜遅くまで仕事をしている。長いあいだ欠かさなかった鍛錬に出てこない日がしだいに増えてきている。出てきても、軽く汗をかくと、すぐ引っ込んでしまう。声をかけるのもはばかられるほどだ。

「ならば、夕餉のあとではどうだ。上様のお召しがあるかもしれぬ」

　夕餉のあと、秀頼はしばしば奥小姓たちと雑談を楽しんだ。突発的に相撲大会を開くこともある。もっとも、秀頼に勝てる者はいないので、彼は賞品を出し、行司役をする。取組は奥小姓どうしが行う。庚丸がいま差している伝貞宗《さだむね》の脇差も、相撲大会でせしめたものである。

「無理だろうな」庚丸は素っ気なくいった。

　鍛錬の時間さえ惜しむぐらいだから、雑談する暇などなおさらないのだろう。夕餉のあと、秀頼と奥小姓たちが会話を楽しむのは、ここ半月ほどなかった。

「では、今木《いまき》さまに話してみてはどうだ。どうせいまからお目にかかるのだ」と藤馬。

「それもそうだな」

「しかし、あまり強くいうのではないぞ。妬んでいると思われては、おまえのためにならぬ」

「妬んでなどおらぬ」庚丸はむっとした。

ふだんは感情を持っているのが疑われるほどの庚丸だが、特定の人物にたいしてはこんな表情をする。藤馬はその数少ない人間の一人だった。

「だから、誤解されるなよ、といっているのだ」

「わかった」


二人は表御殿に入り、今木正祥《まさよし》に復命した。正祥は書き物をしていたが、二人が入ってくると、居住まいを正した。

「うむ、ご苦労だった」簡単な報告をきくと、彼はうなずき、また机に向かおうとした。

「苦労というほどのことはありませんが、次は土肥のように武家へ使いしたいものです」藤馬がいった。

「土肥が使いだと」正祥は首を捻った。

「はい。なんでも片桐さまのところへ使いをしたとか」

庚丸は驚いたように朋輩の顔を見た。藤馬が切り出してくれる、とはどうやら思っていなかったらしい。

「いつのことだ」

「今日のことです。先ほど桜門で会いました」

「ふむ。わしはなにも知らぬが、上様がなにか仰せつけられたのだろう」

ほら見ろ、といいたげな顔を藤馬は庚丸に向ける。

「しかし、今木さま」庚丸は膝を乗り出した。「なぜ上様の仰せつけを果たした者が、大野さまのお屋敷に招かれるのでしょうか」

「修理どのの屋敷に、か」正祥は困惑の表情を見せた。

「はい。今宵は大野屋敷で馳走されるそうです」

「たしかに妙だ。他日ならばともかく、こんなときに……」

「やはり今木さまも妙にお感じになりますか」

今度は、庚丸が藤馬に勝ち誇った表情を見せる。

「おぬしら、ちょっとついてまいれ」正祥は立ちあがった。

行き先は黒書院《くろしょいん》だった。

黒書院前の廊下には、小姓たちが控えている。護衛を兼ねているので、奥小姓には務まらない役目である。

「上様、源右衛門《げんえもん》でござる」正祥は黒書院の障子の前に坐り、声をかけた。「伺いたい儀が出来《しゅったい》いたしましたので、まいりました」

「入るがよい」と即座に応答がある。

正祥は障子を開けた。

庚丸と藤馬はそのまま廊下で畏《かしこ》まる。

「それでは、拙者は下がらせていただきます」ふたりには聞き覚えのない声がした。

「ああ、また話を聴かせてくれ」秀頼の声がこたえた。

すぐに眼光の鋭い男が出てきた。奥小姓たちに一瞥《いちべつ》をくれると、去っていく。やはり見知らぬ男だった。

「いまの御仁はどなたでござる」意外なことに、正祥もその男を知らなかったらしい。

「うむ。宮本武蔵と申す牢人《ろうにん》者だ。むかし、黒田如水《くろだじょすい》の手に属していた頃の話を聴かせてもらっていた」

「このような時期に、牢人を御殿のなかに招き入れるのは、感心いたしかねますぞ」

正祥は窘《たしな》めた。「いえ、時期のこと以前に、得体の知れぬ者と二人きりでお会いあそばすなど……」

「よいではないか。そのようなことを申しに来たのか、源右衛門」

「そのことでございます」正祥は訊いた。「東市正《いちのかみ》どの（片桐且元）に使いを出されたと伺いましたが、まことでございましょうか」

「いや。病で伏せっているときいたゆえ、明日にでも見舞いの使いを出そうと考えておったが、まだ出しておらぬぞ」

「しかし、奥小姓の土肥を遣わした、と申す者がおるのです」

「だれがそのようなことを」

「この二人でございます」

障子が大きく開け放たれた。

主君の姿が見え、二人は平伏した。

「かまわぬ。こちらへ入れ」秀頼はいった。

「はい」庚丸と藤馬は畳の上へ移り、主君の前で畏《かしこ》まる。

「どういうことか」

「先ほど、桜門で土肥庄五郎と出会いました」庚丸が話しはじめた。

主に庚丸が語り、藤馬がそれを肯定したり補足したりする形で、庄五郎との会話を再現した。

二人が語りおえると、秀頼は腕組みをして宙を見つめた。

「土肥が東市正に使いしたおもむきは存じておらぬのか」秀頼は問うた。

「そこまではきいておりませぬ」庚丸はこたえた。

「そうか。ならばそちたち、信濃を捜して、ここにつれてまいれ」秀頼は命じたが、大野治徳が庚丸と藤馬を見下していることを思い出したらしく、すぐ命令を変えた。

「いや、よい。信濃は他の者に捜させる。そちたちは即刻、土肥をつれてまいれ」

「はい」二人は声を揃えたが、藤馬が付け加えた。「ただちに大野屋敷へまいります」

「うむ」秀頼はうなずいた。

二人は退出した。

「おまえが余計なことを気にしたせいで、夕餉《ゆうげ》にありつけぬかもしれんぞ」藤馬は庚丸に囁《ささや》いた。

「おまえの望んだ、武家への使いだぞ。喜べ」庚丸はいった。


大野屋敷は西の丸にある。隣接する西の丸御殿に比べればやや見劣りするが、それでも宏壮なたたずまいを見せている。

こちらの屋敷にはもちろん門番がいた。

「いやに物々しいな」庚丸は囁いた。

門の前を十人ほどの足軽が具足姿で固めているのである。鉄砲こそ見あたらないが、みな、弓か槍を持っている。

忍び寄る夕闇に抗うかのように、篝火《かがりび》が二つ、炎を上げていた。

「武家としてはとうぜんの備えだ」と藤馬。「さすが大野さまだ」

ひとりだけ床几《しょうぎ》に坐っている初老の武者がいた。狩装束《かりしょうぞく》をまとい、鞭《むち》を持っている。身なりからして彼は騎馬武者で、この場の頭だろう。

二人が近づくと、その武者は胡乱《うろん》な者に向ける目つきをした。

足軽たちが緊張感をみなぎらせはじめたので、二人はやや遠い場所で足を止めた。

「これなるは奥小姓の原田と神照《かみてる》である」藤馬が名乗った。「ご上意を受け、朋輩の土肥庄五郎を迎えにまいった。土肥はご当家に招かれていると仄聞《そくぶん》した。まことであるか」

秀頼の使者という立場があるので、藤馬は居丈高とも見える態度をとった。

それに対して武者は、「ご上意」という言葉をきくなり立ちあがり、頭を下げた。

「当家にどなたがおいでなされたかを、みどもが申し上げるわけにはいきませぬ」言葉は丁寧だったが、まるで威嚇《いかく》するような態度だった。「上様のご使者であること、なにか証《あかし》はお持ちでござるか」

二人は当惑したようだった。口頭で指示を受けただけで、書き付けの類はもらっていないのである。

「米村《よねむら》さまではございませんか」庚丸がいった。「大野家ご家老の米村権右衛門《ごんえもん》さまでしょう」
「いかにも」武者はうなずいた。
「ならばわれらの顔を見知っておられるのではありますまいか。言葉を交わしたこと
はございませんが、上様のお太刀持ちを務めていたときにお見かけしたことがござい
ます」
「いや、ご貴殿がたが奥小姓であることは存じております。ふむ、元服なされたので
すな」一瞬だけ、米村の目が和んだ。「しかし、ご上意を受けて足を運ばれたという
証が欲しゅうござる」
庚丸と藤馬は顔を見合わせた。
「いまから上様にお願いして文をいただくことはできましょう」庚丸はいった。「し
かし、それでは大げさになってしまいます。われらはただ、朋輩に上様のお召しを伝
えに来ただけなのです」
「いかにも。庄五郎が出てくれれば済む話だ」藤馬はそういうと、深く息を吸い、声を
張り上げた。「庄五郎っ。おるのであろう、さっさと出てこいっ。上様がお召しだあ
っ。われらとともに表御殿へまいるぞぉっ」

耳をふさぎたくなるような大音声《だいおんじょう》だった。本丸にまで届いたかもしれない。

「あいわかった」辟易《へきえき》したようすで、米村は手を挙げて制止した。「大仰なさまは当家も望まぬ。ここでしばし待たれよ。主に訊いてまいりますゆえ。無礼であることは承知しておりますが、屋敷に入っていただくわけにはまいりませぬので、許されよ」

「承知した」藤馬がいった。

しばらく待っていると、屋敷からだれかが出てきた。しかし、それは庄五郎ではなかった。

「なにしにまいったっ」その人物は二人の顔を見るなり、怒鳴った。

大野治徳《はるのり》だった。

「おぬしこそなにをしておる」藤馬がいった。「おぬしも上様がお召しだぞ」

「なんだと。おれが自分の屋敷にいてなにが悪い」

「宿下がりのお許しはいただいたのか」藤馬は詰《なじ》った。

「待て」庚丸は藤馬にいった。「われらの役儀は庄五郎をつれていくことだ。信濃どのを上様がお召しなのはまことだが、本来の務めを忘れてはいけない」

「庄五郎などおらぬ。帰れ」治徳はいった。

「おらぬのであれば、よそを捜しますが」庚丸がいった。「たしかでありましょうね。

嘘偽りを申せば、われらのみではなく、上様もたばかることになります。そのこと、わかっておいでのうえで、いまの言葉、口にしたのですか」

「きさま……」治徳は眦《まなじり》を吊り上げた。「疑うかっ」

「若様、そちらの奥小姓どののいわれるとおりでござるぞ」米村が戻ってきて、声をかけた。

治徳は振り返った。「なにをいうか、権右衛門」

「若殿は勘違いなされたのでござる。お聞き逃しあれ」米村はいった。「お捜しの御仁は、たしかに当屋敷におられました」

その後ろからひょっこりと庄五郎が顔を出す。心なしか、顔が青ざめていた。

「上様がおれをお召しだというのはほんとうか」と訊く。

「ああ、即刻、つれてまいれと仰せつかった」藤馬はこたえ、治徳を一瞥《いちべつ》した。「われらは朋輩に嘘はつかぬ」

治徳は顔を真っ赤にして、藤馬を睨《にら》みつけ、「庄五郎、行くな」といった。

「奥小姓がた」米村が慇懃《いんぎん》に、「いまたまたま耳に入ったのですが、若殿もお召しを受けておるのでしょうか」

「ええ」庚丸はうなずいた。

「ならばすぐ応じるべきですが、支度もございますから、しばしご猶予をいただきたい。茶菓など用意いたしますので、どうぞ屋敷に入ってお待ちあれ」

「いいえ」と庚丸。「先ほど申したとおり、われらは土肥をつれにまいっただけでございます。信濃どののご登城は早速になさるがよろしいとは存じますが、われらと同行せねばならぬ謂《いわ》れはございませぬ。われらの役儀は、一刻も早く土肥を御前につれてまいることですから、これで失礼いたします」

「ですが、ぜひ……」米村は引き留めようとした。

藤馬はすこし名残《なごり》惜しそうな顔をしたが、庚丸は庄五郎を促した。「上様がお待ちだ」

「わかった。まいろう」庄五郎はうなずいた。

「では、お騒がせいたしました」庚丸は一礼し、きびすを返した。

立ち去っていく三人を米村と治徳はなんともいえない表情で見送った。

庚丸の動きを追っていても、この事件はわかりにくい。わたしは二十日に舞い戻った。千畳敷での評定を終え、屋敷に戻った大野修理亮治長を、織田有楽斎《うらくさい》の息子、左《さ》門頼長《もんよりなが》が訪ねる場面だ。

第五章　片桐騒動

織田左門頼長はもともと豊臣家に仕えていたが、朝廷を舞台にした醜聞事件に関わり、五年ほど前に除封されている。したがってこのときの身分は牢人《ろうにん》である。

牢人といっても、父有楽斎《うらくさい》をはじめ、縁者や知人の援助を受けて、優雅に暮らしていた。全国を巡り、茶の湯を楽しみ、大坂にもときどき帰ってきた。大坂にいるときは、かつてと変わらず、家臣たちと交わっている。

だから、大野屋敷を訪ねた頼長は、とくに問題なく招き入れられた。

「どうなされたのです、そのお姿は」会うなり、治長は訊いた。

頼長は剃髪《ていはつ》していた。

「父からききました」頼長はこたえた。「さきほどの評定で、牢人者は大坂の町から立ち退かねばならぬようになったとか。それで、今日から茶人《さじん》として生きていくことにしました」

「茶人ですか」治長は胡散《うさん》臭げな目つきをした。

無理もない。頼長は朱色の派手な道服をまとい、金蛭《かねひる》巻《ま》きを施した朱鞘《しゅざや》の太刀を佩《は》いていた。どう見ても茶人の格好ではない。

だが、もともと頼長は傾奇者《かぶきもの》である。治長は納得したようだった。

「ええ。名も雲生寺《うんじょうじ》道八《どうはち》と改めました」頼長は木箱を置いた。「とりあえずはこれをお納めください。ご挨拶《あいさつ》の品です」

「よいのですか」

「ええ。たいしたものではございません」

治長は木箱の紐《ひも》を解いた。なかから黒織部《くろおりべ》の茶碗が出てきた。

「今日の評定のことは他にもいろいろ聞き及んでおります」頼長はいった。

「そうですか」贈られた織部を矯《た》めつ眇《すが》めつ眺めながら治長はこたえた。

「片桐東市正《かたぎりいちのかみ》（且元《かつもと》）を斬《き》りましょう」と頼長はさらりという。

治長は茶碗を取り落としそうになった。「それは有楽斎どののお考えか」

「まさか。父に申せば反対するに決まっています」

「ならばなぜそのようなことを仰《おっしゃ》るのですか」

「豊臣、徳川両家の和親の障りとなるからです」

「東市正どのを斬れば、よけいにこじれるのではありませんか」

「片桐家と本多家《ほんだ》は縁者です。此度《こたび》のことは、彼らが手を組んだにちがいありません」

本多佐渡守正信《さどのかみまさのぶ》の息子で、上野介正純《こうづけのすけまさずみ》の弟である大隅守忠純《おおすみのかみただずみ》の正室が、片桐且元の姪なのである。ずいぶん遠い縁だが、結婚とは家どうしのものであるこの時代、両家は立派に縁続きだった。

「ならばなおさら、こじれるではありませんか。佐渡守どのや上野介どのが黙ってはおりますまい」

「それは(織田)常真《じょうしん》さまに託しましょう。東市正どのの首を持って、大御所さまに直談判していただく。二度とこのような、天下の静謐《せいひつ》を乱すような行為がなきよう、本多親子を遠ざけていただきたいと、大御所さまにお願い奉っていただくのです」

「そのようなこと、うまくいくでしょうか」治長は首を捻《ひね》った。「大御所さまはたいそう本多親子を気に入っていらっしゃるようです」

「では、このまま彼らの思うとおり豊家が徳川に臣従することになってもよいと仰せですか」

「むろん、よいわけがありません。しかし、へたをすれば戦になりますぞ」

「武士が戦を恐れるのですか」嘲笑うように、頼長はいった。

「上様が戦をお望みではありません」治長はむっとしつつも反論した。「牢人となられた左門どのと拙者は立場が違います。ましてや、茶人と武士では」

「豊家に一朝事あれば、いつでも武士に戻り、陣の端に加えていただくつもりでありますよ。それで、もし戦か臣従かとなれば、豊家老職の大野修理亮《おおのしゅりのすけ》どのはどうなさるのですかな」

しばらく沈黙したあと、治長は静かにいった。

「臣従は戦以上に上様がお望みあそばさぬ。ならば答えは自明のことです」

「であるならば、やはり斬るしかありますまい」頼長はいった。「豊家は関東に服従するつもりはない。そのことをはっきりと示さねばならぬのです」

「ですが、なにも斬る必要はありますまい。われら一同、心を合わせておればよいだけのこと」

「なにを暢気《のんき》な。すでに東市正どのが取りこまれているのですよ。東市正どのは筆頭の老職というべき方。その方が率先して関東への臣従を推し進めておられるというのに、よくそのようなことを仰っておられますな。すでに家中にも、関東に同心する者が多数出ているのではありませんか。そういった者たちへの見せしめにもなりましょう」

「貴殿の父御にもその噂がございますが」治長は指摘した。

「父は関東に同心するというより、天下の静謐がなにより大事なのです。泰平であれば、天下の置き目をだれがとろうと気にせぬだけのこと。合戦が避けられぬとあれば、大坂のために働きましょう」

「なるほど、誤解しておりました。そして、関東も誤解しておるかもしれませんな。戦をちらつかせると、われらが尻尾を巻いて頭を下げる、と」

「そのとおりです」頼長はうなずいた。

「貴殿の仰ることはもっともです」ついに治長は賛同した。「すぐ上様のお許しをいただくこととしましょう」

「それは無用でしょう」

「無用とはいかなる意味ですか」治長は鋭い目つきを頼長に向けた。

「主君の下知を承《うけたまわ》って動くのは、葉武者《はむしゃ》のすることです。重臣ともなれば、主君にとって、お家にとってなにがいちばんよいかを考え、すべての責めを負うつもりで動くべきでしょう。あらかじめお許しをいただくとなれば、上様をお悩ませなければなりませぬ。あとでご勘気を被《こうむ》れば、腹を切ればよいだけのこと。それが高禄をいただく者の忠義というものでありましょう。修理亮どののともあろうお方が、お判りでないとは思えませぬ」

「仰せのとおりです」治長はうなずいた。「しかし、東市正どのを斬れば、城内で混乱が起こるでしょう。そこにつけこまれれば、目も当てられない。それを抑えるためにも、上様のお許しはいただいておきたい」

「お許しなら、東市正どのの首をとってから、いただけばよいではありませんか」

「そう仰るならば、左門どの」治長はいった。「貴殿が斬ればよいではありませんか。なにも拙者のところに話を持ち込まなくてもよい」

「わたしは茶人ですよ。茶人が豊家の老職を斬っては、ただの乱心です。見せしめにもなににもならない」

「なるほど、そういう考えもあるかもしれません」治長は立ちあがった。「ですが、拙者はこれから登城いたします。一緒においでになられますか」

　頼長は目に失望の色をたたえ、「わたしは一介の茶人ですから、控えせていただきます」といった。

「貴殿は別格でしょう。御袋さまの従兄弟《いとこ》なのですから、上様にとっても縁者です」

「いえ、やはりご遠慮申し上げましょう」

「そうですか」治長は鋭い目つきで頼長を見た。「ならば、拙者一人でまいりましょう。しかし、茶人のつもりでいては困りますぞ。茶人にせよ、牢人にせよ、どちらにつこうとお心次第、いや、どこかで高みの見物を決めていても、差し支えありますまい。なれど、そのような心がけで、当家の老職を斬れと仰ったのなら、貴殿をこそ斬らねばなりませぬ」

「もとより、合戦になれば、一も二もなく大坂に入城するつもりだ、と申し上げたつもりですが」頼長はいった。「東市正どのを斬るときにも合力いたしましょう」

「あてにしておりますよ」治長は微笑《ほほえ》んだ。「ご苦労ですが、拙者が戻るまで、待っていていただきたい」

大野治長は秀頼を表御殿黒書院に訪ねた。

黒書院には木村重成《しげなり》と渡辺糺《ただす》もいた。

「上様、お話がございます」治長はいった。

重成と糺は顔を見合わせた。

「それでは、上様。われらは下がろうかと存じます」重成がいった。

「いや、貴殿らならば問題ない。拙者の話をきき、力を貸していただきたい」治長が引き止めた。

二人は坐りなおす。

治長が膝を乗り出した。「今宵《こよい》は上様のお許しがいただきたく、推参いたしました」

「なにか」と秀頼。

「片桐東市正《いちのかみ》どのを成敗するお許しをいただきたい」

「爺《じい》を成敗する、だと」秀頼は一瞬、なにをいわれたのか理解できていないようだった。

「はい。このままでは豊家は徳川の家来とされてしまいます。それを防ぐためには、東市正どのを斬るしかありません」

「爺を斬ってなんとする」秀頼の声は硬かった。

「東市正どのはもはや関東一味と見なすしかございませぬ。獅子身中の虫でござる。このまま城中に置けば、災いとなりましょう」

「仮にそちの申すことが正しいとして」秀頼は渋面でいった。「放逐すればよいことではないか。斬るには及ぶまい」

「それでもようございます」治長は微笑んだ。「なれど、放逐となると、お許しをいただいても、われら臣下の力ではいかんともしかねます。内々のお許しではなく、はっきりしたご上意をお示しくださいませ」

治長にすれば、片桐且元を追放することが落としどころだと考えていたのだろう。彼も且元とは親交がある。かつては親とも等しいとさえ思っていたのだ。近年、考えが合わないことが多いが、殺したいほど憎んでいるわけではない。

「いやしかし、それでは中途半端でござろう」渡辺糺が口を出した。「放逐するぐらいなら、切腹を申しつけるべきです。東市正どのは豊家の重臣ですから、内情を知り尽くしております。東市正どのを放逐するのは、みすみす間者を敵に追いやるようなものではありませんか」

「なに、当家に知られて困る内情などあるまい」と治長。

「しかし、城の構造なども知悉《ちしつ》しておられますぞ」

「ここは天下の城であるぞ、内蔵助」治長は苦笑しつつ糺にいった。「諸国大名にも若い頃から出入りしている者が珍しくはない。いまさら城の縄張りを知られても大事なかろう」

「わたしはどちらにも反対です」木村重成がいった。「東市正どのは忠臣です。失うことは、上様にとって痛恨でございましょう」

「しかし、復命はどう見るぞ」治長は詰問口調でいった。「女房衆が偽りを申したとでも思っておるのか」

淀殿《よどの》が駿府に派遣した大蔵卿局《おおくらきょうのつぼね》は治長の母である。自らの母を疑われたのが心外だったのか、彼は険しい目つきで重成を見た。これはべつに治長がいい歳をして親離れをしていないからではない。彼女が嘘の報告をしたとすれば、それは謀反であり、その息子である大野兄弟も無事では済まないのである。

糺も気分を害したようだった。彼の母、正栄尼《しょうえいに》も大蔵卿に同行しているのだ。

「いえ。大御所さまの離間策にかかったのではありますまいか。お局がた、東市正どのともどもにたぶらかされたのではないか、と思うのです」重成は説明した。「つまり、東市正どのはぞんざいに扱い、追い詰める。その一方でお局がたには甘言を弄《ろう》す。人は時として甘言のほうを好むものです。となれば、東市正どのを疑うは、駿府の奸《かん》計《けい》に乗るようなものではありませぬか」

「なるほど、長門《ながと》は拙者を愚人と考えておるのだな」治長は不快げに重成にいった。

「そうは思いませぬが、漢籍にも多くの例がございます。例えば、漢の高祖は陳平の謀《はかりごと》を用いて、楚《そ》の忠臣范増《はんぞう》を退けさせ、ついには国を奪いました。項羽とて英雄、愚人ではございますまい。それと同じようなことが……」

「いや、けっこう」治長は制した。「いまは史書の話をしている場合ではない」

だが、秀頼は木村重成の説に心を動かされたようだった。

「東市正に仕置きを申しつけるにしても、いましばらく様子を見たい」秀頼はいった。

「独りで考えてみたいゆえ、今日はみな、下がれ」

三人は平伏し、退出した。


「どうでした」帰宅した大野治長に織田頼長が訊いた。

彼は銚子《ちょうし》を載せた膳を前にし、頰を仄《ほの》赤く染めていた。

「駄目です」治長は首を横に振った。

「それでどうなさるのですか。諦めるのですか」

そう頼長が質したとき、近習が、「渡辺内蔵助さまがお見えでございます」と告げた。

頼長は物問いたげな顔をした。

「力になってくれるか、と呼んだのです」治長はいった。

紀が入ってきた。

「内蔵助、先ほどの長門の言葉、どのように思うたか」と治長は木村重成の発言について質問した。

「長門のいうことにも一理があると思うのです」紀は迷っていた。

「それは考え違いだ」治長は重成を批判しはじめた。「もとはといえば上様の乳兄弟だというのでちやほやされ、学問があると思ってそれを鼻にかけている。しかし、根は臆病なのだ。そういえば、かつて茶坊主と諍《いさか》いを起こしたことがあったな。あのときも茶坊主ごときに叩かれるという無礼を受け、斬り捨てるのが当然のところ、笑ってすました。あのときは大望があるから、茶坊主づれの生命と引き換えにすることなどできぬと申しておったが、なに、本音は死ぬのが怖かったのだ。今回も戦が怖いのだろう」

「そのような男ではありませんが」紀は反論した。「実際、茶坊主などとは代えられぬ男です。よく自重したというべきでしょう」

「では、貴殿も東市正どのの策に従うべきだ、と思うのか」治長はたたみかけた。

「そうは申しておりません。東市正どのは獅子身中の虫と仰《おっしゃ》ったあの言葉に深くうなずき申した」

「ならば力を貸してくれるな」

「力を貸すとは、どうせよ、と仰せなのですか」

「お許しはいただけなかったが、われらは東市正どのを斬るつもりだ。貴殿にも合力していただきたい」

「斬るとはどのようにするのですか」

「なんということもない」頼長がいった。「登城してきた東市正どのを取り囲んで斬るだけのこと。ただ不覚をとらぬためには人数が要る。まさか家来どもをたくさん引き連れてお城に上がるわけにはいかぬから、それなりの身分で志を同じくする者が何人か欲しいのだ。槍の使い手である貴殿に加わっていただければ、心強い」

「槍を御殿に持ち込むことなどできぬでしょう」糺は指摘した。

「いや、刀のほうもなかなかの使い手とうかがっておる」と頼長。

「しかし、お許しもいただかずに、殿中を血で汚すなど、はばかられますな」糺はまだ渋っていた。本音をいえば、気が進まないのだろう。

「ならば常真《じょうしん》どのに願おうか」頼長はいった。「お許しをいただけるようお口添えをお願いするのだ。お許しさえあれば、家来どもを城に入れることができる」

「もしそれでもお許しがいただけなければ、いかがいたします」

「われらの腹は決まっている。お許しがいただけようといただけまいと、斬る。その結果、東西手切れとなってもやむをえまい」治長がいった。「けっきょく左門どのの仰せられたようにすることになる」

「道八です」頼長は訂正した。

三人は織田常真の屋敷を訪ねた。

用件をきいた常真は、一笑に付した。

「関東と戦っても、かまわぬだと。蟷螂《とうろう》の斧という言葉を存じておるか」常真はいった。

「大坂が蟷螂と仰せか」糺がまなじりをあげた。

「そうだ。関東を前にして勝ち目はあるまい」

「お言葉ですが」治長は反論した。「近年、関東は天下普請をつづけざまに催し、諸国大名は難儀している様子。ここで豊家が立ちあがれば、太閤殿下に取り立てられた大名はもとより、島津、伊達《だて》、毛利といった面々も上様のもとに結集するに違いありません」

「おぬしは世の中を知らぬわ」常真は決めつけた。「知っておるぞ、修理。おぬしは去年あたりから諸大名に援助を求める文を出しておるそうだな。色よい返事がひとつでもあったか」

「それは……」治長は言葉に詰まったが、なんとか言葉を捻《ひね》りだした。「まだ手切れと決まっていないからでござろう。まだ確たる返事をする時期ではない、ということでござる」

「ふん」常真は鼻で嗤《わら》って、頼長にいった。「左門、おぬしは去年、越中にいったそうだな。東西手切れの際にはぜひ大坂に手を貸して欲しい、と越中少将に請うた、ときくぞ。その答えはどうだった」

「あれは世間話ですよ」年の離れた従兄《いとこ》の問いに、頼長はふてくされたようにこたえた。

常真のいう「越中少将」とは前田利長《としなが》のことである。前田利家《としいえ》の嫡子であり、父の死後、大老の職とともに秀頼の傅役《もりやく》という役目も引き継いだ。

しかし、前田家討伐を打ち出した家康に屈服し、大坂に留まらなければいけないはずなのに、領国に引っ込み、母を江戸に人質として差し出した。関ヶ原の役でも東軍に加担し、その後、まだ若いにもかかわらず、養嗣子《ようしし》利常《としつね》に家督を譲った。

家督を譲ったものの、役職を返上したわけではないので、名目上、彼はいまでも秀頼の傅役である。しかし、再三にわたる大坂入城の要請も無視しつづけている。

ちなみに、その正室は織田信長の娘、つまり頼長からみれば従姉妹である。その縁があって、牢人であっても、頼長はわりと気軽に利長と会うことができた。

頼長の「世間話」を受けた利長は、「わしの隠居料からなら手勢を率いてもいいが」とこたえた。つまり前田家としては協力できないが、利長個人なら亡き太閤の恩に報いる、という意味である。利長の隠居料は十五万石。中堅大名といったところだが、天下を相手にする戦いには焼け石に水だろう。しかも、利長はこの五月に物故してしまった。

「にべもなく断られたのだろう。人の心とはそのようなものだ」

「越中少将の場合は、遺恨がございますからな」と頼長。

家康に屈服する前、利長はむしろ一戦交えるつもりだった。そのため豊臣家に支援を求めたのだが、断られてしまったのである。

「それをいうなら、今の大名はみな大御所さまに恩を受けておる。豊家と心中する謂《いわ》れはないわ」

「そのようなこと、やってみなければわかりませぬ」紖がいった。

「わかったときには遅い」常真は断言した。「わしは両家の和親を第一に考えて、駿府へ赴くつもりじゃ。となれば、わしもおぬしらに斬られねばならぬのかな」

「あの方は不覚人よ」屋敷に帰った大野治長は、今度は織田常真を批判した。「能はお上手に舞われるが、それ以外はからっきしだ。特に時流を見る目がない。そのせいでかつては尾張《おわり》百万石内大臣だった方が、いまや見る影もなく落魄《おちぶ》れ果ててしまった」

「しかし、お許しをいただくのは諦《あきら》めるしかありませんな」織田頼長がいった。

「諦めてはいませんが、待ちはしません。明日、登城した東市正どのを斬ります」と治長。

「われら三人でやるのですか」紀が訊いた。

「いざとなればそうする」治長はいった。「東市正どのは武功多い方だが、いかんせん、もはや老齢でおられる。われら三人、力を合わせば後れをとることはあるまい。しかし、できれば薄田《すすきだ》隼人正《はやとのかみ》や石河《いしかわ》伊豆守《いずのかみ》あたりにも手伝っていただきたいものです」

個人的武勇という点では、薄田隼人正兼相《かねすけ》と石河伊豆守貞政《さだまさ》は豊臣家の双璧だった。

「ならば使者を出しますか」頼長が提案した。

「いや、今日はもう遅い。目立ちすぎます。それに、隼人や伊豆を引きこむことにこだわりますな。このような秘め事を知るのは少なければ少ないほうがいい。むしろ引きこむことができれば幸いぐらいの気持ちでおりましょう」

＊

しかし、翌二十一日、片桐東市正且元は病気を理由に出仕しなかった。

病気なのは事実だった。駿府滞在中に体調を崩し、まだ完治していなかったのである。それどころか、日に日に身体が衰えているようだった。

それでも、寝たきりになるほどひどいわけではない。登城ぐらいならできた。しかし、且元にしてみれば、病身を押してまで出仕する理由が見あたらなかった。

彼の考え出した三策は拒否され、駿府との交渉役もおろされた。今さら彼にできることはない。

ならば休養に専念するのが賢明というものだろう。

大野治長《はるなが》ら三人は出鼻をくじかれた格好だったが、むしろ好都合と考えた。薄田、石河両名など同志と目星をつけた者たちを引きこむ時間ができたからである。

ところが翌日の二十二日にも且元は屋敷に引きこもったままだった。

三人は焦りはじめた。計画変更が必要だった。

片桐屋敷を襲うのは時期尚早だ。且元は大名であるから、屋敷にはそれなりの警備がされている。ここを襲撃するには軍勢が必要だった。城内で合戦を起こすとなると、ただではすまない。

そこで、治長らは秀頼の名を騙《かた》って、且元を呼び出すことにしたのである。彼らにとって幸いなことに、治長の息子、治徳《はるのり》が奥小姓をしていた。奥小姓が使者に立てば、且元も秀頼の召喚であることを信じるだろう。

これを考え出したのは織田頼長《よりなが》だったが、治長はそれに小さな変更を加えることにした。

治徳が治長の息子であることは且元も知っている。その治徳が行けば、陰謀の存在を察知されかねない。それで彼以外の奥小姓を使者に仕立てようというのである。

奥小姓の一人を秀頼からの使者に仕立てあげるのは、治徳に任されることになった。

そこで、治徳は朋輩のうちから土肥庄五郎《といしょうごろう》を選び、「上様のお使いだ」と欺《あざむ》いて、片桐屋敷に赴かせた。

庄五郎は疑いもせず、「上様がお召しですから、明日、ご伺候くださいますように」と告げた。そして、且元のほうも訝《いぶか》しむことなく、承知した旨を返したのである。

治徳は庄五郎を饗応するという名目で大野屋敷に招いた。事が終わるまで屋敷に軟禁するつもりだったのである。そして、治徳自身も屋敷でしばらく潜むことにした。

しかし、ここで計画が綻《ほころ》びた。

庄五郎は偶然、神照庚丸《かみてるかのえまる》と原田藤馬《はらだとうま》と出会った。そして、なにも後ろめたいことのない彼は、問われるままに片桐屋敷へ使いをしたことを喋《しゃべ》ってしまったのである。

不審に思った庚丸と藤馬は、主君に告げた。

且元を呼び出した憶えのない秀頼は驚き、二人の奥小姓に庄五郎の召喚を命じたうえ、今木正祥《いまきまさよし》を且元のもとへ派遣した。

片桐屋敷を訪れ、且元に秀頼からと称する呼び出しが届いていることを知った正祥は、それが偽の召喚であることを告げ、明日の出仕は中止するよう忠告した。

その夜、庄五郎につづいて、治徳が秀頼の前に出頭した。

治徳は庄五郎を偽って且元を登城させようとしたことを認めた。

だが、その理由については、「病気など嘘《うそ》に決まっております。怠けておられる東市正どのを懲らしめてやるつもりで、呼び出そうとしたのです。なに、懲らしめると申しましても、たいしたことではございません。皆さまの前で諫言《かんげん》させていただこうと思っただけです」と述べた。

そして、あくまで自分一人の考えといいはった。

むろん、主君の名を騙るのは大罪である。死を命じられても、しかたがない。

だが、秀頼は心優しかった。裏返せば、甘いということである。

このときも、秀頼は治徳に蟄居《ちっきょ》を申しつけただけで、厳しく詮議をすることもなかった。

綻びはこの一つに留まらなかった。

治長らが仲間に引き入れようとした石河貞政が、心変わりしたのである。いや、心変わりという言葉は正確ではない。彼は初めから且元暗殺に反対だった。しかし、治長からは「上様と御袋さまの命である」ときかされていたので、その場では拒否できなかったのだった。

本来であれば暗殺が行われるはずだった二十三日、且元が登城しなかったことにほっとしつつ、貞政は屋敷に帰った。しかし、明日以降、且元が登城すれば、斬《き》らねばならぬ。なんとか暗殺に加わらなくてすんだとしても、且元は誅《ちゅう》されてしまう。貞政には且元が死に値する罪を犯したとは考えられなかった。

二十四日、貞政は悩んだ末に織田常真《じょうしん》に相談した。

常真はすぐさま家来を片桐屋敷に送り、警告させた。

ただ貞政は「秀頼と淀殿の命で且元を暗殺する」と信じており、そのまま常真に告げた。そして、常真も「上様と御袋さまが貴殿を成敗するつもりだ」と且元に伝えたのである。

いっぽう秀頼は改めて且元を召し出そうとした。自筆の書状を今木正祥にもたせたので、且元は今度こそ主君の召喚だと判断し、出仕しようとした。

彼が屋敷を出る間際に常真からの使者が訪れた。

使者の話をきいて、且元は、秀頼が大野一派に取りこまれたか、と疑った。なにしろ大野治徳が軽い処分を受けただけで、大野治長、渡辺糺、織田頼長といった中心人物はお咎《とが》めなしなのである。

秀頼にすれば、だれも彼らを告発しないし、彼らもすすんで自白したりはしないので、罰しようがないのだが、且元は主君がすべてを知ったうえで、大野一派を野放しにしていると見た。

且元は病気を口実に出仕を取りやめ、弟の主膳正《しゅぜんのかみ》貞隆《さだたか》を呼ぶ。片桐兄弟は一族の者や家臣たちを屋敷に集め、立て籠もる構えを見せた。

秀頼は且元を登城させようと何度も使者を送った。

だが、且元は出仕しない。二十五日になって、貞隆が兄の名代として登城した。

片桐貞隆は、「兄は誅されるような罪を犯しておりませぬ」といい、秀頼は、「東市正を誅すなどとは考えていない。なぜわが忠臣を討たねばならぬのか」といった。

秀頼に謁見した貞隆は、「本当に上様はなにもご存じないのではないか」と感じた。

しかし、その結論は、「ならば御袋さまが企てたことだろう」というものだった。

なにしろ大野治長は淀殿の乳兄弟だ。現在の権勢も彼女あってのことだった。淀殿のためなら、なんでもするだろう。

事態はなにも変わらなかった。

片桐兄弟はますます屋敷の防備を固めた。

「上様を守るため」と称して、大野治長、織田頼長、渡辺糺らも兵を集めた。

大坂城内は騒然となった。

二十六日、且元はその騒動の顚末《てんまつ》を駿府に書き送った。実はこの書簡が東西の決裂を決定づけるのだが、そこまでの危機感は大坂城中にない。

ともかく、目先の騒動を鎮めるのが最優先だった。

大野一派の排除など具体的な要求が出されれば、あるいは秀頼にも事態の打開が可能だったかもしれない。しかし、片桐兄弟は、「われわれは謀反など企んでいない」と繰り返すのみだったので、秀頼としても、「そちたちが謀反を起こすなどとは考えていない。これまでどおり頼りにしている」というしかない。

すれ違いだった。

片桐兄弟が戦力を屋敷に集め、頑《かたく》なに登城を拒んでいる以上、秀頼としてもそのままにしておけない。だが、彼は事態を把握することができず、苦悩した。

そうしているあいだも、大野一派の軍勢が片桐屋敷を囲もうとする。

身の危険を感じたのか、二十七日の夜には、織田常真と石河貞政が大坂城下の屋敷を引き払い、逐電してしまった。治長や頼長が頼りにしていた常真は、使者としての役目を果たすことなく、大坂を見捨てたのである。

秀頼は小姓衆六組を召集して、本丸の防備を固めるとともに、馬廻《うままわり》衆七組、いわゆる七手組を片桐屋敷にさしむけた。

七手組は片桐屋敷を包囲したが、それは片桐兄弟を討伐するためではなく、大野一派を遠ざけるためだった。つまり、両者のあいだに割って入り、戦いを避けようとしていたのだ。

しかし、ある意味では、且元が屋敷に立て籠もった時点で戦いはもう始まっていた。あとは且元を討伐するか、和睦するかの選択だった。秀頼はあくまで和睦を望んでいた。

もっとも和睦したところで、且元を無罪放免するわけにはいかない。それでは示しがつかなかった。

そこで、秀頼は書簡を京都、駿府、江戸に送った。「且元が謀反し、当家と徳川家の和親を乱そうとしたので、やむなく処分する」という内容の書である。

これは賭《かけ》だった。

もし家康に豊臣を臣従させようという意志がなければ、この騒動を静観するだろう。だが、仮に且元が家康の意を受けて動いているのならば、東西手切れとなる。

これらの使者には、千姫《せんひめ》について大坂入りした徳川武士を立てた。体《てい》のいい追放である。

一方、城内では平和的解決のために、筆頭馬廻頭の速水守久《はやみもりひさ》が調停に動いた。

その結果、片桐兄弟とその家臣たちは大坂城から退去し、且元は高野山に上ることになった。

十月一日、三百人あまりの片桐主従が大坂城から退去した。

片桐主従に大野治徳が同行した。人質である。代わりに片桐家からは且元の嫡子、出雲守孝利《いずものかみたかとし》が差し出された。孝利は守久が預かり、大坂郊外で解放された。同時に治徳も返された。

同じ日、二十六日付の且元からの書簡を読んだ家康は、大坂討伐を決意し、江戸と諸国大名に陣触れを発する。一日遅れて届いた秀頼からの書簡に対しては、鼻で嗤《わら》っただけだった。

第六章　東西開戦

奥小姓たちが食事をとるのは、本丸表御殿御台所《みだいどころ》の横にある部屋だった。

十月四日のその朝も、鍛錬を終えた奥小姓たちが御台所横の部屋に入ってきた。冬の朝だというのに、彼らが入ってくると同時に、汗の匂いが立ちこめた。

彼らが坐ると、台所頭配下の荒子《あらしこ》たちが膳を運んでくる。

「今日も、どなたもおいでではなかったな」藤馬がいう。

朝の鍛錬はもともと秀頼のためである。彼が幼い頃、同年配の少年たちが奥小姓となり、いっしょに弓を引いたり、馬を馳せたりした。

秀頼が成人したいまも、奥小姓たちとともに鍛錬する習慣は変わらない。宿直あけの小姓や近習を伴って現れ、汗を流す。木村重成《しげなり》や渡辺糺《ただす》が姿を見せることもあった。

藤馬の言葉は、彼ら、大人たちがだれも来なかったという意味だった。

片桐且元《かつもと》・貞隆《さだたか》兄弟と大野一派が一触即発の状態になったときから、そんな日々が続いている。

「片桐ご家中が城を出られて、落ち着くかと思ったが、そうはならなかったな」庚《かのえ》丸《まる》はこたえ、箸《はし》をとった。

「茨木《いばらき》討伐の噂《うわさ》、ほんとうでしょうか」高橋十三郎がいった。

片桐且元は高野山で謹慎するという約束で大坂城を退去したのだが、そのまま居城である茨木城に入ってしまった。

少なからぬ家臣たちがこれに怒り、茨木城を攻めようと主張している。

「もしほんとうなら、おれたちの初陣《ういじん》になるな」藤馬が弾んだ声でいう。

「嬉しいのか」と土肥庄五郎が問う。

「おまえは嬉しくないのか」意外そうに藤馬が問い返した。

「初陣は嬉しい。だが、その相手が片桐さまというのはなぁ……」

「おまえ……」藤馬は庄五郎を睨《にら》みつけた。「まさか、東市正《いちのかみ》に同心するのか」

「そうではない。だが、おれには片桐さまが逆臣とはどうしても思えないのだ」庄五郎はいった。「信濃どのに謀《はか》られて、お屋敷に使いをしたときのことだが、片桐さまはおれのような若輩者にご自分の考えを熱心にきかせてくださったのだ。それによると、まず御袋さまに江戸へご下向願うことを承諾する。しかし、ご下向に先だって、片桐さまが江戸へ赴き、御袋さまをお迎えする屋敷を建てたいと願うというのだ」

「それでどうする」

「屋敷を建てるため、江戸に土地を賜らなくてはならぬ。それに対し、景色が悪い、水がよくない、方角が不吉であるなどと、注文をつけまくる。いざ土地を得たなら、今度は作事に時を費やす。そうすればあっという間に四年、五年と経つ」

「それでもいつかは、御袋さまが江戸へ下向なさるには違いあるまい」藤馬が指摘した。

「それよ。大御所さまは老齢だ。こうして時を稼いでいるうちに、逝去されるだろう。そうなれば、徳川の力も衰えよう。そこに活路を見いだす、というのが片桐さまのお考えだった。徳川が慌てふためいているあいだに上様は関白宣下を受け、諸国大名に号令して、天下を取り戻しあそばすのだ。そのことを上様によく申し上げて、今度こそわが策を採っていただくのだ、と嬉しそうに仰せであった」

「そううまくいくだろうか」と藤馬。

「うまくいくいかぬ以前に、卑怯に思えるな」庚丸は評した。「いったん約定したものを違《たが》えるために、姑息な手立てで時稼ぎをするなど、天下の主がするべきことではない」

「そうだ」藤馬が賛同する。「そんな汚いやり口で天下を取り戻してなんとする。徳川と同じではないか」

「おぬしたちのように四角四面では、世の中を渡っていけぬぞ」庄五郎は呆れたようにいう。

「武士は世の中を渡っていくなどと考えるべきではないのだ」藤馬はいった。

「そうもいくまい」庄五郎はいっそう呆れたようだった。

そのとき、今木正祥《いまきまさよし》が部屋に入ってきた。

「おお、おぬしたち、鍛錬は終わったのか。ちょうどよかった。上様の身支度とか、いろいろ手伝ってほしいことがある。早う飯を喰ってしまえ」そういいながら正祥は部屋を横切り、台所の戸を開けて叫んだ。「おい、湯漬けを所望だ」

「茨木を攻めるのですか」藤馬が訊いた。

「いや、違う。先ほど報《しら》せが入ってな」荒子が持ってきた椀を受けとりながら、正祥はこたえた。「三日前、大御所さまが陣触れを発せられたのだ」

奥小姓たちは顔を見合わせた。

「それは、この大坂を攻めるためですか」速水出来麿《はやみできまろ》が訊いた。

「ああ」正祥はうなずくと、立ったまま湯漬けを掻《か》き込みはじめた。

奥小姓たちも慌てて朝餉《あさげ》の残りを片づけはじめた。

＊

大坂城に登城を促す太鼓の音が響いた。

主立った家臣たちは千畳敷に集まり、主君の出座を待った。

やがて、金の四手輪《しでわ》の小馬印《こうまじるし》が入ってきた。掲げるのは、土肥庄五郎《といしょうごろう》である。

つづいて、高橋半三郎と十三郎の兄弟が床几《しょうぎ》を持ち込んだ。

床几が据えられると、速水出来麿が敷皮を覆いかける。

その上に秀頼が腰を下ろした。彼は緋色《ひいろ》の鎧直垂《よろいひたたれ》に籠手《こて》、佩楯《はいだて》、臑当《すねあて》をつけ、侍《さむらい》烏帽子《えぼし》をかぶった小具足姿だった。

物々しい出で立ちに、千畳敷の空気は否応なく緊張感を孕《はら》んだ。

秀頼の後ろから、太刀を持った原田藤馬が現れ、さらに兜《かぶと》や弓などを持った奥小姓たちが続く。最後を、金瓢箪《きんびょうたん》に茜《あかね》の切裂《きっさき》の馬印を掲げた神照《かみてる》庚丸が締めくくった。

平伏する家臣たちを、秀頼は高ぶった面持ちで睥睨《へいげい》した。

「去る朔日《ついたち》、家康は陣触れを出したよしである」秀頼は口を開いた。

家臣たちは面を上げ、秀頼を凝視した。その顔には一様に驚きが表れていた。言葉の内容よりも、主君が前将軍を「家康」と呼び捨てたことに驚いたのかもしれない。

「この秀頼が成人した折りには、天下を渡すべし、と父太閤が言い残し、日本の諸士がそれにこたえて起請文を上げたのは、周知の事柄である。しかるに家康は、高徳院（前田利家）が儚《はかな》くなるや卑劣な策謀を巡らし、秀頼の名を騙《かた》って前田家に言いがかりをつけた。前田が屈すると、次は上杉を同様の策謀の対象とし、ついには無用の役を起こした。この策謀はなんのためであろうか。畢竟《ひっきょう》、天下を私せんがためである。家康、表裏《ひょうり》比興《ひきょう》の侍、前代未聞のことである。父太閤は干戈《かんか》を交えた大名衆も信じなさり、秀頼の行く末と天下をお預けになった。家康にその器量はない。親族、譜代の者ばかりを重用し、そうでないものには重い賦役《ふえき》を課すばかりである。そして、いま、片桐東市正（且元）を使嗾《しそう》し、どれ一つとして承引できぬ難題を申し越した。そして、それが拒まれるや、此度《こたび》の仕様。もはや是非もなし。父太閤の築きしこの城に、日本を引き請けて腹を切ることになっても、後代への面目、家康が大坂表に推参するならば、一戦つかまつる覚悟である」

朗々と開戦宣言をする秀頼を、家臣たちは凝視していた。

静まりかえるなか、大野治長《はるなが》が進み出て、頭を垂れた。

「ご上意をうかがい、われら一同、重く立ちこめた暗雲が晴れたような心地がいたします」

「いやいや、出過ぎたまねをするな、修理亮《しゅりのすけ》」勝手に家臣全員の気持ちを代弁した治長を馬廻頭の青木民部少輔一重《あおきみんぶのしょうかずしげ》がたしなめ、秀頼に向かっていった。「上様。畏《おそ》れながらご短慮でござりますぞ。そのような重大事は、われらに諮《はか》ってから決めていただきとうござる」

「そうでござる」こちらも馬廻頭の伊東丹後守長実《いとうたんごのかみながざね》が一重に同調した。「口幅《くちはば》ったいことを申すようでございますが、われら七手組は豊家の柱石を自認しております。戦を始められるのに、一言のご相談もないとは寂しい限りでござる」

「そちたちを軽んじたつもりはない」秀頼はいった。「だが、予はすでに覚悟を決めたのだ。どのような異見をきこうとも、この覚悟は覆らぬ。予は孤《ひとり》となっても、戦うつもりである。関東と戦うことを望まぬ者は、暇をつかわすゆえ、疾《と》くこの場から立ち去るがよい。追っ手は出さぬ」

家臣たちに退去の自由を認めたわけだが、この言葉はむしろ彼らの行動を制限した。主家を見限るというのは本来、命懸けなのである。裏切り者扱いされて、討伐されることも珍しくないからだ。現に関ヶ原の戦いに先立って、上杉家を出奔しようとした栗田国時《くりたくにとき》は、主家の手で一族もろとも殺されている。

だが、秀頼は追っ手を出さないと明言した。つまり安全に退去できるわけである。

これでほんとうに立ち退けば、ただの臆病者と見なされるだろう。

秀頼がそこまで考えたかどうかはわからないが、体面を重んじる武士にとっては、却《かえ》って退去するのが難しくなった。

「情けなき御諚《ごじょう》かな」一重がいった。「武士たる者が戦を前に逃げ出して、おめおめと生きておられましょうや。ただお決めあそばす前に、なんのご下問もなかったことに愚痴を申し上げただけのこと。そこまで仰せなら、大御所さまはわが旧主なれど、その首級《みしるし》を頂戴つかまつるべく粉骨砕身いたしましょうぞ」

元徳川家家臣である一重がこう言い切ったので、長実も不満顔ながら、それ以上、異論を唱えることはしなかった。

「そうか」秀頼はうなずいたが、謝罪めいたことは口にしなかった。「もし予が天道の正理に適《かな》い、仏神三宝の納受を得れば、将軍父子の命も危うかろう。ここに留まっているということは予とともに戦うつもりがあると見てよいのだな」

家臣たちが、おおうっとこたえた。

「ならば、皆の者、後ほど着到状を出せ」

召集に応じて、装備を整え、指定された場所に行くことを、当時の軍事用語で「着到」という。そのさいに差し出すのが着到状である。氏名と日付などが書いてあり、受けとった側は、それに花押《かおう》を捺《お》して返却する。いわば参戦証明書であり、後日、恩賞の証拠にもなる。

着到状は南北朝時代までは盛んに用いられた。というのも、当時は小領主といえども独立性が高く、合戦においてどちらに味方するか、もしくは中立を保つか、ある程度、選択の自由があったからである。

だが、戦国時代になって、主従関係が明確になってくると、着到状の必要性は薄れていき、いつしかめったに用いられなくなった。

この時代遅れの文書をあえて家臣たちに出させることで、秀頼は彼らの決意を確かめようとしたらしい。

それに、この場では退去者が出なかったが、時間が経てば、気が変わるかもしれない。そういった者たちが出た場合を考えれば、正確な戦力を把握するために必要なことであった。

ふたたび家臣たちが「おおうっ」と低い声を千畳敷に響かせた。

「修理」秀頼は治長に命じた。「諸国へも陣触れを出せ。大坂に着到するも、在地で関東一味の采地《さいち》を切り取るも、心次第、と」

つまり大坂に馳せ参じて豊臣軍の一員として戦うのも、地元に留まって徳川方大名の領地を蚕食《さんしょく》するも自由というわけだ。後者の場合、豊臣が勝てば、占領した領地はそのまま自分のものになることを保証するのである。

「忠義な大名にはとりわけて懇《ねんご》ろな書状を発するべきかと存じます」治長は提言した。治長のいう「忠義な大名」とは福島、浅野、両加藤といった太閤恩顧大名、そして、島津、毛利、伊達《だて》などの外様大名のことであろう。これらの大名には特別に恩賞を約した勧誘状を送るべきではないか、という意見である。

「無用」秀頼は一言のもとに切って捨てた。「すでに家康の陣触れを受けた大名にいちいち書状を送ることは、要らざることである。ただ天下万民に、秀頼が陣触れを出したことを伝えよ」

「それでは応じる大名などおりますまい」織田有楽斎《うらくさい》が窘《たしな》めた。

「有楽どの。懇ろな書状を送れば、大名が応じると思うか」秀頼は面白そうに訊いた。

「それは……」有楽斎は言葉を濁《ふさ》した。

「もし予が天下の主に相応《ふさわ》しいと思う者がおれば、義によって参じるであろう。あるいは大坂が勝つと信じる者がおれば、利によって参じるであろう。義も利も感じぬ大名に、腰を低くし、報償を約して懇願しても、味方するとは思えぬ。拒まれて、当家が笑いものになるばかりである。そうすれば、せっかく味方しようとしていた者も、豊家を見限るかもしれぬ。大名に書状を送る儀、構えて無用である」秀頼はいった。

「仰せの次第はまことにもってもっとも至極」畏《おそ》れ入ったというふうに、治長は頭を下げた。「しかし、牢人衆《ろうにんしゅう》には書状を出してもよろしゅうございますか。と申しますのは、拙者、有為の士でありながら、在野で髀肉《ひにく》の嘆《たん》を託《かこ》つ者どもを何人か存じておりますす。今日のような日が来るのに備え、彼らには日頃より金穀《きんこく》を送ってまいりました。その者どもは書状をもって誘いたいと存じる次第でございます」

「かまわぬ」秀頼は承認した。「それは天下万民に予の陣触れを報せることにもつながる。草深い田舎《いなか》で牢籠《ろうろう》の暮らしを送り、世の動きに疎ければ、戦に気づかぬこともあろう。それに、そういった者たちは路銀にすら事欠くやもしれぬ。困窮しているようであれば、触状《ふれじょう》に幾ばくかの金銀を添えて送れ」

「よきご思案かと存じます」治長はいった。

「皆のうち、野にある勇猛の士に心当たりのある者は申し出よ。予の名前で触状を出す。入り用であれば、金銀も与える。このとりまとめは、修理がせよ」

「承知つかまつりました」大野治長は応諾した。

「むろん、自らの配下に加える所存であれば、おのおのの名で書状を出すことも苦しからぬことだ」秀頼は付け加え、二人の家臣の名を呼んだ。「郡《こおりしゅめ》主馬、赤座内膳《あかざないぜん》」

郡主馬助良列《よしつら》と赤座内膳正直規《なおのり》が進み出た。

「そちたちに武者奉行を申しつける。西の丸御殿を役所とし、着到した軍兵を閲《けみ》し、組分け、宿割りなどを宰領せよ」

西の丸御殿は、かつて北政所《きたのまんどころ》や徳川家康も居住した屋敷である。諸国から着到した武士たちを迎えるのに相応しい。そこでこの二人は、閲兵や部隊編成、宿舎の割り当てを行うのである。

「喜んでお受けいたします」良列がいった。

「水原石見《みずはらいわみ》」秀頼は水原石見守吉勝《よしかつ》を呼んだ。「そちを兵粮惣奉行《ひょうろうそうぶぎょう》に任ずる。平時より城中に蓄えてきたものと今年の税米、大坂豊国社造営のため集めたものすべてを預ける。それでも足りぬであろう。城中に籠もる町人、百姓にも扶持《ふち》を与えるつもりであるから、そう心得て、兵粮を購《あがな》え。米、大豆、塩、麦、稗《ひえ》、粟、芋《いも》、塩、味噌、干菜、干魚《ひうお》、塩魚、秣《まぐさ》、薪炭《しんたん》などを買えるうちに買えるだけ買え。金子《きんす》のことは気にかけずともよい。おお、そうだ、酒も忘れるな。勝ち鬨《どき》のあと酌《く》むに相応しい美酒を用意せよ」

「身命を賭して、承《うけたまわ》ります」吉勝はいった。

「伏屋飛騨《ふしやひだ》」今度は伏屋飛騨守貞元《さだもと》が呼ばれた。「普請惣奉行となり、作事《さくじ》もあわせて奉行せよ。そちには、豊国社のための木石と職人、人足すべてを預ける。兵粮と同様、足りぬものは買い増せ。人が足りぬなら雇え。そして、堀を深くし、塀を高くして、櫓《やぐら》や陣屋を建てよ」

「心得ました」

秀頼は手際よく指示を出していった。開戦に備えて、前もって考えていたのである。もっとも、このとき指示されたのは、後方支援態勢に関わるもので、作戦について秀頼はなにもいわなかった。この時点では戦力が不確定なので、それも当然のことだった。

「それでは、者ども」秀頼は最後にいった。「屋敷に立ち戻り、三日のうちに出陣の支度をせよ。しかるのち、軍議を開く」

すでに開戦が決定的なのに三日の準備期間とは悠長に思えるかもしれないが、やるべきことを考えると、あまり猶予はない。ふだんから心がけのよい者、戦の近いことを感じて準備をしていた者でも、武具の手入れをしたり、細々としたものを用意しなくてはならない。ましてや、関ヶ原以来の泰平に慣れきった者の場合、いまから家来を増やしたり、馬を買ったりしなければならないことさえあった。また、領地に家来を置いている大身《たいしん》の武士は、彼らを大坂に呼び寄せなければならない。それでも家臣たちは異議を唱えず、「おおっ」と返事をした。

秀頼は満足げにうなずくと、退出した。

奥小姓たちは慌てて立ちあがり、ついていった。

秀頼は黒書院に入った。

黒書院にも床几《しょうぎ》が据えられていた。床几の前には祐筆《ゆうひつ》が控えている。馬印用の旗枠も二つ用意してあり、重い馬印を掲げる務めから神照庚丸と土肥庄五郎はようやく解放された。

秀頼は原田藤馬から太刀を取りあげると、手持ちぶさたにしていた半三郎にひょいと渡した。そして、同じく手空きだった速水出来麿に、墨と筆の用意を命じる。

「そちたち」秀頼は、庚丸、藤馬、庄五郎の、元服済みの三人にいった。「奥小姓は今日限りだ」

「お役ご免なのですか」庚丸が尋ねた。

「奥小姓の役は免ずる。向後はより重責を担ってほしい」秀頼はいい、祐筆の白井甚《しらいじん》兵衛《べえ》に顔を向けた。「この者たち三人に高五百石ずつを宛《あ》て行《が》う。文を頼む」

「知行宛行状《ちぎょうあてがいじょう》ですな」甚兵衛は墨をすりだした。「目録をいただいておりませぬが、国郡《こくぐん》はいかがいたしましょう」

「うむ」秀頼はすこし考え、「天下に於《お》いて、と記せ」

「天下、でございますか」

「そうだ」秀頼はうなずくと、庚丸たち三人にいった。「東市正《いちのかみ》もおらぬし、目録の儀はしばし待ってもらうしかない。許せよ」

　知行宛行状は家臣に領地を与えるときに発行する文書で、通常、「某国某郡に於いて何百石」という具合に、与える土地の場所を大雑把に記し、より詳細な位置を示す知行目録という文書をつける。しかし、秀頼は具体的な土地を指定せずに文書を発給しようとしていた。

　領地として与える土地を選び、それを目録にするという業務は、これまで片桐且元《かたぎりかつもと》が宰領《さいりょう》していた。且元は郷帳《ごうちょう》や国絵図などの書類をすべて残していったが、引き継ぎはされていない。それ以前に後任も決まっていないのである。そして、合戦の近づいているこの時期に、そんな悠長なことをしている暇はなかった。

　この文書は知行宛行状の形式をとりながら、「いつかそのうち、どこかに領地を与えるだろう」という意味しかないのである。むしろ、感状に近いといえるかもしれない。感状というのは、戦功にたいして褒美《ほうび》を与えるときに出すものだが、領地を与える場合、やはり場所は明確にされない。合戦が終わってすぐ、ときには戦の合間に出される文書だから、場所を定める猶予がないのである。だが、この文書は肝心の功績に触れていないのだから、感状でもない。

この知行宛行状とも感状ともつかない文書は、やがて知行証文と呼ばれるようになる。秀頼はこの知行証文で、小姓衆や馬廻《うままわり》衆の子弟を大量に取り立てることになるのだが、最初に受けとったのはこの三人だった。

「許せなどとはとんでもないことでございます」庄五郎がいった。感激のあまりだろう、彼は慄《ふる》えていた。「ありがたき幸せにございます。この土肥庄五郎兼実《かねざね》、身を粉にして……」

「そういうことは、墨付きを受けとったあとにせよ」秀頼は苦笑した。

「お名前はなんと申されたかな」甚兵衛が訊いた。

「え……」虚を突かれたような表情で、庄五郎は祐筆を見た。

「こういう書き付けの文言は決まっておりますが、宛名はそうはいきません。お名前がよく聞きとれなかった。もう一度、お頼み申す」

気がそがれたようすで、庄五郎は名前を告げた。

字を確かめたあと、甚兵衛はさらさらと一枚の知行証文を書き上げた。写しをとって、原本を文机《ふづくえ》の端に置かれていた折敷《おしき》に載せる。

「あれを」と秀頼が指さすと、十三郎が折敷を持ってきた。

秀頼は文書の内容を確認すると、出来麿を呼んだ。

出来麿は墨を湛《たた》えた硯《すずり》と筆を硯箱に載せ、秀頼に差し出す。

秀頼は筆を執り、花押を記した。

「さあ、庄五郎、来い」と文書を手渡す。

今度は、庄五郎は冷静に礼を述べた。

「なんだ、ずいぶん落ち着いたな」秀頼はつまらなそうにいった。

「はい」庄五郎は生真面目な顔で、「なれど、身を粉にして忠勤に励む決意に変わりはございません」

「うむ、励めよ」秀頼はいった。

「それでは次の方、お名前を」甚兵衛がいった。

こうして、残りの二人も知行証文をもらった。

「それでは、新しい役儀はどのようになるのでしょうか」最後に証文を受けとった庚丸が訊く。

「虎指物衆《とらさしもの》だ」秀頼はこたえた。

三人は明らかに戸惑っていた。きいたこともないのである。

「それはどのような役でありましょうか」庚丸は尋ねた。

「使番《つかいばん》だ」

三人の困惑は深まったようだった。

使番というのは、伝令、偵察、監察などを司る役職である。豊臣家には、金切裂《きんのきっさき》指物衆と黄母衣《きほろ》衆があり、それぞれ六騎ずつ、計十二騎の使番がいる。虎指物衆とは第三の使番だろう。

しかし、使番の仕事のうちもっとも簡単そうに思える伝令でも、熟練が必要だ。錯綜した戦場では、命令や情報を伝えるべき相手を探し出すだけでも一苦労である。ときには、敵中を突破しなくては使命を果たせぬこともある。ましてや、偵察や監察には深い知識と多くの経験が必要となる。

要するに、使番というのは戦場慣れした武者でなければ務まらぬのである。とても、元服したばかりの若者に振る役ではない。事実、金切裂指物衆と黄母衣衆には古強者《ふるつわもの》があてられている。

「あまりでございますっ」藤馬が叫ぶようにいった。

「どうしたのだ」秀頼はきょとんとした。意外な反応だったらしい。

「御使番は功成り名を遂げたお歴々がなられるものでございましょう。わたくしはまだ未熟者、これから手柄を立てていかねばならぬ身です。どうか槍先でご恩に報いさせてくださいませ」

使番はその職務上、戦闘することは禁じられている。自分の身を守るぐらいのことはするが、進んで戦うことはできない。したがって、華々しい活躍とは無縁なのである。

むろん使番は重要な職務である。ときには戦局をも左右する。

しかし、藤馬のような若い武者が欲するのは、一番槍や首獲りといった、わかりやすい功名手柄だった。というより、敵と戦って得られるもの以外の手柄など、手柄とは思っていないのだろう。

「そうか」心なしか、秀頼は気落ちしたようだった。

秀頼は公達《きんだち》である。幼い頃から多くの武辺者《ぶへんもの》と接してきたから、武士の上昇志向というものを頭ではわかっている。だが、しょせんそれは耳から入った知識であって、魂のうちから湧き上がる感情ではない。

だから、高い地位を与えれば、奥小姓たちが喜ぶ、と単純に思い込んでいたらしい。

「なにをいう。これがどれだけありがたい御諚《ごじょう》なのか、わからぬのか」庄五郎が朋輩をたしなめた。

「そうだ、藤馬」庚丸もいった。「上様はきっとおれたちに手柄を立てさせることもお考えにちがいない」

藤馬は期待に満ちた眼差しで、秀頼を見た。

「むろんである」秀頼はほっとしたようにうなずいた「戦が始まれば、槍働きしてもらう。そちたちの働き、大いに期待しておるぞ」

「そういうことであれば、ひたすら励みます」藤馬は感激したようすで平伏した。

「源右衛門」秀頼は上機嫌で今木正祥《いまきまさよし》を呼んだ。「この者たちに馬と具足《ぐそく》を授けよ」

「それはようございますが、この者どもは部屋住《へやずまい》ですぞ」正祥は指摘した。

「今日よりはそうではない。しかし、部屋住であったからといって、馬や具足が受けられぬということはあるまい」

「ではありますが、この者どもには家来がおりません。武士たる者に馬の世話をさせ、具足櫃《びつ》を担がせるおつもりですか」

「ああ、それは気づかなかった」秀頼はいった。

くりかえすが、秀頼は生まれながらの公達なのである。家来を持たずに暮らす人々の存在を、ときどき忘れてしまう。

「でございますから、まずこの者どもが家来を集めるまで待ったほうが……」

「いや、時が惜しい。何人か供回りをつけてやれ」

「承知いたしました」正祥は頭を下げ、三人に向かっていった。「では、そのほうども、ついてまいれ」

正祥と三人は退出した。

「やれやれ、余計なことをいって仕事を増やしてしまったわい」廊下に出ると、正祥はぼやいた。「ご上意であるから、おまえたちに供回りをつけてやる。だが、忘れるなよ、中間《ちゅうげん》小者《こもの》といえども、上様の大切なご家来だ。早く自分の家来を召し抱え、返せよ」

第七章　虎指物衆

奥小姓を免じられたからには、表御殿横の長屋に住むわけにはいかない。

神照《かみてる》庚丸《かのえまる》たち三人は引っ越しをしなければならなかった。

といっても、荷物はわずかばかりで、小さな行李《こうり》ひとつに収まる。

三人は行李を背負って、桜門を出た。

今木《いまき》正祥《まさよし》に指示されたとおり、番屋の前でしばらく待つ。

やがて、正祥が供回りと三頭の馬を連れてやってきた。馬にはちゃんと馬具がついている。

三人は歓声を上げた。

「馬はおまえたちで好きに選べ。供の者は馬ごとに分けてある」正祥はいった。「具足は皆、同じものだ。選り好みする必要はあるまい」

三人に与えられた具足は、色々威《いろいろおどし》二枚胴具足と呼ばれ、秀吉の時代から近侍《きんじ》用につくられてきた甲冑《かっちゅう》である。一領ずつ甲冑師が精魂込めてつくった品で、足軽具足のような量産品とはちがうが、意匠は共通している。

「それでは、あとは適当にやれ。わしは忙しいゆえ、これで失礼する」正祥は去っていった。

「おれはこいつが気に入った」三頭のうちもっとも目立つ月毛《つきげ》に、原田藤馬《はらだとうま》が飛びついた。

「では、おれはこの馬だ」と土肥庄五郎《といしょうごろう》は、芦毛《あしげ》を選んだ。そして、動こうとしない庚丸にむかって、「おまえは選ばぬのか」

「さすがに上様のお馬だけあって、よい馬ばかりだ。おれはどれでもいい」庚丸は、残った鹿毛《かげ》の鼻面を軽く叩いた。そして、その馬の手綱を握っている口取《くちと》りに訊く。

「この馬はなんという名だ」

「へい。紅鹿毛《べにかげ》と申します」

「いい名だ」庚丸はいった。

「お荷物をお預かりいたします」挟箱《はさみばこ》持ちがいった。

行李を渡すと、小者はそのまま挟箱に収め、担いだ。

ほかの二人も同様に荷物を預けた。

「それで、おまえはこれからどうする」身軽になると、藤馬は庚丸に尋ねた。「おれはとりあえず、実家に帰るつもりだが」

藤馬も庄五郎も城下に実家がある。

だが、孤児である庚丸には実家がない。今夜、泊まる場所もなかった。

「よければうちに来るか」庄五郎がいった。「藤馬にもだが、おぬしには恩義がある」

「恩義とは、なんのことだ」庚丸は不思議そうな顔をした。

「おぬしたちが気づいてくれねば、おれはうまうまと信濃どの（大野治徳）にたばかられて、東市正《いちのかみ》さま（片桐且元《かたぎりかつもと》）を殺《あや》める陰謀の片棒を担がされるところであった。

藤馬は今のところ困っておらぬようだから、まず庚丸に返すことにしたい」

「おお、楽しみにしておるぞ」藤馬は笑った。「だが、まあ、おれのことは気にせずともよい。おかしいと言い張ったのは、庚丸だ。おれだけであれば、おまえを羨《うらや》んでおしまいだっただろうよ」

「そうか。それで庚丸はどうする」

「ありがたい申し出だが、まず木村さまにご相談するつもりだ。それでも決まらぬようであれば、遠慮なく恩を返してもらう」庚丸はいった。

「烏帽子親《えぼしおや》だからな」庄五郎は納得した様子だった。「それがいい」

「ああ。召し抱えていただいたご報告もせねばならぬ」

「なるほど。おれも実家の前に木村さまのお屋敷にうかがおうかな」藤馬がいう。

「やめておけ」庄五郎がいった。「木村さまに褒《ほ》めてもらいたいのはわかるが、まず実の親御どのに申し上げるのが筋であろう」

「おおっ、恩人にそんな口をきくのか。褒めてもらいたいわけではない。お世話になったから、ご報告したいだけだ。しかし、おまえのいうことももっともだ」藤馬はうなずき、庚丸に眼差しを向けた。「そういえば、おまえの養い親には報《しら》せるのか」

「報せたいが、京におられる。難しいだろうな」

「それはおれに任せろ」藤馬がにやりと笑った。「おれの家は京の商人とも取引がある。書状を届けるぐらいはなんとでもなるだろう」

「関所ができて、京との街道は塞がれた、ときくが」と庚丸。

「そのようなこと、たいしたことではない」藤馬は保証した。「むしろ戦の前にしておかねばならぬことも多いから、飛脚はいつもよりたくさん出しているらしい。そのついでだ」

「そうか。ならば言伝《ことづて》を頼む」

「書状はよいのか」

「それほどのことではない」庚丸は首を横に振った。「それに、書状が元で、おまえの家の者に迷惑がかかっては心苦しい。立本寺《りゅうほん》の浄林《じょうりん》和尚に、庚丸が高五百石で召し抱えられた、と伝えてくれるだけでよい」

「立本寺の浄林和尚だな」

「ああ、妙法院という塔頭《たっちゅう》に住んでいるはずだ」

「よし、任せておけ。だが、おれはおまえに恩義などないから、これは貸しておくぞ」

「わかった。借りておく」庚丸は苦笑した。

「それでは、おれはそろそろ行く。また、明日会おう」藤馬は、貰《もら》ったばかりの馬に跨《またが》った。

「城中で馬はやめたほうがいいぞ」庄五郎が注意した。

「なぜだ」

「目上の方と出逢ったら、下馬して一礼せねばならんだろうが。城中はお歴々だらけだぞ。いちいち下馬することを考えれば、歩いたほうが楽だ」庄五郎は説明した。

「なるほど。いつものことながら、おまえのいうことはもっともだ」そういいながらも、藤馬は馬から下りない。「だが、おれは乗りたいのだ」

藤馬は騎乗して生玉口《いくたまぐち》へ向かった、供がその後を追いかけていく。

やれやれ、というふうに首を振って、庄五郎はその後ろ姿を見送った。

「それではな、宿が決まらぬようだったら、上町の土肥屋敷を訪ねてこい」庄五郎は庚丸にいった。

「ああ、そのときは頼む」

庄五郎は徒歩でその場を去った。

庚丸は逆方向へ歩きだした。木村重成《きむらしげなり》は二の丸東に屋敷を構えているのだ。

＊

木村屋敷はごったがえしていた。

庚丸は顔見知りの家来に取り次ぎを頼み、書院にとおされた。そこで、重成と対面することができた。

重成は小具足姿に白い陣羽織をまとっていた。

庚丸は五百石で召し抱えられたことを報告した。

「そうか、それはめでたい」重成は自分のことのように喜んだ。「おれからも祝儀を贈ろう」

　重成は陣羽織を脱ぎ、庚丸に与えた。

「ありがとうございます」庚丸は礼をいった。「烏帽子親の木村さまに恥をかかさぬよう励みます」

「おれの体面などどうでもよいが、上様のために励め」重成はいった。

　広縁に重成の家来が膝をついた。

「殿様。楠木甚四郎《くすのきじんしろう》さまがお見えです」

「そうか。ここへ入っていただけ」と重成はいいつけ、庚丸にむかって、「せっかく来てくれたのに、騒がしくて済まぬな。上様から着到状を出せと仰せつけられただろう。しかし、着到状の書き方など知らぬ。そこで、組の面々を集めて、書き方を教えてもらうことになったのだ。ついでに面々の着到状はおれがとりまとめることになっている」

　組の面々とは、重成が束ねる小姓六番組に属する武士たちのことである。

「ここだけではございませんぞ」総髪の男が入ってきた。楠木甚四郎正辰《まさたつ》である。

「馬廻衆《うままわり》、小姓衆の頭の方々のお屋敷をすべて回らねばなりませぬ」

「それはお忙しいところを申し訳ない」重成は会釈した。

「なに、上様の御諚《ごじょう》ですから、是非もない。それに、着到状などというものは、たいした故実《こじつ》もございませぬゆえ、教えるほうも手間はかかりませぬ」

正辰の言葉から伺えるとおり、着到状の書き方を習うというのは、重成ではなく秀頼の発案だった。

「楠木甚四郎どのだ」重成は紹介した。「式部卿《しきぶきょう》法印《ほういん》どののご子息で、故実にお詳しい」

楠木式部卿法印は旧名を楠《くすのき》長諳《ちょうあん》といった。松永家、織田家、豊臣家で祐筆《ゆうひつ》を務め、書状の書式はもちろん、戦国大名の定めた分国法にも造詣が深かった。

その父から多くの文書と知識を引き継いだ正辰は、秀頼から頼りにされているらしく、よく諮問を受ける。

「五百石で召し抱えられておりまする神照庚丸と申します。木村さまには烏帽子親になっていただきました。お見知りおきを」庚丸は挨拶《あいさつ》をした。

「よろしく」正辰は鷹揚にうなずいた。

「それではさっそくお頼み申す。そうだ、神照も着到状を出すのだろう。ちょうどよい機会だから、甚四郎どのに習え。広座敷にみなを集めた。着到状をとったあとは酒食も出すゆえ、おまえも来い」

「その前にお願いしたい儀がございます」庚丸はいい、今夜、泊まる場所もないことを重成に打ち明けた。そして、しばらく庇《ひさし》の下なりと貸してくれるよう、頼んだ。

「むろん、うちに泊まることはかまわぬ」重成は即答した。「しかし、狭いことは許してもらわねばならぬぞ。なにしろ人数を集めておるところだからな」

「そういうことであれば」庚丸が礼をいう前に、正辰が口を出した。「武者奉行どのに仰《おっしゃ》ってはいかがかな。牢人《ろうにん》衆のための宿を用意しておられる。おそらく内府櫓《ないふやぐら》に逗留なさることになろう」

「おお、それがいいかもしれぬ」重成が賛成した。

内府櫓というのは、徳川家康が西の丸御殿のすぐ側に建てた四層白亜の建物である。本丸の天守に対抗して建てたといわれており、石田三成《いしだみつなり》らが出した弾劾状にも、その建設が家康の罪状のひとつとして挙げられている。

家康が大坂城にいたころは、「西の丸天守」などと呼ばれていたのだが、西の丸に天守があるのはおかしいということで、いまでは内府櫓と呼ばれている。この場合の「内府」とはもちろん、家康のことである。

当時の天守は、戦時に軍兵を容《い》れることを想定して、畳敷きである。内府櫓もなかは座敷になっていた。

「ならばそういたします」庚丸はいった。彼にしてみれば、どちらでもよいといったところだろう。

「着到状を出すときに口添えをしてやろう」重成はいった。

「よろしくお頼み申し上げます」庚丸は深々と頭を下げた。

＊

神照庚丸勝成《かつなり》、原田藤馬尚信《なおのぶ》、土肥庄五郎兼実《かねざね》に加えて、奥小姓出身の近習である平井吉《きち》右衛《え》門保能《もんやすよし》、同次《じ》右衛《え》門保延《もんやすのぶ》の兄弟が虎指物《とらさしもの》衆に任じられた。

彼ら五人には揃いの指物が授与された。虎の毛皮でつくった背旗《せばた》である。この指物とともにある限り、本丸でも騎乗が許される。のみならず、下馬の礼も免除もされたから、藤馬は一転して大喜びした。

彼らの持ち場は表御殿対面所、すなわち千畳敷である。

千畳敷は様変わりしていた。周囲を茜《あかね》の吹貫《ふきぬき》がぐるりと取り囲んでいる。

上段の間には秀頼の床几《しょうぎ》が据えられており、その周囲には数えきれぬほどの陣羽織や具足櫃《ひつ》太刀が飾られていた。すべて恩賞用である。いくつか置かれた長持《ながもち》のなかには脇差《わきざし》や短刀、小袖、金銀が収められている。これも武勲を立てた者に下賜《かし》するためだった。上段にあるもので恩賞にならないのは、秀頼の坐る床几と馬印《うまじるし》ぐらいのものだ。

秀頼の背後には奥小姓が坐り、細々とした用事をこなしていた。

中段の間にはひっきりなしに重臣たちが訪れる。

下段の間には祐筆《ゆうひつ》が控えていて、文書を作成していた。

そして、金切裂衆《きんのきっさき》、黄母衣衆《きほろ》、虎指物衆の使番《つかいばん》たちは護衛もかねて、広縁に控え、秀頼の命令を待つ。

もっとも、廊下に坐りこんでいる暇はなかった。秀頼はつぎつぎに命令を出し、そのたびに使番たちは飛び回らねばならなかった。

ようやく帰って復命したかと思うと、次の命令が出る有様だ。

秀頼の構想では、金切裂指物衆と黄母衣衆には前線で本来の使番の仕事をさせ、虎指物衆には後方での連絡、城中の風紀監察など、一歩下がった役割を与えることになっていた。

まだ戦いの始まっていないこの段階でも、練達の武者からなる金切裂指物衆及び黄母衣衆と、若侍しかいない虎指物衆では、任務の質が違った。

金切裂衆と黄母衣衆にまず命じられたのは、城下の大名屋敷を押さえることだった。ほとんどの大名は大坂屋敷を引き払っていたが、最低限の留守番を置いたり、町人に管理させたりして、蔵屋敷として使っている大名もいたのである。こういった大名から屋敷を接収し、蔵米や武具を押収するのだ。ただ、のちのち味方になるかもしれないから、一時的に借りるという建前をとった。そこで、使番が借用を申し入れる使者に立ったのである。

しかし、絶対に味方になるはずがない勢力もあった。徳川家である。

徳川家は高麗橋《こうらいばし》付近に銀座を持っており、生野《いくの》や石見《いわみ》大森《おおもり》からの銀を扱わせていた。また、西国からの年貢米五万石を大坂屋敷に一時保管している。さすがにこの大坂銀座と徳川屋敷には、軍勢を送り、銀と米を収容した。

余談だが、この徳川の米については挿話がある。

接収が終わったのとほぼ同時に、京都所司代の板倉勝重《いたくらかつしげ》が、「大坂に籠城するという噂《うわさ》がある。もしほんとうなら、大坂にある当方の税米も城中に引き取って、籠城に備えればよろしかろう。そうでなければ、こちらへ送っていただきたい」と書簡でいってきた。

大野治長や織田有楽斎は、「この米を取り込めてしまえば、兵糧米《ひょうろうまい》が乏しいと思われるでしょう。米はじゅうぶんにあるのですから、返してしまうべきです」と進言した。

だが、秀頼は、「乏しいと思わせておけばよいではないか。なんの不都合がある」といって、返却を拒絶した。

のみならず、「籠城とは好んでするものではない。攻め寄せてくる不心得者がいるから、やむなくするのだ。そのような者がおらねば、籠城する必要もなかろう。しかしながら、不心得者が攻めかかってこぬとも限らぬ。万が一の場合を思い、兵粮はありがたく受けとっておこう。そちの豊家への忠義、まことに殊勝である」と勝重に書き送った。しかもそのさい、粟田口吉光《あわたぐちよしみつ》の短刀を褒美《ほうび》として添えた。

勝重はすっかり面目をつぶされた形になった。短刀には手も触れなかったので、使者はやむなく大坂に持ち帰った。

顚末《てんまつ》をきいた秀頼は満足したようすで、受けとられなかった吉光をその場で使者に与えた。

だが、世間はなぜか勝重が受けとったかのように誤解した。五万石の米と引き替えにされたというので、この短刀は「五万石吉光」と呼ばれるようになり、いまも加《か》州《しゅう》博物館に収蔵されている。

それはともかく、金切裂指物衆と黄母衣衆に課せられた役儀は、一歩間違えば合戦になるものだった。戦いを避けるためには、それなりの交渉能力が要る。

それに対して、虎指物衆がはじめに命じられたのは、城下に高札を立てることだった。むろん、じっさいに作業をするのは人足たちで、虎指物衆はそれを監督し、集まった町人たちに内容を教えるだけである。それなりに重要だが、だれにでもできそうなことだった。

ちなみに、高札の内容は、「両将軍家、大坂表へ出勢致すべく候条、一戦を期せんと思し召し候」と秀頼の開戦決意を簡潔に述べ、次のようなことが箇条書きにされていた。

一、城上がり、逃散《ちょうさん》は心得次第である。
一、逃散の衆が持ちきれない家財は、城方が買い取ってもよいので、申し出よ。
一、城上がりの衆は、町年寄に申し出て、人別帳に名を記してもらうこと。
一、人別帳に名の載っている衆には、飯米を与える。

一、賦役《ふえき》を申しつけられた衆には、さらに金穀《きんこく》を渡すので、謹んで請《う》けること。

城上がりというのは城に避難することであり、逃散とはこの場合、戦を避けて町を離れることである。

籠城するのも疎開するのも自由である。逃げる場合、運びきれない家財などは買い取る。また、籠城すれば食事を支給し、もし労役に従事すれば、それとはべつに食糧や賃金を与える——というのが骨子だった。

ただし、城上がりができるのは、もとから大坂城下に住んでいた者と入城する軍兵の家族に限られる。それ以外の農民なども秀頼は受け入れるつもりだったが、一部の家臣が、「兵粮が減るだけでござる」と猛反対したために、断念した。彼らは町人の受け入れにも難色を示したが、それは断固として、秀頼が押し切った。

この高札を城下の数カ所に立てる。

着到状書様次第《ちゃくとうじょうかきようしだい》という、着到状の書式を示した高札も立てた。城下に潜伏する牢人に向けたものである。

また、陣中張文《じんちゅうはりぶみ》と呼ばれる軍法の公布も虎指物衆の仕事だった。

今回の事態とは関係なく、秀頼は豊臣軍法を制定する意欲を持っていた。秀吉以来の家法が、世代交代していくなかで喪《うしな》われていくのを恐れた彼は、まだ亡父とともに戦場を駆け巡った武者が生きているうちに、明文化する必要を感じたのである。

そこで、古参の筆頭馬廻《うままわり》頭・速水守久《はやみもりひさ》と旗奉行・郡良列《こおりよしつら》に、軍陣故実や他家の掟《おきて》書《が》きに詳しい楠木正辰《くすのきまさたつ》を加えた三人へ、軍法の起草を命じた。実際の作業は正辰が中心になって行った。彼は守久と良列以外の武者にも話をきき、豊臣軍法の原形をつくりあげていった。

上洛停止を徳川がいってきたころには、豊臣軍法はほとんど完成していた。しかし、情勢の変化により、軍法も修正しなくてはならなくなった。

完成目前の豊臣軍法は牢人衆《ろうにん》のことに触れていなかったのである。

合戦時、牢人を臨時に抱えるのはごく普通に行われていたが、大坂の陣のときの豊臣ほど大量の牢人を集めた例はない。そして、もし徳川と戦うことになれば、大量の牢人衆を集めなければならない、というのは事前にわかっていた。

そこで、秀頼が先例として見いだしたのは、関ヶ原合戦時の黒田如水《くろだじょすい》である。

当時、如水は国元の豊前中津《ぶぜんなかつ》にいた。ところが、軍勢のほとんどは息子の長政《ながまさ》が連れていってしまっており、手元にはわずかな家臣しか残されていなかった。そこで、彼は金穀を惜しみなくばら撒いて兵を募り、約三千六百の軍勢を造り上げて、九州の西軍諸城を攻めた。

絶対数でいえば及ぶべくもないが、割合でいえば大坂以上に牢人衆を集めたといえるかもしれない。

そこで、秀頼はこのときに集められた牢人を何人か呼んで話をきき、軍法を修正した。そのため、さらに完成からは遠のいた。

この未完成の軍法から周知徹底すべき項目を抜き出したのが、陣中張文である。秀頼はこれを大量に摺《す》らせ、騎馬侍全員に配布した。

見過ごされがちだが、この陣中張文の存在はきわめて重要だと思う。

張文の条文は大きく三つに分類される。

まず、作法を規定したものである。この場合の作法とは、戦場でのそれ、つまり鐘《かね》太鼓の叩き方による意味とか、号令の掛け方なども含む。こういったことは家によってちがうので、豊臣譜代の家臣と牢人たち、あるいは牢人同士の意思の疎通を円滑化するためには、必要不可欠だった。また、日常生活における作法も無用の軋轢《あつれき》を排し、秩序を生むのに効果的だった。

つぎに、さまざまな手続きの取り方や、文書の書式を示したものである。この部分は軍法からではなく、他の掟書から取り上げられたものも多い。豊臣家においてはもともと、各種の手続きが細かく定型化されていたのである。多くの牢人たちがその形式主義に「往生つかまつった」と述懐している。たしかに柔軟性や機動性を損なう場面がなかったとはいえない。が、大局的な視点に立てば、組織が急速に膨張する際によく見られる混乱を最小限にしたといえるだろう。

最後に、役職ごとの職務権限を明確にする条文である。いまでも小さな組織にはありがちだが、当時の武家では役というより人に職務がついている傾向があり、その範囲はかなり曖昧《あいまい》だった。それを秀頼は嫌ったのである。

「陣中張文によって、秀頼公は封建軍隊を、形式合理性に貫かれた近代官僚組織に作り替えたのだ」という評価もある。

わたしも秀頼を尊敬するにやぶさかではないが、いくらなんでも過大評価だと思う。大坂城においては、あいかわらず身分や門地が重視されたのだから。

しかし、張文がなければ、大坂に集まった軍勢はまとまりを欠き、その実力を発揮できなかっただろうことには同意する。その意味では、陣中張文は大坂の戦力を何倍にも増やしたのである。

そして、陣中張文の整備に関して最大の功労者は疑いようもなく、豊臣秀頼である。今回の対照実験は秀頼に関することなので、史実との齟齬《そご》が現れるとしたら、陣中張文に顕現する可能性が高い、とわたしは見ている。

そこで――当時の牢人たちと同じく、皆さんもうんざりされるかもしれないが――以降、陣中張文に関しては詳しく確認していくつもりだ。

さて、この陣中張文、もとが未完成であるうえ、机上でつくったものだから、しょっちゅう追加や変更がある。

新しい張文ができると、写しが二通、つくられる。一通は武者奉行所、つまり西の丸御殿の前に掲示され、もう一通は版木に彫られる。印刷された張文は、城中の各所に張り出され、また重臣たちに配られる。そのすべてを虎指物衆が行う。

陣中張文では、新しく参集した軍兵を陣借衆《じんかり》と呼び、陣借衆となるべくやってきた者たちのことを着到衆と呼ぶ。この着到衆の引率も、虎指物衆の重要な仕事だった。

惣構《そうがまえ》の城門には番屋が設けられ、人の出入りを改めていた。着到衆はたいてい武装しているので、いったん城外に留め置かれ、虎指物衆が案内することになっているのだ。

十月九日、庚丸は備前島《びぜんじま》の番屋に向かっていた。萌葱《もえぎ》の小袖のうえに木村重成からもらった陣羽織をまとい、鹿革袴《ばかま》をはいている。乗馬はもちろん、拝領の紅鹿毛《べにかげ》。その横を併走する中間《ちゅうげん》には虎指物を持たせ、べつの従者には槍一筋を担がせていた。金五枚を下賜《かし》されたので、その一部で購《あがな》ったものだ。

この従者たちは秀頼から借りたものだ。中間小者《こもの》を雇うのは事前に考えていたより容易《やさし》かったのだが、どうにも浄林《じょうりん》の言葉が引っかかって、踏ん切りがつかない。まさか浄林に槍を担がせるわけにもいかないだろうが、若者を数人、連れてくるぐらいのことは期待していた。

それに、自分が未熟であることは自覚しているので、できれば物慣れた家来がほしかった。指図するにしても、どう指図していいのかわからないことがあるのだ。経験豊富な従者なら、どうすべきかをそれとなく示してくれるだろう。その点、秀頼から借りた従者たちは頼りになる。彼らは従者というだけではなく、教師でもあった。今《いま》木正祥《きまさよし》には毎日のように嫌みをいわれるが、もう少し学ぶまで、手放す気になれない。

備前島は大和川《やまとがわ》と淀川《よどがわ》の合流点に浮かぶ中州で、京街道に続く橋がある。したがって、京洛方面からの牢人が連日、詰めかけていた。

庚丸は番屋に入っていった。

番屋とはいえ、かなりの規模があった。関ヶ原以来打ち捨てられていた旧宇喜多《うきた》家下屋敷に、急遽《きゅうきょ》、修繕と清掃を施したものが備前島番屋なのである。番兵の詰め所としてだけではなく、参集する牢人たちを供応するのにも使われていた。湯漬けを振る舞うぐらいで、たいした持て成しではないが。

「神照どの」と声をかけられた。

大野家家老・米村権右衛門《よねむらごんえもん》だった。備前島番屋には大野治長《はるなが》の手勢が詰めており、権右衛門はその長だった。

「今日もよい日和でございます」庚丸は下馬して、権右衛門に挨拶《あいさつ》をした。「着到衆は集まっておられますか」

「集まっておりますが、珍客がござる」

「珍客ですか」

「神照どのにお仕えしたい、という方々がおいでてござる」権右衛門はいった。「使いを出そうかと思いましたが、神照どのはすぐいらっしゃるだろう、と存じましてな」

着到衆には、城内に伝手《つて》を持っている者も多い。「誰それに呼ばれた」「ご家中の某《なにがし》どのの存じ寄りの者である」、あるいは、「某さまのもとに馳せ参じた」などという場合は、番屋から使いを出して相手を呼び、引き合わせることになっていた。

「浄林和尚ですか」庚丸は即座にいった。ほかに心当たりなどない。

「そういうお名前ではなかったようでござるが、まあ、お会いなさるのがいちばんでありましょう」

導かれるままに、庚丸は番屋の中庭に出た。

着到衆が集まっていた。多くは牢人だが、農民、山伏、無頼漢などもいた。

陣借衆にも身分の差がある。陣中張文では、陣借衆を騎馬衆、同心衆、雑兵衆に分けている。陣借衆ほど厳密ではないが、着到衆もやはり三階級に格付けされていた。

家来を引き連れている者は座敷で食事を供され、家来がおらず帯刀している者は濡れ縁で、帯刀すらしていない者は地面の筵《むしろ》で持て成されていた。

しかし、地面に敷いた筵のうえでも、彼らは幸せそうだった。

食事には差がない。香の物と焼き味噌を添えた白米の湯漬けである。この時代、上級武士でも日常は玄米や麦飯を食べるのが普通だった。ましてや貧民にとっては雑炊や蛍飯《ほたるめし》が常食だったから、白米というだけでご馳走であり、来たかいがあったというものだ。

雑兵たちの坐る筵からやや離れたところに人だかりがあった。

人々の頭のうえから指物がにょっきり突き出ている。指物の中央には「鬼子母善神《きしもぜんじん》十羅刹女《じゅうらせつにょ》」と書かれ、その左右に、「鎮宅霊符神《ちんたくれいふしん》」「八幡大菩薩《はちまんだいぼさつ》」とあった。

「おお、小倅《こせがれ》だ。和尚、小倅が来たぞ」竹若の声がきこえた。「見違えたぞ。まるでいっぱしの武者だ」

人だかりが自然と割れ、庚丸をとおした。

浄林がいた。桶側胴《おけがわどう》の具足に浅葱木綿《あさぎもめん》の陣羽織を着こなし、床几《しょうぎ》に坐っている。傍らには、朱色の具足をつけた竹若が指物を持って立っていた。

「浄林和尚」庚丸は声をかけた。「ほんとうに来ていただいたのですね」

「おお」浄林はうなずいた。「約定どおり神照庚丸さまにお仕えするために、五十二人を引き連れて、この島左近《しまさこんのじょうきよたか》丞清興、ただいま着到っ」

第八章　神照陣屋

島左近といえば、かつて石田治部少輔三成《いしだじぶのしょうみつなり》に仕え、「三成にすぎたるものが二つあり、島の左近と佐和山の城」と謡《うた》われた猛将である。

育ての親がその左近だと知っても、神照庚丸《かみてるかのえまる》に戸惑いはなかった。

島左近の盛名が轟《とどろ》いたのは、庚丸に物心がつく前の話であるから、ぴんと来なかったというのも理由の一つである。だが、なにより、秀頼が招こうとしたぐらいだから、名の通った武者だったのだろう、と正体を明かされる前から思っていたことが大きい。むしろ納得した。

だが、左近が引き連れてきた人数には困惑した。庚丸の身代《しんだい》で抱えられるのは、がんばってもその半分ぐらいだ。これまでの貯えや借金で分限以上の家来を抱える者もいるが、庚丸には貯蓄も借金のあてもない。下賜金も自分の身支度でかなり使ってしまった。

そのうえ、左近にむかって、「ぜひ召し使うてくだされ」などという着到衆も多かった。

「わしは神照さまの家来じゃ」左近はいい、庚丸を見た。「殿のお許しがなければ、勝手なことはできん」

とても面倒は見きれない。

庚丸はなにもいわなかったが、困惑を面に出した。

それに気づいたらしく、左近は牢人《ろうにん》たちに告げた。

「まず我が身を落ち着かせてからの話じゃな。いまは勘弁してくれ」

とりあえずほっとした様子で、庚丸は着到衆を案内した。

大坂城惣構《そうがまえ》に通じる京ノ小橋を渡る。ちょっとした軍勢だ。

驚いたことに、竹若も騎馬だった。馬格のよい芦毛《あしげ》に乗っている。

「竹若さんも武者だったのですか」庚丸は左近に訊いた。

左近は見事な連銭《れんぜん》芦毛に乗っていた。

「ああ、あいつ自身は児小姓《こごしょう》だったが、父親は大橋掃部《おおはしかもん》という、石田家随一の槍の使い手といわれた男じゃった」

「そうだ、小倅《こせがれ》」すぐ後ろについていた竹若が口を挟んだ。「おれも父を継ぐことができた。この年で元服とは、ちと恥ずかしいが、父と同じ大橋掃部と名乗るから、これからはそう呼んでくれ」

「庚丸は主だぞ」左近が叱りつけた。「小倅と呼ぶやつがあるか。口の利き方に気をつけろ」

「お掃をちょうだいするまでは、主ではない」竹若改め掃部は、笑いながらいった。

「だいいち、呼び捨てにしておいて、そのようなことを仰せでも、納得いかぬわ」

「わしも気をつけるが、おまえも気をつけよ」

「それに、小倅の今日あるのも、おれのおかげといえるだろうが」

「おまえは思いついただけであろうが。苦労したのはわしじゃ」

「どういうことですか」庚丸は尋ねた。

「おまえをひとかどの武士にするには、どこぞの児小姓にしたほうがよいといったのは、おれだよ」掃部は自慢げにいった。

「そのようなこと、だれでも思いつくわい」左近は忌々《いまいま》しげに、「豊家を選んだのも、老犬斎《ろうけんさい》どのに口利きを頼もうと考えたのも、わしじゃ。じっさいに動いたのもわしじゃ。おまえが偉そうな顔をすることではないわい」

城を半周して、生玉口曲輪《いくたまぐちくるわ》に入った。

生玉口は二の丸の正門である。外から見ると、右に千貫櫓《やぐら》、左に内府櫓が聳《そび》えている。

それを守る生玉口曲輪にも立派な番屋があった。

「懐かしいな」左近が番屋を見ながらいった。

「さもありましょう」庚丸は同意した。

生玉口曲輪番屋はもとは織田老犬斎の屋敷である。老犬斎の急逝のあと、家臣たちのほとんどは国元の丹波《たんば》柏原《かいばら》に引き上げてしまい、わずかな留守居役も片桐騒動のあいだにいなくなってしまった。そこで、豊臣家が接収し、番屋として使っている。浄林と名乗っていた左近にここへ連れてこられてから、庚丸の大坂城での暮らしが始まったのだ。

「おそらくおまえ、いや、殿はご存じあるまい」

「なにをでございますか」殿と呼ばれて面映ゆそうにしながらも、庚丸は訊いた。

「わしはここに住んでおった」左近はいった。「関ヶ原以前は、石田家の上屋敷だったんじゃ」

「それは存じませんでした」

「ふむ。ちょっとなかに入ってはまずいかな」と左近はいいだした。「先ほどの番屋の隣は石田の下屋敷じゃったんで、忍び込んでみたが、昔の面影など欠片《かけら》もなかった。こちらはどうかの」

「それはお待ちあれ」

　着到状を出せるのは、騎馬衆のみである。したがって、生玉口を通って西の丸に入るのも、騎馬衆とその従者ということになる。もっとも、引き連れてきた人数があまりに多い場合はこれに当たらない。

　たとえば、十月六日に入城した明石《あかし》掃部頭《かもんのかみ》全登《たけのり》は、千人以上の切支丹《きりしたん》を従えていた。さすがにこの人数を西の丸に容れるわけにはいかないので、旧細川屋敷の跡地に建てられた陣屋に待機させた。そのうえで、武者奉行・郡良列《こおりよしつら》のほうから足を運び、全登と主立った面々のみを西の丸御殿へ案内したのである。全登のもとに参集する切支丹たちはその後も増え、最終的には四千人にも及んだから、賢明な措置だった。

　陣中張文《じんちゅうはりぶみ》によれば、騎馬衆と認められるには三通りの方法がある。

　第一に、秀頼からの触状《ふれじょう》を持っていることだ。

　第二に、重臣から推挙してもらうことだ。七馬廻《うままわり》頭《かしら》、六小姓頭、大野治長《はるなが》・治房《はるふさ》兄弟、織田有楽《うらく》・頼長《よりなが》父子といったところに請人《うけにん》になってもらえば、無条件で騎馬衆と認められた。これらの重臣たちは取次《とりつぎ》衆と呼ばれ、人事面だけではなく、政戦両略に重きをなした。後に、牢人衆のなかから真田左衛門佐信繁《さなださえもんのすけのぶしげ》、長宗我部《ちょうそかべ》宮内少輔《くないしょう》盛《もり》親《ちか》、後藤又兵衛基次《ごとうまたべえもとつぐ》、毛利豊前守勝永《もうりぶぜんのかみかつなが》、明石掃部頭全登の五人が取次衆に加わる。

第三に、生玉口曲輪番屋で割符《わりふ》を発行されることだ。割符は生玉口の通行手形ともなり、武者奉行に提出する着到状に添えることになっていた。これを発行するのは、割場《わりば》奉行として番屋に詰めている、渡辺糺《わたなべただす》、穴澤主殿助盛秀《あなざわとのもすけもりひで》、和久宗是《わくそうぜ》などだった。

割場というのは、着到衆を格付けして、同心衆と雑兵《ぞうひょう》衆の所属を決める役所である。生玉口曲輪番屋はその割場も兼ねていた。

軍装を整え、馬に乗り、家来の数人も連れていれば、騎馬衆と認められる。たとえ、威毛《おどしげ》の切れたような具足を着け、駄馬に乗って、家来がいかにも食い詰め者揃いであっても、要件を満たしているので、割符を渡されるのだ。

だが、馬にも乗らず、家来も連れず、親の代にもらった感状や失効した知行宛行《ちぎょうあてがい》状《じょう》などを振りかざして、騎馬侍として扱え、などという牢人もいた。彼らが騎馬衆と認められることは稀《まれ》である。たいていは馬乗《うまのり》衆に編入された。

馬乗というのは、騎馬侍と同義で使われていることも多いが、陣中張文では、馬乗同心の略で、同心衆のなかではいちばん格上という意味に使われていた。もともと、武具や具足を備え、家来も連れているが、馬は持っていない武者のために設けられた階層である。騎馬侍ではなくあくまで徒士侍《かちざむらい》なので、馬を所有することは禁じられている。しかし、馬上資格はあり、必要なときに馬を借りて乗ることが許されていた。ちなみに、馬乗衆の下は徒士衆で、これは槍や鉄砲などの表《おもて》道具を持参してきた者たちだ。

徒士衆の下は足軽衆で、ここまでが同心衆だった。それより下は雑兵衆である。同心衆と雑兵衆の違いは、苗字を持っているか、いないか、である。が、この時代、そんなものはいくらでもごまかしがきく。けっきょく、持ち物で見るのがいちばん実用的だった。つまり、打刀《うちがたな》を差していれば同心衆、脇差《わきざし》や兜割《かぶとわり》しか持っていない、あるいはそれすら帯びていないようであれば雑兵衆だ。

むろん、経歴や技芸も考慮されることになっている。例えば、鉄砲足軽として永年務めた経験を持っていれば、刀一本持っていなくても、同心衆に取り立てられることになっている。しかし、これも証明が難しい。

「皆様のなかで触状をお持ちの方はおられますか」庚丸は大声で尋ねた。

こたえはなかった。だれも触状を持っていないということだろう。

意外なことではなかった。触状を持っているほどの武者は、重臣のだれかからの迎えが来るのが通例で、番屋に留まっているということはめったにない。迎えがなくても、番屋から役人が出て、個別に案内することになっている。

庚丸が訊いたのは、念のためだった。

「では、いまより番屋へご案内申す」庚丸は生玉口曲輪番屋へ馬を進めた。

門をくぐると、大広間の棟がある。襖《ふすま》や障子《しょうじ》がすべて取り払われ、武者が詰めていた。

式台《しきだい》の中央に床几《しょうぎ》が据えられ、今日の当番の渡辺糺が坐っていた。

庚丸は糺に向かっていった。「備前島番屋より着到の衆でございます」

「うむ」糺はうなずいて立ちあがった。「それではご家来衆をお連れの方々はこちらへお上がりあれ。ご家来衆は、主が戻られるまでお控えあれ。他の者は、そこで列をつくっていただきたい」

糺の左右には、これ見よがしに銀や銭差《ぜにさし》が積んであった。同心衆、雑兵衆に渡す支度金である。

とりあえず、庚丸の役儀はここまでである。彼は左近と今後の話をしようとした。

ところが、左近が見あたらない。

庚丸はすぐ見つけた。

棟の横には柵と戸が設けられていて、足軽が警備しているのだが、その番兵と左近

いる。

「合印《あいじるし》も着けておらぬのに、通せるか」と番兵が槍の柄で左近を押し戻そうとしている。

「合印とはそれか」左近は番兵の左肩から垂れる茜色《あかねいろ》の小旗を指した。

「そうだ。手形も要る」

「手形とはなんじゃ」

「着到手形です」庚丸は後ろから声をかけた。左近が振り返ったので、式台を指さす。

「あそこで書いてもらうのです」

紀の左右には数人の祐筆《ゆうひつ》がいて、手形を書いていた。名前、着到の日付、衆の区別、家来や家族を伴っていればその名前などが記され、当番の割場奉行が花押《かおう》を捺《お》す。それに支度金と合印を添えて渡すことになっていた。

合印というのは、所属部隊を表すものである。だが、幾十もの大名家が入り乱れるような大きな合戦になると、単純に敵味方を表す標識が必要となる。例えば、関ヶ原の時は角取《すみと》り紙を右肩に着けることが東軍の印だった。

秀頼は茜色の反物を大量に調達し、それを幅五寸ずつ切り取ったものを左肩に着けることを豊臣方の印とした。これは軍兵だけでなく、その家族、庶人《しょにん》も大坂城中にいはめていた。

るときは着けておかなくてはならない。

所属部隊標識としての合印がなくなったわけではないので、下級の兵士はいくつも合印を着ける羽目になる。

左近と対峙《たいじ》している番兵も、茜の袖印のほか、藍地《あいじ》に黒餅《くろもち》一つの合印を帯から下げていた。

「ほい、家来をお探しか」奥から声をかけられた。「拙者を抱えてくださらぬか」

柵の向こうに男がいた。着到手形を振りかざしている。

「探しとらん」左近がこたえた。「間に合うておる」

「おまえさまには尋ねておらぬ」男は庚丸を見ながら、「そちらの若いお侍にお頼みしておる」

「あいにくですが」庚丸は首を横に振ると、男の肩越しに奥を指さした。「あちらに行かれてはいかがか」

朱色の陣羽織をまとった武者が濡れ縁に腰掛け、同心衆や雑兵衆から着到手形を受けとっていた。

朱の陣羽織は物頭《ものがしら》の徴《しるし》である。組下《くみした》を集めに来ているのだ。

例えば鉄砲頭の場合、陣中張文によると以下のような配下を揃えなければならない

――補佐役である組頭二騎を馬乗衆から、鉄砲足軽三十人を足軽衆から、玉薬箱持《たまくすりばこも》ち三人と荒子《あらしこ》十五人を雑兵衆から。

すべてを陣借衆《じんがり》でまかなわなければならないわけではない。豊臣家譜代の足軽なども適宜、配属されることもある。だが、ほとんどの組が陣借衆で構成されていた。それだけ、陣借衆の占める割合が大きかった。

その物頭も、庚丸には見覚えがなかったから、陣借衆かもしれない。

「足軽働きなぞつまりませぬな」男は物頭を振り返りながらいった。

「しかし、又者《またもの》になってしまうよ」庚丸はついいった。

陣借衆は豊臣家の直参《じきさん》扱いである。又者は秀頼から見れば、家来のそのまた家来であり、扱いが軽い。

「組に入って、鉄砲を放っても、手柄など立てられませぬ。それより、どこぞの武者の若党《わかとう》にでも使ってもらうほうがよい。いや、いっそ草履《ぞうり》取りでもかまいませぬ。主が出世すれば、引き立ててもらえるかもしれませんからの」

「なるほど」左近が笑った。「目のつけ所がよいわ。そういうことであれば、わしのような老体ではなく、若武者に声をかけるはずじゃ。老武者は立身出世する前に死んでしまうからの」

「そういうことでござる。どうでござるか、拙者をお雇いなされ」

「見所がある。抱えてやったらどうじゃ」左近が勧めた。

庚丸はまたもや困惑した。

よく見ると、男は若かった。垢《あか》まみれの顔をして、無精髭《ぶしょうひげ》を生やしているものだから、ずっと年嵩《としかさ》に思えたが、びっくりするほど幼い目をしている。庚丸より年下ということはないだろうが、まだ二十歳《はたち》にもなっていないのではなかろうか。

「おお、ご老人は話がわかる」男はいった。「先達《せんだつ》のいうことはきくべきでござるよ」

「しかし……」庚丸は渋っていた。

「こういう者を身近に置くことは、きっと殿のためになる」左近はいった。「この面《つら》構えを見てみい。元亀天正《げんきてんしょう》のころは珍しゅうなかったが、このところではめったに見かけん」

「わかりました」ついに庚丸はいった。「ならば雇いましょう」

「ありがたい」男は番兵にいった。「出してくれ」

番兵は男を出した。同心衆、雑兵衆は所属が決まるまで番屋を出ることができないのだ。

「励みますゆえ、よろしくお頼み申し上げる」男は着到手形を差し出した。

それには、「足軽衆、梅田作左右衛門《うめださくざえもん》」とあった。

「荷物はないのか」庚丸は訊いた。

「荷物など」作左右衛門は笑いだし、帯にぶちこんだ刀を叩いた。「こいつが残っただけでも、上出来でござる。あとは全部、博奕《ばくち》でいかれ申した」

「そうか」庚丸はうなずくと、左近に物問いたげな視線を向けた。

「心配するな。賭《かけ》に弱くても、戦働きのできるやつはいくらでもおる。かくゆうわしも、博奕には弱い」

「いや、わたしが心配しているのはそういうことではなく……」庚丸はいいかけたが、諦めたような表情をして、手形をしまいこんだ。「それでは、もう参りましょう。上様が島さまにお会いしたいと仰せあそばすことでしょう」

「殿。わしも気をつけるが、殿も気をつけよ」左近は厳しい口調でいった。

「なにをですか」

「家来を呼ぶのに、島さまというやつがあるか。左近と呼び捨てにせい」

「はあ」庚丸は気が進まない様子だった。

「呼びにくければ、和尚でもよい」

庚丸は見るからにほっとした。「そうさせていただきます、和尚」

「なんじゃ」作左右衛門がいった。「ご老体は若殿のご家来か」

「そうじゃ」左近はうなずいた。「まあ、家老といったところかの」

「神照さまのご家来であれば」と番兵がいった。「お通りくださってもかまいませぬが」

「おお、そうか」左近は破顔した。

「おやめあれ」庚丸は制止した。「これ以上、家来を増やさんでくださいませ」

＊

生玉口《いくたまぐち》でも一悶着あった。

生玉口の番兵たちと庚丸《かのえまる》は顔見知りである。だが、朝、秀頼から借りた供回りをつれて出た彼が、五十人以上の供を連れて帰ってきたのだから、不審に思うのも無理はない。

なんとか説き伏せて、左近以下の人数を引き連れ、西の丸に入る。

西の丸御殿の前には、屋根つきの腰掛けが多く建てられていた。騎馬衆の家来たちのためのものである。

左近以下をそこで待たせ、庚丸は本丸の千畳敷に赴いた。

秀頼は赤座直規《あかざなおのり》とともにいて、着到状に花押《かおう》を捺《お》していた。最初は手で書き入れていたのだが、着到状があまりに多いので秀頼は一日で音を上げ、「承引《しょういん》、一見了」という文言と花押が彫り込まれた印判をつくらせた。いまはそれを使っている。

庚丸は秀頼に報告した。

「左近が着到したか」秀頼はいった。「すぐ会おう。連れてまいれ」

厚遇というべきだった。

陣借衆でも、騎馬衆ならば秀頼にお目見えをする。だが、それには時間がかかる。

武者奉行は二人おり、西の丸御殿と千畳敷に一人ずつ一日交替で詰めている。つまり、今日、直規は千畳敷にいるが、昨日は西の丸御殿で務めていたのである。

西の丸御殿にいる武者奉行は、騎馬衆相当と評価された武者から着到状と分限帳を受けとる。分限帳というのは、家来や家族の姓名、年齢、そして馬や武具、具足の数などを書き連ねたものである。こういった書類の書式を教えるのも、武者奉行所の役目だった。

武者奉行はじっさいに閲兵して、分限帳に偽りがないかを確かめ、必要があれば修正させる。さらに武者と面談して、家柄や経歴をきく。請人《うけにん》がいれば、彼からも話をきく。もっとも、取次衆《とりつぎ》が請人の場合は、書状で済まされることも多い。可能なら、証人も呼んで、確かめる。

その後、添書《そえがき》を作成する。

騎馬衆にも階級があり、四段階に分かれていた。下から先手衆《さきて》、母衣衆《ほろ》、寄合衆《よりあい》、采配衆《さいはい》となる。

先手衆は番指物《ばんさしもの》という、組ごとに揃いの指物しか付けられないが、母衣衆になると自分の好きな指物を掲げることができる。寄合衆は小馬印《こうまじるし》を許され、采配衆は采配と馬印が許される。

母衣衆以上になると、さすがに名の通った武者が多くなり、身分の確認も容易《やさし》いが、それでも確認できないこともある。それに、門地が芳しくなくても、多数の人数を伴っていれば、重く扱われるべきだった。

そこで、陣中張文には、引き連れてきた人数による、より客観的な基準が記されていた。

二十五人以上なら母衣衆。供が五十人以上か、騎馬の家来がいれば、寄合衆。そして、百人以上の人数がいて、なおかつ騎馬侍が家来にいれば、采配衆と認められた。

添書にはこの四階級のどれかが記されているが、この時点ではあくまで仮のものである。

西の丸で務めた翌日、武者奉行は本丸に伺候《しこう》し、着到状と添書を秀頼に提出する。着到状に秀頼が花押を捺して初めて、着到衆は陣借衆になるのである。衆はたいてい添書どおりになるが、決めるのは秀頼である。「重く用いよ」の一声で、階級が上がることもある。

さらに翌日、西の丸御殿で武者たちに花押の捺された着到状を返却し、さまざまな書類と支度金などを渡す。陣屋もこのときに割り振る。

そして、落ち着いたのち、呼び出しがあり、秀頼と対面する。

その対面も個別ではない。何十人かを千畳敷に集めて、一気に行うのだ。陣借衆が自分の名前などを順番に言上し、最後に秀頼が二言三言、全員にたいして言葉を述べる。それで、お目見えはおしまいである。

むろん、秀頼の触状《ふれじょう》を持っていれば、こんな面倒なことはしなくていい。割場も素通りして千畳敷に案内され、秀頼と対面する。とくに高名な武士ならば、一対一で目通りし、茶を振る舞われることもある。

つまり、左近は触状を送られた高名な武士並みに扱われることになる。かつて、陪《ばい》臣《しん》とはいえ万石級の禄を喰《は》んでいたのだから、妥当な扱いといえるかもしれない。

庚丸はすぐ左近を呼んできた。

汚れた具足を着けており、また陪臣である身をはばかって、左近は座敷に上がらず、庭で片膝をついた。

秀頼は広縁に出て左近を引見した。

「久しいな、左近」秀頼は声をかけた。

「まことに。前にお目にかかったときも、大きゅうなられたと存じましたが、いまはさらに逞《たくま》しゅうなられあそばした」左近はこたえた。「天下の主に相応《ふさわ》しい堂々ぶり、故主、石田治部《いしだじぶ》も草葉の陰で喜んでおりましょう」

「左近に床几をとらせよ」秀頼は気遣いを見せた。

床几が持ってこられ、左近がそれに坐った。

その様子を庚丸は庭の隅で見ていた。

「庚丸に仕えたいと申したのは、まことか」秀頼が問う。

「相違ござりませぬ。お許しくださいませ。なれど、みどもは老体にて、上様のお役に立てそうもありませぬ。それに比べて、神照の殿はこれから伸びる若武者。みどもが側近くで仕え、鍛えてさしあげるのが、豊家に対する、精一杯のご奉公と存じ申す」

「うむ。しかし、気が変われば申せよ。庚丸から召し上げて、予の側で働いてもらう」秀頼は微笑《ほほえ》みながら、いった。

「お戯れを」左近も微笑んだ。「このような老いぼれ、駆け出しの若武者からお取りあげあそばすほど、ご家来に困っておられますまい」

「そちほどの侍、ほしいと思わぬ大将はおるまいよ」秀頼は視線を庚丸に向けた。

「ほんとうにそちは果報者だ」

　庚丸は慌てて頭を下げた。

「父のこと、治部少輔のこと、関ヶ原より後の過ごし方、いろいろ教えてもらいたいことがあるが、あいにく予はいま、忙しい。またいつか、話をきかせてくれ」と秀頼。

「はい。この戦に勝ってから、ゆるりとお聞かせいたしましょう」

　これで話は終わりかと見えたが、秀頼はふとなにかを思いついたように尋ねた。

「それで、左近、人数はいかばかり連れてきてくれたのか」

「五十人ほどでござる」

「そうか」とうなずき、秀頼は庚丸を呼んだ。「手許不如意ではないか」

「ご明察にございます」庚丸は屈託なくこたえた。

「源右衛門」秀頼は今《いま》木《き》正祥《まさよし》に、「竹流しを十枚、出してやれ」

正祥が長持《ながもち》から金塊を取り出した。それは、十両分の金を鋳型に流し込んで、菊と桐の刻印を打っただけの金貨で、竹流し金と呼ばれていた。縦に割った竹に流し込んでつくったような形状をしているのでそう呼ばれているが、ほんとうに竹を鋳型に使っているわけではない。

豊国銭のうち、銅銭の豊国通宝は大坂で鋳造していたが、金銭と銀銭は京の後藤家に鋳《い》させていた。後藤家はもともと足利幕府お抱えの金細工師で、現在は徳川家とも深い関係がある。新銭の銭文がいち早く駿府《すんぷ》に流れたのも、そのせいだった。

東西の関係が不穏になってから、豊臣家は後藤家から貨幣の材料である金と銀を引き上げた。それで、金銭と銀銭の鋳造は中断してしまったのである。

後藤家は親徳川だが、それは反豊臣を意味しない。徳川と豊臣自体、それなりに良好な関係にあったのだから、当然のことだった。

豊臣家が金銀を引き上げたのは、徳川家の支配する京に置きたくなかったからで、後藤家が信用できなくなったわけではなかった。

その証拠に、豊臣家は後藤家に何人か職人を派遣してくれるよう頼み、後藤家は承知した。

本丸にある山里御殿が臨時の鋳造所にあてられたのだが、大量の牢人を抱えたため、手間のかかる金銭銀銭を鋳造していては足りず、工程の少ない竹流し金がつくられているのである。銀も百目銀という棒状の貨幣に鋳込まれる。

その竹流し金十個を折敷《おしき》に載せて、正祥が庚丸に渡した。

「この金子は授けるのではないぞ」秀頼はいった。「貸してやるのだ。武功で返せ」

「承知いたしました」庚丸は頭を下げた。

「わが殿はけっこうな利子を付けて返すことでありましょう」左近が請け合った。

「期待しておるぞ」と秀頼。「他に困っていることはないか」

「宿がございませぬ」庚丸は即答した。「陣屋をお賜《たまわ》りくださいませ」

彼の住まいは未だに内府櫓《ないふやぐら》である。まだ陣屋の決まらぬ陣借衆と入り交じって、座敷の片隅で眠っている。五十人以上も家来がいれば、そうも行かないだろう。

「そうか」秀頼は赤座直規にうなずきかけた。

直規は配下の者らしい武士を呼び、何事かを耳打ちした。

その武士は庚丸のもとへやってきて、頭を下げた。「みどもがご案内申し上げる」

「よろしくお願いいたします」庚丸も一礼した。

「庚丸に小馬印を差し許す。そして、陣中扶持《ぶち》六十口を与えよ」

秀頼の言葉をきいて、祐筆《ゆうひつ》が書類の作成にかかる。秀頼はなんでも文書にするべきだ、と考えているのである。これらの文書はすべて写しがつくられ、保管されるので、後の歴史学者たちが大いに助かる。ひいては、われわれの任務にも貢献してくれた。

こうして、庚丸は小馬印御免状《ごめんじょう》と陣中扶持宛行状《あてがいじょう》を手にした。

＊

神照家に割り当てられたのは、三の丸に建てられた陣屋だった。

四方を長屋が取り囲んでいる。その長屋の外側に向いた壁には狭間《さま》が穿《うが》たれていて、いざというときは、小さいながら砦《とりで》となるよう設計されていた。

陣屋の中心ともいうべき広間は間口三間、奥行き二間の板敷きだ。広間の左右には台所と寝所があり、寝所にだけ畳が敷いてある。

小屋が三棟あり、主立った家来の宿舎になる。

納屋と厩《うまや》もある。武家の厩はふつう板敷きなのだが、さすがに陣屋のものは土間だった。

「牢人ならば、当家のやりようをくどくど申し述べねばならぬところですが、神照さまであれば、要らざることでしょう」と案内の武士はいい、小者《こもの》に担がした挟箱《はさみばこ》を置いて、去ってしまった。

庚丸は島左近と大橋掃部《かもん》を広間に集めた。

やることは多い。

なによりまず分限帳をつくらなければならない。

左近が連れてきた人々のなかに若い僧侶がいたので、分限帳の作成は彼に任せることにした。

庭に控えていた梅田作左衛門《うめださくざえもん》が、昌仲《しょうちゅう》という、その僧侶を呼んできた。

「分限帳というものは書いたことはもちろん、見たこともございませぬが」と昌仲は困惑顔だ。

「とりあえず、名前をのみ書き連ねてくだされればよいのです。ただ、あとで書き込めるように、名前の上半分と行間を空けておいてください」そういいながら、庚丸は挟箱から紙と薄い板の束を取り出した。「いわずもがなのことですが、紙はあとで綴《と》じますゆえ、そのおつもりで端も空けておいてください」

「それはなんじゃ」左近が板の束を指して尋ねた。

「御本判《ごほんばん》です」と庚丸はいう。

それは檜《ひのき》のへぎ板で、表に八弁菊の焼き印が捺《お》してあった。騎馬侍の家来は分限帳に、徒士《かち》や足軽などの軽輩は組中帳《くみじゅうちょう》に、庶民は人別帳《にんべっちょう》に名前を記載されることになっている。御本判はその記載された証《あかし》に渡される札である。

「裏はわたしが入れますが、表は御坊にお願いいたします」庚丸は昌仲にいった。

「これがなければ、城中を歩けぬのです」

御本判はいわば身分証の意味合いがあり、間者が入り込むのを防ぐ役割も果たすので、つねに携帯することが求められていた。

「神照さまもお持ちなのですか」昌仲が訊いた。「ぜひ拝見して手本にしたいのですが」

「あいにく持っておりませぬ」庚丸はこたえた。「着到状を持っておりますゆえ、御本判を持つ必要がないのです」

「さようですか」昌仲は残念そうな顔をした。「しかし、裏だの表だのと仰せられても、拙僧にはなんのことやら」

「手本になるかどうかはわかりませんが、最初はわたしが書きます」庚丸は御本判をなぜか左近に差し出した。

「わしが書くんかい」左近は目を剝《む》いた。

「お名前だけ、この焼き印の下に書いてください」庚丸はいった。「和尚のほんとうの名はわたしには馴染《なじ》んでなくて、間違いがあるかもしれません」

「わかった、わかった」左近は自分の名を墨痕淋漓《ぼっこんりんり》と記した。

庚丸は挟箱を机代わりにして、左近の名前の右にやや小さく、「神照庚丸家中」と記し、御本判の右側に「慶長拾九年」、左側に「神無月《かんなづき》九日」と大きく書いた。

それを見て、昌仲は御本判の板に日付のみを入れはじめた。

最後に庚丸は板を裏返し、右側に自分の名前と花押《かおう》を書き入れた。

それを手本にして、僧侶が作左右衛門の御本判をつくる。作左右衛門のものを優先したのは庚丸の指示だった。それに彼の場合、着到手形があるから、名前を確認する必要がない。

花押を捺《お》すと、庚丸はそれを銀二匁《もんめ》といっしょに作左右衛門に渡した。「茜色《あかねいろ》の木綿を一反、買ってきてほしい」

「どこで売っておるのでござるか」と作左右衛門。

「備後橋《びんごばし》のたもとに呉服屋がある」虎指物衆になる前、城下を見て回るよう命令されたことが役に立った。「そこがもし立ち退いていれば、別の店を探してくれ。船場《せんば》あたりで見つかるだろう」

「わかりもうした」

「それは袖印《そでじるし》にするのか」左近がいった。

「はい」庚丸はうなずく。

「一反では足りんだろう」

「そんなことはありませぬ」庚丸は反論した。「袖印の幅は五寸ですから、一反から八十枚ばかりとれます」

「袖印というものはな、失せやすいのだ。見えるところに着けねば、意味がないからのう。とくに戦場では気がついたら、のうなっておる。一人あたり三枚ずつは渡しておくべきじゃ」

「なるほど」庚丸はうなずき、「それでは一疋《ぴき》、購《あがな》いましょう」

ちなみに反物一疋とは二反のことである。

「いや、一疋でええと思ったなら、二疋、買うておけ。それで、殿のそれはいただいたものか」と庚丸の着けている袖印を指す。

「はい。着到状を返されるとき、いっしょに……」

下賜《かし》された袖印は絹製である。

「なら、その大事な袖印はしもうておいて、新しいのを着けておけ」

「そうします」庚丸は作左右衛門に預ける銀を追加した。「きいていたね。二疋だ」

「それでは、行ってまいりまする」作左右衛門は頭を下げた。

「待てよ」掃部《かもん》が止めた。「いいのか。家来といっても、今日、初めて会ったやつだろう。軽々しく信用するな。おれが行ってやろうか」

「掃部さんには袖印がないから、駄目です」庚丸は素っ気なくいった。

「ちょっとそいつを貸せ」掃部は作左右衛門にいった。「その肩の赤いひらひらだ」

だが、作左右衛門は動かない。

「それに」庚丸はいった。「掃部さんはまだわたしの家来ではありませぬ」

「違いない。こりゃ、一本、とられたな」掃部は頭をかいた。

「それでは、行ってよろしいか」作左右衛門は掃部を睨《にら》みながらいった。

「頼む」庚丸はうなずき、「そうだ、ついでに馬印をつくってくれそうな細工師を探しておいてほしい」

「承《うけたまわ》って候」作左右衛門は頭を下げ、出ていった。

「どういたしましょう」墨を含ませた筆を持って、昌仲がいった。「次は大橋さまのお名前を書こうと思っていたのですが、よろしいのでしょうか」

「そうだな」掃部は首を捻った。「和尚。おれの身分はどうなるんだ。いままでどおり和尚の家来か。それとも、小倅《こせがれ》の家来か」

「おまえ、わしの家来のつもりでおったのか」左近がまた目を剝《む》いた。

「そうでなきゃ、こんなところまで付いて来るもんか」

「その割にぞんざいだな。おまえも庚丸ぐらいの年頃には、武士らしい口の利き方をわきまえておったぞ」

「武士らしい口の利き方など忘れちまった。思い出すまで待ってくれ」

「それはともかくじゃ、おまえがわしの家来ではややこしくてならん。殿の家来になれ」

「わたしの言い分はどなたも訊いてくださらぬのですか」庚丸は口を挟んだ。

「おお、承ろう」左近が庚丸を向いた。

庚丸の荷物はすでに広間に置かれていた。牢人たちが雑居する内府櫓に置いておくことはできないので、ふだんから挟箱と具足櫃《ぐそくびつ》に入れ、小者に担がせていたのだ。したがって、取りに行く手間は要らなかった。

具足櫃から一枚の書状を取り出す。知行《ちぎょう》証文《しょうもん》だった。庚丸はそれを左近の前に置いた。

「とても五百石では足りませぬが、これがわたしの出せるすべてです。どうか受けとっていただきたく存じます。そして、連れてこられた人数はすべて和尚の家来ということになさいませ」

左近は笑い出した。

「おかしいですか」庚丸はさすがにむっとした。

「念のために訊くが、お禄をわしにすべて与えて、殿はどう暮らしていくつもりなんじゃ」

「家はこの陣屋がありますし、食べるものも合戦のあいだは公儀から下されますから、なんとでもなります」

左近の笑いは哄笑にかわった。

「そんなにおかしいですか」

「いやいや、すまん。昔の、似たようなことを仰《おっしゃ》ったお方がおった。それを思い出した」

「あれ、和尚は半分をもらったんじゃなかったっけ」掃部がいう。

「わしのときはそうじゃ。四万石のうち二万石をちょうだいした。だが、殿がもっとお若いとき、そう、いまの殿と同じ五百石のときの話よ」

「わたしが若いとき、とは」庚丸はきょとんとした。

「ああ、すまん。最初に出た『殿』というのは昔の殿、つまり治部少輔さまのことよ」

「石田さまも同じことをなされたのですか」どこか誇らしげに庚丸はいった。

「ああ。五百石のとき、渡辺新之丞《わたなべしんのじょう》という豪傑を抱えた。太閤殿下が二万石で抱えたいと仰せであったのを、十万石でなければ不足じゃ、と蹴った男じゃ。それを石田の殿は、『知行はすべて新之丞に渡す、自分は居候でいい、そして、自分が百万石の大名になった暁《あかつき》には、十万石を与える』と口説いたのじゃ」

「それで、その方はどうなったのですか」

「治部少輔さまが出世なさって、加増しようとしても、新之丞は『殿の分限が百万石になるまで、このままでけっこうでござる』といって断りつづけての、最後まで五百石のままじゃった」

「亡くなられたのですか」

「関ヶ原で死んだ」左近は短くこたえた。「まあ、ともかく、堅苦しいことをいうと、わしらは殿の家来とまだ言い切れん。殿の陣を借りているだけじゃともいえる。いまから禄のことを気にせんでもええ。百万石とはいわぬが、殿が大名に取り立てられてから、じっくりと考えてもらおうかの」

「だいたい、書き付けだけあって、土地はないのだろうが」掃部がいった。「これには目録がないぞ」

「土地はついておりませんが、米手形《こめてがた》をちょうだいしております」

「なにっ」掃部は色めきたった。「なぜ早くそれをいわないんだ。すぐに換えに行こう。米俵《こめだわら》を陣屋に積んでおけば、足軽どもの心映えもちがう」

「そうも行きません」庚丸は米手形を掃部に見せた。

「変わった形じゃのう」左近が短冊状の手形を摘み上げた。「これは摺《す》っておるのか」

「はい。当家では米手形はこのような形なのです」

豊臣家ではもともと支配頭に組下《くみした》分の切米《きりまい》を一括で渡し、細かな配分を任せていた。ところが、ある鉄砲頭が私腹を肥やし、配下の足軽に扶持《ふち》をほとんど与えない、という事件が起こった。すこし役得にするぐらいのことは公然と許されていたが、これはやりすぎだった。

それを知った秀頼は、「足軽小者といえども、予の直臣である。わが直臣を飢えさせるとは何事か」と激怒した。

そこで、蔵米《くらまい》取りの侍には扶持状を発給し、それに基づいて城米《しろまい》奉行が各人に扶持米を渡すことにした。

だが、これはこれで不便であった。なにしろ、扶持米を請求する請取《うけとり》手形は本人が作成しなければならないのだが、当時は武士といえども識字率があまり高くない。まして中間小者《ちゅうげんこもの》では目に一丁字《いっちょうじ》もないのが大多数だった。これでは文書をつくれというほうが無茶である。

それに、「一度にもらっても、米を置いておく場所がない」という声もあった。かといって、分割で渡そうとすると、手続きがいっそう繁雑になる。

なるべくわかりやすい方法が模索された。

そして、手書きのものを、版木で額面などを摺った手形に替えることにした。これを扶持方奉行が保存している扶持状の写しに基づいて渡す。額面は一升からあり、好きなときに米と換えることができる。

この米手形は評判がよく、米札《こめふだ》と呼ばれた。城下には銀や銭と換えてくれる店もあり、現在の紙幣のように流通した。

「なんだ、こりゃ」掃部は米札の文面を読んで、素っ頓狂な声を上げた。「米に換えられるのは一年も先じゃないか」

「その代わり、知行五百石にたいして現米五百石をいただいております」

当時の豊臣家では、二公一民、つまり三分の二が年貢である。石高と同じだけということは、三分の三、すなわち、五割増しの米を渡されることになる。

「そりゃ結構なことだが、一年先とはどういうことだ」

「上様のご意向です」

大坂城には多くの米が蓄積されていた。

平時から貯えてある八万石、豊国社造営の人足用と称して買い求めた十三万石、あわせて二十一万石が、片桐騒動の起こる前から城内に貯蔵されていた。それに、押収じた徳川家の年貢米五万石、諸大名家から承諾なしに借りた十一万石——そのうち八万石は福島正則《ふくしままさのり》のもの——、さらに市中で買い集めた十五万石を加えて、合計五十二万石。

そして、冬は貢納の季節だ。年貢米は、農民が手の空いたときに運ぶので、全納されるには時間がかかる。それでは戦に間に合わないので、豊臣家は小荷駄を出して、城に運び込んだ。

さらに、農民からちょくせつ買い付けていた。一石を銀五十匁《もんめ》で買うのである。米一石の市価は銀十七匁から十八匁といったところで、商人が仕入れる値段は当然それより低いから、破格の買い値といえよう。作物を埋めて避難しようとしていた農民などは、大喜びで売った。また少なからぬ農民が、米を売った金で戦支度をして、入城した。

むろん、買い取った米は城から駄馬や人足を出して、時を移さず引き取る。

この気前の良さをききつけて、商人や領外の農民も米を売りに来る。京都所司代・板倉勝重《いたくらかつしげ》が禁令を出し、関所をつくって、人と物が大坂に流入するのを防ごうとしたが、そんなものにはお構いなしだった。

これで、大坂方は最終的に五十万石近くの米を集め、約百万石の兵糧《ひょうろう》を貯えることになるのだが、この話の時点では、まだせっせと米を運び入れている途中である。本来ならこの一部を米札と交換しなければならない。だが、秀頼はそれを避けるべきだと考えた。

家臣たちがそれぞれ米を持っていれば、もしも籠城となったときもめる。そして、籠城になる可能性はかなり高い。米や塩噌《えんそ》はなるべく城で管理し、平等に、そして潤沢に兵たちに分け与えよう——これが秀頼の方針だった。

そこで、通常の米札の代わりに、交換開始が一年後のものを五割増しで渡して、一年借りるという体裁をとったのだ。すでに家来の手に渡った通常の米札も五割増しで、交換猶予付きのものと交換された。

また、領地を持っている上級武士にも石高と同じ額面の米札を渡し、徴税権を豊臣家が借り受けるようなことも行われた。

知行証文を発給された者も、米札をもらった。庚丸は陌石札《ひゃっこくふだ》を五枚、受けとっている。

「米は食うだけが能ではない。支度にも要るぞ」

「一石を銀十匁に換えることもできますよ」

合戦中の食糧は公儀が支給するのだから、米倉が空にならぬかぎり、軍兵が飢えることはない。しかし、武士は自家消費分以外の米を売って、生活しているのである。ましてや、合戦の支度には大金が必要だ。だが、米との引き換えが一年先では、商人も換金してくれない。

そのため、秀頼は城で米札一石分を銀十匁と換えることにした。相場よりは安いが、五割増しでもらっていることを思えば、妥当なところだろう。

「ほんとうだ」掃部は米札の裏の文言を読んだ。「五百石で銀五貫か。銀でもいい。換えよう」

「しかし、不忠ではありませんか」

「なにが不忠なものか。意味がわからぬ」掃部は首を捻った。「銭惜しみしてじゅうぶんに働けないことこそ不忠だろう」

「早々に換えては、まるで豊家が負けるといっているようなものです」

一年待てば、五百石がまるまる入る。いまここで五貫の銀に換えるよりも得なのである。

しかしそれは――当たり前の話だが――豊臣家が来年の冬まで残っていれば、の話だ。

この戦、大坂方に勝ち目はない、と思うなら、さっさと銀に換えてしまうほうが賢明だろう。たちの悪い者なら、銀に換えたその足で逐電してしまうかもしれない。

「一部だけ換えてもらうことはできんのかい」左近が訊いた。

「それはできると存じます」

「なら、そうせぇ。金はいやほどかかるぞ。上様からお借りした金子《きんす》でも足りるかどうかわからん」

「そんなことはありませぬ」

「殿はもう満足か」

「なにがです。金子のことでしたら、竹流しで十個もあれば、当座は……」

「この人数で満足か、と訊いておる。もっと人を増やし、大きな仕事をするつもりはないのか」

「むろん、そうありたいと望んでおります」

「ならば、金は手元に置けるだけ置いておけ」左近はいった。「わしの連れてきた人数は、殿が持ってきてくれた支度金のおかげで、それなりの拵《こしら》えをすることができたが、まだまだ足りんものも多い。槍と鉄砲がもっとほしい。足軽具足もあと十領はほしい。具足が行き渡らぬ者にはせめて羽織、陣笠なりと着せたい。それに、作左右衛門だ。あいつ、刀一本では戦場に連れていけんぞ。殿がどう扱うつもりかは知らんが、若党にするつもりなら、足軽具足は要る。できれば、長巻《ながまき》の一振りでも持たせたほうがええ。どうせ武具、具足の類は値があがっておるのじゃろう。とてもとても、金十枚では心許《こころもと》ない」

銀五貫は、秀頼から借りた金子とほぼ同価値になる。馬鹿にはできない。

「なるほど。そういたします」庚丸はいった。

「そうと決まれば、先ほどの竹流し金、わしに預けろ。入り用のものを見つくろうて買うてきてやる」

「もともと和尚にすべてお渡ししようと思っておりましたから、お預けするのはかまいません」言葉とは裏腹に、庚丸は猜疑心《さいぎしん》を面に表していた。「しかし、先ほど、手元に置けるだけ置いておけ、と仰せではありませんでしたか」

「心配するな、なにもことごとく散じようとは思うておらんわい。後々のことも考えて、使う」

「そういうことならば」と庚丸は竹流し金を差し出した。

「よし、酒肴《しゅこう》をたんまり買おう」掃部がいった。「和尚、おれもお供するぞ。さあ、行こう」

庚丸は白い目を掃部に向けた。「御本判と袖印ができてからにしてください」

「おお、そうだ」掃部は僧侶にいった。「おい、坊主、なにをぐずぐずしていやがる。はやくおれの名を書いてくれ。いつまでも外に出られないだろうが」

昌仲は溜息をつきながら、掃部の名を分限帳に記した。

＊

梅田作左衛門が二疋《ひき》の反物を抱えて帰ってきたころには、分限帳と御本判はあらかたできていた。裁縫の得意な者が、とりあえず人数分の袖印をつくりあげる。

左近の連れてきた人数はすべて神照庚丸《かみてるかのえまる》の家来とすることになった。

騎馬侍の島左近と大橋掃部《かもん》には供が必要だが、それは庚丸がつけるという形になる。

「神照家中の合印《あいじるし》も考えねばならんな」左近がいった。

「おれが考えてやろう」掃部が申し出た。

「それは後ほどでよろしいでしょう」庚丸は嫌そうな顔をした。

袖印を着ける作業が始まった。小袖の肩のところに、細く裂いた布でつくった輪を縫い付け、それに袖印の紐《ひも》を結わえ付ける。

庚丸も、左近の忠告どおり、袖印を着け替えた。

「これで外に出てもいいんだな」掃部が嬉しそうにいった。

「まだです」と庚丸はいい、作左右衛門を呼んだ。「道すがら、椀飯所《おうばんしょ》があったのに気づいていたか」

「ああ。あの役人が殿になにかいっていた場所でござるな。何人も米を搗《つ》いていた陣屋でござろう」

「そうだ」庚丸はうなずいた。

陣屋へ案内する途中、武者奉行所の役人が、「神照さまの陣屋からはこの椀飯所がいちばん近うござる」と教えてくれたのだった。

椀飯とは、もともと武家社会において、家臣が主君を饗応する行事、あるいはそのための料理を指した。しかし、室町幕府が衰えてからは、主君が家臣に振る舞うことやその料理へと意味が変わった。そして陣中張文《じんちゅうはりぶみ》では、城から支給される食糧とい

という意味で使われている。い。当時の人間には華やかな響きを持って感じられたに違いない

「椀飯」という言葉を使ったのは、暗くなりがちな籠城生活をすこしでも明るく感じさせようとした、秀頼なりの心遣いだったのだろう。

それはともかく、椀飯所とはつまり、食糧配給所である。

当時の日本の町のように木造家屋が密集しているところでは、火災が怖い。籠城中に大火事が発生すれば、それだけで落城しかねない。

そのため、陣中張文は籠城中の火の使用を厳しく制限していた。火を日常的に使えるのは、椀飯所と竈御免《かまどごめん》の免状を受けた場所だけである。

この時点ではまだ籠城に入っていないから、自由に煮炊きをしてかまわないのだが、椀飯所はもう開いていた。大坂中の米を買い上げ、扶持《ぶち》として渡すべき米を借り上げた代わりに、御本判の持ち主すべてに椀飯を与えることになっているからだ。そうでなければ、米が高騰していただろう。じっさい、京や堺では、庶民は米が買えず苦しんでいた。

「そこへ使いいたすのでござるな」作左右衛門は察しよくいった。

「そうだ。役人に、御本判改めをお願いいたす、と申し伝えてほしい。本来ならこちらから出向くべきところ、人数が多いゆえ、陣屋までご足労願いたい、と」

「御本判改めでござるな。承知つかまつった」

内府櫓にいたころは、武者奉行所が出してくれる飯を食べていればよかった。だが、これからはそうはいかない。自分だけでなく家来の食事も面倒を見なければならないのだ。御本判改めはそのために必要なことだった。

作左右衛門はすぐ椀飯所の役人を数人、連れて戻ってきた。

「わざわざのお越し、恐れ入ります」庚丸は迎えた。

「いえ、役儀でござる」先頭にいた役人がこたえた。「それでは、まず神照どのの着到状を拝見いたしたい」

庚丸が着到状を差し出すと、役人の一人が持参の帳面に名を書き写した。そして、着到状を返す。

「では、ほかの方の御本判を」

役人の声に応じて、まず左近が御本判を出した。

「ほう」役人が左近の御本判を見て、感嘆した。「ご貴殿が高名な島左近どのか。ご着到なさったとの噂《うわさ》、真でござったのですな」

「なに、同姓同名のどなたかと勘違いなされておるのだろう」左近は韜晦《とうかい》した。

「そうでござるか」世知長《た》けたようすで、役人は笑った。

一人が左近の名を帳面につけると、別の一人が御本判の裏、庚丸の名の左に名前と花押を記した。

それが終わると、左近は家中の者たちを庭に並ばせ、御本判を改めさせた。

全員の名前を帳面に書き写すと、役人たちは馬の数を数え、最後に陣中扶持《じんちゅうぶち》宛行《あてがい》状《じょう》を改めた。

「椀飯が五十五口、陣中扶持が六十口、馬が三疋《びき》ですな」役人は確認した。「では、これが紐印《ひもいん》でござる。陣屋からまとめて取りに来るときは、お持ちいただきたい」

紐印とは後世、糸印《いといん》と称される印鑑だ。明から輸入した生糸一束ごとについてくる銅印で、使い捨てにするものである。形や印文の面白い紐印は、武将や茶人たちに愛《あい》玩《がん》されていた。

秀頼も紐印を愛し、大量に蒐《しゅう》集《しゅう》していた。このたびの合戦でそれを放出したのである。惜しげもなく、といいたいところだが、気に入りのいくつかは手元に残したらしい。

庚丸に渡された紐印はつまみが猿の形をしていた。それを役人の差し出す文書に捺《お》して、御本判改めは終了した。

「陣中扶持は今日のうちでもお渡しできますが、いかがなさいますか」去り際、役人は尋ねた。

「すぐ取りにまいります」庚丸はいった。

椀飯は軍民の別なく、一日に白米三合と味噌汁一杯が椀飯所で調理されて渡される。しかし、戦場働きする武者や重労働する人足には、じゅうぶんとはいえない。それで、椀飯とは別に食糧が与えられる。そのうち軍兵に対するものを、陣中扶持という。

これは、一人あたり月に米九升、味噌六合、塩三合、薪《まき》一束、そして副食物の費用として銀一匁《もんめ》と銭十疋が配られる。

椀飯は、人数分まとめて取りに行くことが陣屋などには許されているが、それは方便で、原則として当人が椀飯所まで取りに行く。それに対して、陣中扶持は主人に家来のぶんも一括で十日分ごと渡された。足軽雑兵の分は、その支配頭にまとめて渡される。

庚丸は六十口をもらっているから、十日に一度、米一石八斗、味噌一斗二升、塩六升、薪二十束、銀二十匁、銭二貫を受けとることができる。また、神照家には馬が三頭いるので、その飼料として一日に大豆三升、米糠《こめぬか》、秣《まぐさ》が椀飯所から供給された。

神照陣屋は竈御免を受けているので、陣中扶持は籠城中でも陣屋で調理される。配分は自由である。すべて調理して平等に分け与えてもいいし、米や銭のままで働きのよい者に多く給してもいい。上前をはねることもできる。むろん、あまりに強欲だと、家来たちの反感を買ってしまうだろうが。

「よし、陣中扶持の仕切りはおれがやってやろう」掃部《かもん》が申し出た。

庚丸は考えこんだ。

「こやつに台所のことを任せるのはよい考えだと思うぞ。なにしろ、刀よりも包丁に馴染んでおるからの」左近が笑いながらいった。「殿の気持ちもわかるが、まあ、そうあくどいことはせんと思う」

「なんだ、和尚。それはどういう意味だ」掃部が抗議した。

「わかりました」庚丸は紐印を掃部に渡した。「それではすぐ、取りに行ってください」

「素直でよろしい。一石八斗なら、四、五俵ってところだな。それと薪が二十束か。まあ、十人も連れていけばじゅうぶんか」掃部は上機嫌で紐印を受けとると、作左右衛門を呼んだ。「おい、おまえ、椀飯所とやらに案内してくれ」

「おまえさまの下知《げち》をきく謂《いわ》れはないわ」作左右衛門はいった。「拙者のほうが先に殿の家来になったんだからの」

「なんだと」掃部は目を細めた。「それをいうなら、おれは小倅《こせがれ》の、いや、殿の襁褓《むつき》を替えた男だぞ。付き合いの深さはおまえごときと比べものにならん」

「そんなことは関係ござらん。ともあれ、神照家においては、拙者のほうが先達でござる」

「だから、おれは一門みたいなもんだろうが」

「作左右衛門」見かねたらしく、庚丸は口を出した。「案内してやってほしい」

「殿の御諚《ごじょう》とあれば」作左右衛門は頭を下げた。「それにしても、大橋どのはずいぶんうっかりしたお方でござる。椀飯所は道すがらにござったというのに、なぜご存じないのか」

「うるさい。場所ぐらいだいたいわかっておるわ。念のためだ」

「そういえば、掃部さんは昔から道を憶えるのが苦手でしたね」庚丸は余計なことを思い出した。

「うむ。こいつが児小姓に成り立てのころ、道ばたでピイピイ泣いているのを助けてやったことがあったわい」左近も思い出した。「佐和山の城から使いに出たはよかったが、道に迷うてどうしようもなくなったらしい」

「もういいっ、頼まん」掃部は憤然とした。「こいつ以外にもだれかが憶えているだろうよ」

「いやいや、殿の御諚でござるから、大橋どのがどう仰せであろうと、案内いたす」と作左右衛門は意地悪い笑みを浮かべた。

掃部はぷりぷりしながら、人数を集め、出ていった。一方、作左右衛門はにやにやしながら同行した。

気づくと、左近がいない。

と思ったら、僧形に着替えて出てきた。

「わしも一仕事してくるわい」左近はいった。「堺《さかい》まで足をのばしてくる。どうせ大坂にはろくなものは残っておらんじゃろう」

「いまから堺まで行っては、帰りが遅くなりますよ」庚丸は指摘した。

「なに。泊まってくるわい。掃部にもそういっておいてくれ」

「それに、堺は徳川方です」

「わかっとる。じゃから、こんな格好をしておるのではないか」左近はいった。「ところで、袖印はこの姿でもつけねばならんのかい」

「城内では」

「面倒な話じゃ。おい、平助、威儀《いぎ》にこいつを括《くく》り付けてくれんか」

威儀というのは袈裟《けさ》の肩紐《かたひも》のことである。平助と呼ばれた男が左近の声にこたえた。

ろに」

「すまんな」左近はいった。「城門を出たときにはずすのを忘れんようにせんとな」

「お気をつけてください」庚丸はいった。「いえ、袖印だけのことではなく、もろもろに」

「わかっとる」左近はうなずき、「そうだ、掃部のやつ、今宵《こよい》の宴会が出来ないといって騒ぐじゃろう。堺で土産を買うて来てやるゆえ、明日の夜までおとなしく待っておれ、といっておいてくれ」

「わたしの申すことを聞いてくださるか、おぼつかのう存じます」庚丸は弱音を吐いた。

「聞かせるんじゃ。おまえが主君なんじゃから」そういうと、左近は昌仲と平助を連れて出ていった。

第九章 神照長次郎

次の日、庚丸《かのえまる》は半日で役儀から解放された。

虎指物衆《とらさしもの》は相変わらず忙しいのだが、「家のことをしてくるがよい」という秀頼の配慮のおかげである。

秀頼の言葉に甘えて、庚丸は昼から久宝寺《きゅうほうじ》橋の近くに住む細工師のもとへ足を運んだ。梅田作左右衛門が見つけてきた、馬印《うまじるし》をつくる細工師である。

細工師は仕事が立て込んでいるようだったが、前金を払うことで引き受けさせた。城から下がるときに、米札《こめふだ》三百石分を銀に換えていたので、懐《ふところ》は温かかった。

その帰り、声をかけられた。

「そこの若武者。率爾《そつじ》ながら、ちともののをお尋ねしたい」庚丸を呼び止めたのは、初老の武士だった。

庚丸は徒歩で、作左右衛門だけを連れていた。公務ではないので、虎指物も立てていない。

その武士も、草履《ぞうり》取りらしい供を一人、連れているだけの、ざっくばらんな出で立ちだった。小袖の上から黒の陣羽織をまとい、臑《すね》に革脛巾《はばき》を巻いている。

「なんでしょう」と庚丸。

「このあたりの陣屋に、島左近《しまさこん》どのがご滞在という噂《うわさ》を耳にいたし、もしまことなら、ぜひお訪ねしたいと思っておる。ご貴殿はその陣屋をご存じないか」

「はい。存じております」

「おお、ありがたい」その武士は喜色を面に表した。「拙者は後藤又兵衛《ごとうまたべえ》と申す者。よろしければ、案内を頼めないか」

「かまいませぬ。ちょうどいまから帰るところです」

「ご貴殿は島どのと同じ陣屋におられるのか」又兵衛は驚いたようだった。「これは僥倖《ぎょうこう》な」

「しかし、留守かもしれませぬ」庚丸はいった。

前日の言葉どおり、左近は堺で泊まったらしい。朝、庚丸が陣屋を出たときにはまだ帰ってきていなかった。

「そのときは出なおそう。場所だけでもお教え願いたい」

「では、こちらへ。申し遅れましたが、わたしは神照庚丸と申します」

庚丸は又兵衛を案内した。

陣屋にはすぐ着いた。

「ご足労だが、島どのがお帰りかどうか、確かめていただきたい。もしおられるようなら、後藤又兵衛がお目にかかりたがっていると、お取り次ぎ願えまいか」又兵衛はいった。

「容易《たやす》いことです」庚丸は気軽に引き受けた。

左近は帰っていた。僧形のまま、広間に寝転がっている。

「殿か」左近はいった。「とんだ当て外れじゃったわい。政所《まんどころ》から触れが出ているらしく、商人ども、鉄でできたものは小刀一本、売ってくれん。これなら、天満《てんま》か船場《せんば》に行ったほうがよかったかもしれんな。代わりに鯛と鱈《たら》を買うてきたが、掃部《かもん》を喜ばすだけの草臥《くたび》れ儲けじゃ」

「そのお話はあとで伺います」庚丸はいった。「それより和尚、後藤又兵衛という方が、お目にかかりたいと門でお待ちです」

左近はがばっと半身を起こし、庚丸を睨《にら》みつけた。

「あのな、殿っ」左近は怒鳴った。

「なんでございます」左近の剣幕に、庚丸は面食らったようだった。

「どこの世に家来の取り次ぎをする主がおるかっ。ええ加減、わきまえよ」

「はあ。面目ありませぬ」庚丸はいった。「それで、お連れしてかまいませんか」

「わきまえよ、というたばかりであろうがっ。主なんじゃから、上座に坐っておれ」

庚丸を叱りつけると、左近は庭に控えていた従者を呼んだ。「作左右衛門、後藤どのをお通ししろ」

大橋掃部にたいしては反発する作左右衛門も、左近のいうことはよくきく。頭を下げて、言いつけに従った。

又兵衛はにこにこしながらやってくると、庭から庚丸に頭を下げた。

「いや、島どののご主君とは存じ上げず、先ほどはご無礼もうした」

「いえ、そんな……」庚丸は戸惑った。

「門の外でも懐かしい声がよく聞こえておりましたわい」又兵衛は左近にいった。

「わしの声まで憶えてござったか」左近は意外そうにいう。

「忘れようとして忘れられるものではござらん。黒田家中の者どもはいまでも、島どのが兵を叱咤《しった》する嗄《しゃが》れ声を夢にきき、うなされておりますぞ」

「それは大げさでござろう。こちらのほうこそ、ご家中の鉄砲に撃たれた古傷がいまでも疼《うず》きますわい」左近は渋面をつくり、庚丸に又兵衛を紹介した。「後藤どのはもともと筑前《ちくぜん》の黒田家で大隈城《おおくま》を預かっておられた方じゃ。ずいぶん前に主家を離れたときいていたが、大坂に入城なさったとは、存じておらなんだ」

「さよう。今度は島どののお味方というわけでござる」又兵衛は庚丸を見た。

気づくと左近も庚丸を見ていた。

「なんでございましょう」庚丸は訊いた。

「あのな、殿」左近は優しくいった。「ここは殿の陣屋じゃから、わしが後藤どのに上がってくだされ、というわけにはいかんのじゃ」

「どうぞお上がりください」庚丸は慌てて、又兵衛にいった。

「かたじけない」又兵衛は広間に上がり、庚丸に一礼した。「島どのの新しいご主君ということは、石田治部《いしだじぶ》どののご子息でござるか。先ほどは神照と名乗られたようでござったが」

「いえ、違います」庚丸はこたえた。

「ああ、わしの恩人のご子息だ」と左近。

「さようでござるか」何事かを思ったようだったが、又兵衛はそれっきり庚丸の出自には触れず、話題を変えた。「いや、島どのとは関ヶ原以来でござってな、懐かしゅうてつい押しかけた次第でござる」

「関ヶ原以来と仰《おっしゃ》っても、先程来のお二人の話では、敵同士だったように思えますが」庚丸は不思議そうに尋ねた。

「そのとおり、拙者が黒田の先手《さきて》大将で、島どのは石田の先手大将でござった。敵同士も敵同士、じかにぶつかった相手でござる」又兵衛は快活に、「古傷がいまでも疼くとは申し訳ない次第でござるが、鉄砲を撃ちかけねば、この素っ首、あのときに獲られておったに違いござらん」と自分の首筋を叩きながら笑う。

「なんの。わしは一途に内府の首を狙うておったもんじゃから、ご無礼極まりないことながら、後藤どのの首なら、取り捨てにしましたわい」

「無礼などと」又兵衛は爆笑した。「それはまことにもっともなことでござる」

なにが可笑《おか》しいのか、わたしにはさっぱりわからない。

それから、古武者たちが物騒な懐古譚《かいこたん》に興じるのを、庚丸は曖昧《あいまい》な笑みを浮かべつつ眺めていた。

そこに、梅干や干魚《ひうお》の仕入れから掃部《かもん》が帰ってきた。買ってきたものを納屋に入れるよう指示して、こちらへやってくる。

「おお、お客人か」掃部は広間の縁に腰を下ろした。

「こちらは……」と庚丸が又兵衛を紹介しようとする。

「いや、待て。なんだか、見覚えがある」掃部は庚丸を制し、又兵衛の顔をまじまじと見つめた。そして、ふいにかっと目をみひらき、刀の柄に手をかけた。「こいつ、又兵衛じゃないか。後藤又兵衛だ、そうだろう」

「いかにも、拙者は又兵衛でござるが、お手前はどなたでござったか」又兵衛は掃部を知らないらしく、戸惑いを見せた。

「こいつは大橋掃部の息子じゃ」左近が教えた。「いまは父の名を受け継いでおる」

「おお、大橋どのの」又兵衛はうなずいた。「いわれてみれば、面影がござる」

「黙れ、なにが面影だ」掃部はますますいきりたった。「和尚も和尚だ、なにを和んでやがるっ」

「いったいどうなされたのです」庚丸は啞然《あぜん》とした。

「こいつは親父の仇だっ」掃部は吐き捨てるようにいった。

「よさんか、掃部」左近が叱りつけた。「親父どのは闇討ちされたのではない、堂々と戦場でまみえ、討ち取られたんじゃ。それを親の仇だと根に持つようでは、おまえは武者に向いておらん。即刻、寺へ帰れ」

「さよう、大橋どのとは一騎打ちでござった。強いお方でござったな。拙者が勝てたのは僥倖《ぎょうこう》でござったろう。決して易々と勝ったわけではござらん」又兵衛がしみじみといった。

「けっ」掃部はそっぽを向いた。

「わしは本気じゃぞ、掃部」左近がいった。「武士とは因業な生き様をするものじゃ。親子兄弟と争わねばならぬときもあれば、不倶戴天《ふぐたいてん》の敵と肩を並べねばならぬときもある。それは嫌じゃ、できんというなら、竹若に戻って、お城を出ろ。それがおまえのためでもある」

「べつにおれだって、親の仇を討とうなんて思っちゃいない」掃部は拗《す》ねたような口調で、「だからってよう、馴《な》れ合うことはないんじゃないのか。おれの親父だけじゃない、石田の兵がこいつにどれだけ殺されたと思っているんだ」

「よせ、というのに」と左近。「かつて関ヶ原で槍を交えた武者がこの大坂に何人も入城しておるじゃろう。石田武士の首を獲ったのが、後藤どの一人のはずがあるまい。いちいち昔のことなど、いうておられぬわい。そういうことは勝ってからにせい」

「いやいや、大橋どのの思いはもっともなことでござる。永く戦場を駆け回っておると、どうも心が鈍くなっていかん」又兵衛は謝罪するかのように、掃部に頭を下げた。

「だが、このことばかりは、頭の片隅に入れていただきたい」

「なんだよ」と掃部。

「もしもあの世で、お手前の父御と逢うことができたら、拙者は酒を酌《く》み交わすつもりでござる。父御も喜んで迎えてくれるものと確信しておる。父御は立派な武士でござったからな」

そういうと、又兵衛は立ちあがった。

「これに懲りず、またいらしてください」庚丸はいった。

掃部が庚丸を睨んだが、なにもいわなかった。

「かたじけない」又兵衛は破顔した。

後藤又兵衛が去ったあと、三人はしばらく沈黙した。

口を開いたのは左近だった。

「いまのはよういうた」彼は庚丸を褒《ほ》めた。「後藤どののような古強者《ふるつわもの》の話は殿の役にも立つ。次は殿のほうから訪ねてみてもよかろう」

「ちっ、おれ一人が童《わらわ》みたいじゃないかよ」掃部は文句をいった。

「まあ、気にするな」と左近。「おまえの父御も、ちと子どもっぽいところがあったわい」

「そうなのですか」庚丸はいった。

「くだらないところに食いつくな」と掃部。

「さっきわしが申したことは、殿も心得ておかねばならんぞ。殿の親の仇が入城しているかもしれん。仲良うやれとはいわんが、遺恨は忘れろ」

「わたしの親の仇とは誰なのです」庚丸は訊いた。

左近ははっとしたようすで、自分の禿頭《とくとう》を撫でた。「そういえば、殿に神照長次郎どののことをまだ話しておらなんだ」

「そうでございます。もう隠す必要もありませんでしょう」

「うむ。そのうちゆったりと話すつもりじゃったが、まあ、いま語っても差し支えあるまい」左近は居住まいを正し、話しはじめた。「おおかた察しはついておるじゃろうが、話は関ヶ原に遡《さかのぼ》る……」

＊

東西が激突した関ヶ原のとき、島左近は西軍・石田勢の先鋒を率いて奮戦した。しかし、開戦早々に、黒田勢から銃撃を受けてしまう。不幸中のさいわいで急所は外れていたが、脇腹の傷からおびただしく出血し、左近は石田の本陣に担ぎ込まれた。

左近はすぐ手当を受け、戦場に戻ろうとしたが、石田三成が押しとどめた。

その時点では、西軍が押し気味に戦っていたので、重傷の左近を無理に戦わせる必要を三成は感じなかったのだ。

だが、しだいに戦況は不利になっていく。毛利や小早川といった大軍を擁《よう》する味方の大名が一向に動かず、朝から戦場を疾駆していた石田、宇喜多、小西、大谷などの諸隊に疲れが見えはじめた。

そして、小早川の裏切りによって、西軍の敗北は決定づけられた。

小早川の攻撃を受けた大谷勢は壊滅し、宇喜多勢、小西勢なども浮き足立って、ついには潰走した。毛利、長宗我部《ちょうそかべ》などは戦闘に参加することなく、退却を始めた。

こうなっては、石田勢だけではどうしようもない。

石田三成は戦場から脱出することを決意した。佐和山城に残してきた三千ばかりの手勢と合流して、大坂城に入るのだ。大坂には秀頼がいる。じゅうぶんに挽回《ばんかい》が可能と彼は判断した。

主君が落ち延びる時間を稼ぐために、同じく石田勢の先手大将であった蒲生備中《がもうびっちゅう》頼郷《よりさと》とともに、左近は最後の突撃を敢行した。

従うのは、本陣付近に留まっていた兵たちである。生き延びることを望む者はすでに逃げたあとだったから、全員が死を決していた。

「そのなかにおれもいた」と大橋掃部《かもん》が述懐した。「殿様についていくつもりだったが、べつに落ちよ、との仰せでなぁ」

「足手まといと思われたんじゃろう」と左近。

「まあな」意外なことに、掃部は怒るそぶりを見せなかった。「殿様は目立つのが困る、と仰《おっしゃ》った」

三成が見すぼらしい身なりに着替えて落ちた後、石田家最後の突撃が始まった。

絶望的な戦いだった。士卒はつぎつぎに討たれていく。

それでも、左近は家康の本陣めがけて、馬を駆り、奮戦した。

だが、突如、その進撃は停止する。

「情けないことにな、気を失のうてしまったのよ」左近はいった。

激しい運動のため、銃創が裂け、左近はふたたび大出血した。そして、ついに失神してしまったのだ。

「そこにおれさまが駆けつけた」と掃部。「もうすでに和尚の家来はほとんどいなかった。群がるのは敵ばかり。おれも傷だらけで、馬は斃《たお》れ、槍は折れていた。しかたなく、腰刀《こしがたな》を抜いて駆け寄り、和尚の馬に集《たか》る敵の武者どもをばったばったと……、なんだ、その目は。信用していないのか」

掃部に睨《にら》まれた庚丸は、「いえ、聞き惚《ほ》れております」と白々しくいった。

「わしは気を失のうておったから、こやつの申したことが真実《まこと》かどうかは知らん」左近がいった。「ともあれ、気がついたら、山のなかで、こやつがピイピイ泣きながら腹を切ろうとしておるところじゃった」

「腹を切ろうとしていたのはたしかだが、泣いてなどいない」掃部は憤然とした。

「まったく、命の恩人にたいしてなんて口の利きざまだ」

「お互い様じゃろうが。わしが目を覚まさなんだら、おまえは腹を切っておった」

「まあ、それはそうだが……」

「よしんば、あのとき思いとどまったとしても、おまえ一人では二進《にっち》も三進《さっち》もいかず、野伏《のぶせり》にでも殺されておったわい」

「ふん」

山中で意識を取り戻した左近は、竹若とともに三成の本拠である佐和山城を目指した。

だが、佐和山城はすでに東軍の重囲に陥り、落城寸前だった。入城は不可能だったし、入ったところでもはや意味がなかった。

そこで、佐和山よりやや北の長浜から舟に乗り、琵琶湖《びわこ》を渡って、大津に出ることにした。大津は東軍方・京極高次《きょうごくたかつぐ》の居城があるが、関ヶ原で合戦の行われた前日に西軍に攻め落とされている。左近は、まだ味方が大津に留まっていることを期待した。しかし、長浜にもすでに東軍の手が回り、小舟すら押さえられていた。舟を強引に借りようとした左近たちは、東軍の兵に見つかってしまい、這々《ほうほう》の体《てい》で逃げる羽目になった。

なんとか逃げ切ったものの、そのときには精も根も尽き果てていた。よろぼうように辿《たど》り着いたのが、長浜からほど近い神照寺《しんしょう》である。左近は一夜の宿を求めたが、寺は関わりを恐れ、拒否した。

「こいつなんぞ、そのときもピイピイ泣いて、腹を切ろうといいよった」左近は掃部を見ながらいった。

「泣いてなどいないというのに」掃部が抗議した。「それに、いちいち、ピイピイとつけるのをやめろ」

「そこに現れたのが、殿のお父上、神照長次郎どのじゃ」左近は掃部の抗議を無視した。「わしらは疲れ果てて、道ばたの石に腰掛けておった。もし長次郎どのが敵ならば斬《き》り死にする覚悟でおったが、困ったことに身体が動かん。睨むのがやっとの有様じゃった」

神照寺の門を敲《たた》いている落武者がいる、と聞いた長次郎は、下男を一人、連れて、様子を見に来たらしい。

長次郎はにっこり笑うと、自らの肩を左近に、竹若には下男の肩を貸して、二人を屋敷に連れ帰った。そして、粥《かゆ》と寝床を与えた。

左近たちは礼をいうのもそこそこに、死んだように眠った。

「目が覚めて、わしは名前すら告げておらんことに気づいた」左近はいった。「そこで、長次郎どののもとへ行き、名乗って、なぜ助けてくださったのかを尋ねた」

長次郎は笑ってこう答えた――おれはあの寺とは仲が悪いんだ。寺があんたらを中に入れたら、密告してやろうと思ったんだが、どうやら受け入れなかったみたいだから、嫌がらせに助けてみた。

「そのような理由で、父は和尚たちを助けたのですか」庚丸は失望したようにいった。

「どこまで本気かわからん」左近はいった。「長次郎どののなりの諧謔《かいぎゃく》だったのかも知れん。何日かつきおうてわかったが、長次郎どのはたいへんな照れ屋じゃった。まあ、いまとなっては確かめようのないことじゃの」

一晩眠ったぐらいで傷が治るはずもなかったが、二人の体力はかなり回復していた。

そこで、左近はあらためて礼をいい、出ていこうとした。

だが、長次郎は引き留めた。東軍の兵馬があたりに充満していて、とてもその目を逃れることはできない、というのである。

「じゃが、わしは夜中にでも、そっと抜け出すつもりじゃった。迷惑をかけることになるからの。しかし、昼といわず、夜といわず、だれかしら家の者がわしらについていて、隙《すき》がない」

「てっきり、おれたちを売るつもりで、逃げ出さないようにしているんだ、と思ったぜ」と掃部。「まあ、そのときはそのときと腹を決めていたがな」

「わしは信じておった」左近はいった。「刀を取りあげようとはしなかったからの。じゃが、いつまでも世話になるわけにもいかん。心苦しゅうてたまらんかった。なにより、一刻も早く大坂に駆けつけたかった。しかし、何日目じゃったろうか、石田の殿が捕縛された、と教えられた」

やがて凶報が相次ぐ。大坂城は家康の前に無血開城し、三成は小西行長《こにしゆきなが》、安国寺恵瓊《あんこくじえけい》とともに処刑された。

左近の帰るべき場所はなくなった。

「腹を切ろうかとも思うたが、どうせなら内府と刺し違えてやりとうなった。なにしろあやつは石田の殿の首を刎《は》ねたんじゃ。負けた者が処刑されるのはしかたがない。武家の習いじゃ。西軍の謀主を生かしておいては示しがつかん、という内府の立場もわかる。さっきもいうたように、そんなことでいちいち恨みを抱いてもしかたがない。石田の殿が切腹させられたのであれば、わしも潔く腹を切ってあとを追ったじゃろう。それを盗人《ぬすっと》かなんぞのように、あいつは河原で斬首《ざんしゅ》したんじゃ……」左近は涙ぐんだ。

「まったくだ」掃部も目頭を押さえた。

「そこで、わしは長次郎どのに暇を乞い、厚かましい話じゃが、竹若の面倒を見てやってくださらんか、と頼んだ」

「なんだ、そんな話、初めてきくぞ」掃部は驚いたようだった。

「いうておらんからな」左近はしれっとした顔をした。

「和尚、おれを置いていくつもりだったのかよ」

「わしは死にに行くつもりじゃったんじゃぞ。おまえを連れていくのは不憫《ふびん》じゃ」

「じゃあ、なんで小倅《こせがれ》まで連れていくことになったんだ。まだ赤ん坊だったんだぞ」

掃部は庚丸を見ながらいった。

「それは、わしが賭《かけ》に負けたからじゃ」

「わけがわからない」

「まあ、きけ」左近は話を続けた。

長次郎は、そのときは左近を止めなかった。むしろ逃げることを勧めるつもりだった、といった。のみならず、僧衣を出してきた。彼は若い頃出家させられたのだが、兄が死んでしまったため、還俗《げんぞく》して家を継いだらしい。そのおりに長次郎が使っていたものだった。

「坊主のふりをすれば、逃げやすいからの。わしはすなおに感謝したが、長次郎どのは、逃げる前に一つ博奕《ばくち》を打とう、といいだした」

もし左近が勝ったなら、その願いどおり竹若の面倒を神照家で見る。

「しかし、わしが負けたら、長次郎どのの一人息子、つまり殿をひとかどの武士にせい、というんじゃ」

「なぜ父はそんな奇妙なことをいいだしたのでありましょう」

「殿の祖父上の希望らしいぞ」

神照家は古くから同地に居住する、いわゆる国人《こくじん》だ。京極氏の被官だったが、浅井《あざい》氏が勢力を伸ばすとその支配下に入った。

このあたりの経歴は、三成を生んだ石田家、且元《かつもと》の片桐家、いま城中で勢威を振う大野家、そして、大名となった藤堂《とうどう》家などと似ている。

だが、浅井氏が滅んだあと、神照家は帰農した。当時の当主は庚丸の祖父で、長左《ちょうざ》衛門《えもん》といった。

長左衛門は帰農を一時のこととし、いずれ世に出ることを考えていたらしい。

だが、時代の変化は早かった。庚丸の祖父が田を耕しているあいだに、豊臣政権が成立し、刀狩りを行って、武士とそれ以外の垣根を高くした。

長左衛門は関ヶ原の三年前に亡くなったが、死の床で長次郎に、「武士に戻れ。無理なら、息子を武士にせよ」と言い残した。ちなみに、このとき、長次郎にはまだ子がいなかった。

長次郎にそのつもりはなかった。神照家代々の名乗りである長左衛門に改名することもせず、ただ村のために尽くした。

その後、庚丸を得て、島左近という窮鳥を懐に入れた長次郎は、なにやら運命的なもの、あるいは亡父の強い遺志を感じ取り、この機会を利用しようと決意したようだった。

いっぽう、左近は困りきった。乳飲み子を押しつけられるぐらいなら、いっそ密告されたほうがまだましだった。

「そこまで嫌うことはないではありませんか」庚丸は不満顔をした。

「わしの身にもなってみよ。還暦になろうとして、すぐピイピイ泣き出す童《わらわ》だけでも持て余すというのに、乳飲み子まで押しつけられるんじゃぞ」

「待て、和尚」掃部も険しい顔をした。「そのすぐピイピイ泣き出す童とは誰のことだよ」

「おまえのことに決まっておろう」左近はあっさりいった。

「しかし、なぜそのような賭を受けたのですか」庚丸が訊いた。

「それはな、賭を受けねば長次郎どのが腹を切る、と申されたからよ」

事態はかなり深刻だった。

神照屋敷に島左近が匿《かくま》われているという噂《うわさ》が、広まりつつあったらしい。いつ捕縛の兵がやってきてもおかしくない。逃げるよう勧めるつもりだったのも、そのことがあったからだ。旅人に対する監視は依然厳しいが、ここにいれば確実に捕まる。

いまさら左近を落としたところで、長次郎は捕らえられ、最悪の場合、処刑される可能性もある。

だから長次郎は、左近を送り出したあとで自分も逃げるつもりだ、といった。さいわい、身を潜めるあてがある、と。

もし賭に左近が勝ったら、潜伏先まで竹若を連れていこう、というのだ。むろん危険ではある。落ち着いたら、身の立つよう計らってやりたいが、それもできるかどうかわからない、とのことだった。

だが、賭を受けてすらもらえないのなら、左近と竹若を見送ったあと腹を切る、と長次郎は告げた。自分が死ねば、残された家族にそう手ひどい扱いはすまい、と彼は見ていた。したがって、妻子のことを思えばそれがいちばんよいだろう、というのが、長次郎の考えだった。

左近は賭を受けざるをえなかった。

そして、負けた。

「あのあと、神照屋敷は囲まれたんだろう。和尚が賭に負けてよかったぜ」と掃部。

「いや、あとで思うたことじゃが、あの賽子《さいころ》にはなんぞ仕掛けでもあったのではないかな。なにがなんでも賭に勝つつもりじゃったのじゃろう」

左近たちが立ち去った翌日、田中兵部大輔吉政《たなかひょうぶだゆうよしまさ》の手の者が神照屋敷を訪れた。噂の真偽を確かめるためである。

このとき、長次郎は奇妙な行動をとる。

すでに左近たちはいない。兵たちを屋敷に通し、「噂は事実無根」と言い立てれば、処刑はおろか、捕縛も免《まぬか》れえたかもしれない。

だが、長次郎は兵たちを屋敷に入れず、立て籠《こ》もったのである。

むろん、兵たちが諦めて帰るはずもなく、屋敷を取り囲んだ。

すると、神照屋敷から火が出た。おそらく長次郎が火を放ったのだろう。

焼け跡から発見された遺体の一つは、左近の残した具足を身に着けていた。

「長次郎どのじゃ。わしらのため、いや、もっぱら殿のためじゃろうが、時を稼いでくださったのじゃ」

「母もそのときに亡くなったのですか」

「そのようだ」左近はうなずいた。「殿が大坂城に上がってからのことじゃが、神照屋敷の下男じゃった者と会うことができた」

下男の話によると、兵たちがやってくる前、長次郎は具足をまとい、家にある銭すべてを下男下女に分け与えて、「悪いが、おまえたちには暇を出す。とっとと出ていけ」と告げた。そのさい、妻にも、「離縁だ。実家へ帰れ」といったらしいが、彼女は拒み、そのまま屋敷に残ったのだという。

「お前様は勝手すぎる、と奥方は長次郎どのを詰《なじ》っておられたそうじゃ」左近はいった。「そりゃそうじゃの、一人息子を得体の知れない落ち武者に託すわ、必要もないのに死のうとするわ。申し訳ないながら、長次郎どのは亭主としては下の下じゃな」

「和尚も人のことはいえまいが」掃部が突っ込んだ。

「わしは武士じゃからな。武士として精進すれば、どんどん人の道から離れてしまう。それはともかく、奥方がどういうお気持ちであったかは、いまとなっては推し量ることしかできんが、ともかく長次郎どののとともにお亡くなりになったらしい」

一方、逃れた左近たちもしばらくは逃亡生活だった。庚丸を武士にする算段をするどころではない。山奥に草庵を編み、左近と竹若が雲水《うんすい》の真似事をして、庚丸を養った。その傍ら、字や作法など武士に必要な知識を教えたのである。

しかし、剣術などはあえて教えなかった。

「殿はまだ幼かった。幼いうちは健やかに成長することを考えればよいのじゃ。野山を駆け回っているだけで、身体ができてくるのが子どもというものじゃ。変な修行をすると、却《かえ》って歪む、と思うた」

「まあ、刀を買う金もなかったしな」掃部が笑いながらいった。

十年ほど経って、ようやく安心できるようになった。

左近は立本寺《りゅうほんじ》に落ち着く見通しが持てた。気がかりは庚丸のことである。寺に入れば、彼を僧侶にでもするしかなく、長次郎の遺志を実現することができない。

そこで左近は立本寺に入る前に、昔なじみの織田老犬斎《おだろうけんさい》の伝手《つて》で秀頼に拝謁し、庚丸を奥小姓に取り立ててもらえるよう頼んだのである。

秀頼は、いまの庚丸と同じぐらいの年頃だった。左近が負けた賭の話をおもしろがった彼は快諾し、老犬斎に形だけの請人《うけにん》になるよう命じた。

「そこから先はとくに語ることもあるまい。わしは長次郎どのとの約束を果たしたつもりで、あとは老僧として余生を送るのみと思うておった」左近は話を締めくくった。

「わたしの親の仇とは田中兵部大輔どのということになるのですか」庚丸はほっとしたようにいった。「それでは、もう親の仇はいないことになりますね」

田中吉政は五年ほど前に亡くなっている。

「いや、考えようによっちゃ、おれたちこそが親の仇かも知れない」暗い声で掃部がいった。「おれたちが神照屋敷に行かなきゃ、長次郎どのや奥方が死ぬことはなかったんだから」

「そうかもしれん」左近もいった。

「しかし、父の望んだことだったのでしょう。お二人は押しかけたわけではなく、父に招き入れられたのではありませんか」庚丸は晴れやかな表情をした。「やはり、わたしには親の仇などおりませぬ」

＊

翌日――。

千畳敷で軍議が行われた。戦力が整ってきたので、具体的な行動を起こそうというのである。

まず淀川《よどがわ》の堤《つつみ》を切ることが決まった。淀川を氾濫《はんらん》させて、城の東を水没させるのは、秀吉以来の防衛策だった。城の東部は、しばしば大雨で水に浸る。この八月にも水没したばかりだ。堤を数カ所切れば、たちまち湖となろう。

また、堤の上には、大坂と伏見《ふしみ》を結ぶ街道が通っている。堤を切るということは、この街道を破壊することと同じ意味である。

この作業には布施伝右衛門《ふせでんえもん》が約二千五百人の人足を引き連れて当たる。これを、正徳寺《しょうとくじ》率いる根来《ねごろ》僧兵二百騎余りが護衛することとなった。

つぎの議題は尼崎《あまがさき》攻めであった。

尼崎には豊臣領のうち三万石を預かる郡代《ぐんだい》が置かれている。郡代は三代にわたって建部《たけべ》家が世襲しており、現在の当主はわずか十二歳の三十郎政長《さんじゅうろうまさなが》だった。

まだ東西手切れが決定的となっていない九月十六日、家康は姫路城主の池田《いけだ》武蔵守《むさしのかみ》利隆《としたか》に対し、「尼崎を押さえるように」と命じた。そこで利隆は、政長の伯父に当たる池田重利《しげとし》を派遣した。重利は尼崎郡代預かり地の庄屋たちから人質を取り、大坂方に年貢を差し出すことを禁じた。

秀頼は再三、尼崎郡代に年貢米を大坂城に運ぶよう命じたが、従わないので、なんらかの処置をする必要が出てきたのである。

軍議では、「もう城中にはじゅうぶんな米があるのだから、尼崎は放置すべきである」という意見も出たが、秀頼は「大坂に入るべき米を関東一味に渡すべきではない」と主張し、断固討伐を指示した。

尼崎攻めの大将は大野治房《おおのはるふさ》が任命された。兵力は、治房の手勢二千余り。建部家自体はわずか七百石で、重利が尼崎に連れてきた人数もそう多くない。兵力はあわせて二百人ほどだったから、治房の手勢だけで圧倒できる。

ただ、ぐずぐずしていると、姫路から池田勢が援軍にやってくるだろう。したがって、大野勢には素早い行動が求められた。

「米を持ち帰ることではなく、敵に渡さぬことが肝要なのだ」秀頼は治房に念を押した。「時間がかかるようなら、米など焼いてしまえばよい」

最後の攻撃目標は堺である。

この町はかつて豊臣直轄領だったが、いまや徳川の支配するところとなっている。堺は貿易港であると同時に、日本随一の工業都市でもあった。鉄砲をはじめとする、武具が生産されている。

秀頼は毎年、千挺《ちょう》単位の鉄砲を堺に発注していた。むろん、今年も三千挺を発注し、さらに八月には十匁筒《もんめ》五百挺を追加している。

だが、徳川の妨害で、通常発注分の一部と追加発注分すべて、あわせて千二百挺余りがまだ納品されていない。

「これを受け取りに行かねばならぬ」と秀頼はいった。

槇島玄蕃允重利《まきしまげんばのじょうしげとし》が手勢三百を率いて受け取りに行くことになった。

鉄砲よりも重要なのは、弾丸と火薬だ。これはいくらあっても足りるということはない。そこで玉薬《たまぐすり》奉行の小泉源兵衛《こいずみげんべえ》を堺へ派遣し、調達に当たらせることにした。

また、薄田兼相《すすきだかねすけ》、新宮行朝《しんぐうゆきとも》が一備《そなえ》ずつを率いて、堺の郊外に展開し、警戒に当たる。

ちなみに、陣中張文における備は、牢人《ろうにん》騎馬五十騎からなる先手《さきて》組ひとつに鉄砲衆四組百二十挺、弓衆二組六十張《はり》などをつけたものである。騎馬侍は供を連れているし、組つきの中間小者《ちゅうげんこもの》などもいるから、総勢は千二百くらいになる。兼相と行朝はその他に個人的な配下も率いていたから、それぞれ千五百人ほどの戦力を持っていた。

尼崎と堺へは水軍も出す。

尼崎には宮島備中守兼与《みやじまびっちゅうのかみかねよ》が二十艘《そう》余りを率いて向かい、堺へは大野道犬治胤《おおのどうけんはるたね》が安《あ》宅《たか》船五艘を中心とする約五十艘とともに発向することになった。


翌日、すなわち、慶長《けいちょう》十九年十月十二日早朝、大坂城から淀の堤、尼崎、堺へ向けて軍勢が進発した。ついに、大坂方の本格的な軍事行動が始まったのだ。

布施伝右衛門《ふせでんえもん》は、伏見城に入っていた松平隠岐守定勝《まつだいらおきのかみさだかつ》、河内守定之《かわちのかみさだゆき》父子の軍勢に妨害を受けつつも、堤を十二カ所にわたって切り崩し、淀川を決壊させることに成功した。そして、その日のうちに帰城した。

大野治房は尼崎をわずか半日で攻め落とし、預かり地内の米を奪い、運びきれないものは燃やして、翌日、城に戻った。

槇島重利も、その日のうちに堺を制圧した。政所《まんどころ》の芝山小兵衛正親《しばやまこへいまさちか》は逃亡した。さらに、堺の大商人であると同時に、徳川家の家臣でもある、今井宗薫《いまいそうくん》を捕縛し、徳川の影響力を町から排除した。

そして、豊臣家の発注した鉄砲を搬出し、ついでに徳川家やほかの大名家の注文した鉄砲も奪った。毎年、大量に購入しているおかげで、城中に鉄砲はじゅうぶんある。

だが、敵の手に渡るとわかっていて、むざむざ残すことはない。

堺商人たちは自主的に鉛と焰硝《えんしょう》を献じ、敵対する意志のないことを示した。

それでも重利は堺に居座り、後に押買令《おしかいれい》と呼ばれることになる布告を出した。

布告は武具、布帛《ふはく》、食糧、燃料、紙など、いくつかの品目を指定し、五日以内に御用商人に売り渡すことを、堺の町人たちに命じていた。隠匿した場合、指定された品のみならず、家財を没収し、屋敷を破却するという、厳しい命令だった。

一方、御用商人には、買い入れた品のうち、弾丸、火薬、鉛、硝石、硫黄をただちに城方へ売り渡すことが義務づけられていた。それ以外の商品は大坂で売るが、売れ残った場合は豊臣家が買い取るという保証もつけた。

港は水軍が制圧する。

港の船を抑留し、積み荷ごと大坂へ回送するのだ。徳川方の大名、商人の船は、そのまま没収し、船主の去就が明らかでない場合は、とりあえず承諾なしに借りた。

これにより、堺の物資は根こそぎ籠城の糧になった。

堺占領の報《しら》せを受けて、虎指物衆《とらさしもの》が町年寄のもとへ走った。

御用商人には、豊臣に好意的な堺商人も指名される予定だが、中心は大坂商人になならざるをえない。その選定は町年寄に任されていた。彼らもほとんどが大商人なので、人選を任せるのはうってつけだ。

すでに人選は終わり、町年寄は商人たちを自分の屋敷に集めて、城からの報せを待っていた。

庚丸は南船場を回って秀頼の墨付《すみつ》きを渡し、夕刻、千畳敷に帰着した。

秀頼は、大野治長《はるなが》や木村重成《しげなり》など、数人の武将たちとなにやら話していた。漏れ聞こえる内容から判断すると、ただの雑談のようだ。

彼らは不測の事態が起こったときすぐ応援に行けるよう待機しているのだが、戦況が順調に推移しているので、一安心といったところだろう。

庚丸が秀頼に帰着の報告をすると、男たちの一人が庚丸に笑顔を向けた。

「神照どのでしたな」後藤又兵衛だった。「先日は推参つかまつり、ご無礼いたしました」

「いえ、こちらこそ、不調法をしてしまいました」庚丸は頭を下げた。

「なにかあったのか」と秀頼が興味を示す。

「いやさ、島左近どのが城中におられるときいて、矢も楯《たて》もたまらず、会いにまいったのでござる」一昨日、神照陣屋を訪れたときの話を、又兵衛は面白おかしく語りはじめた。

だが、大橋掃部《かもん》に絡まれたことは話さなかった。又兵衛の話では、左近と昔語りをして、心地よく立ち去ったことになっていた。

「じつのところ、神照どのが島どのと同じ陣屋におられると申されたとき、拙者は島どののお小姓でもあろうか、と思うたのですが、もし違うたら無礼であろうと存じ、口に出さずにおりました。申さでようござった」又兵衛は笑った。

「やむをえぬことです」庚丸はいった。「わたくしは若輩者でございますゆえ」

その言葉を耳にすると、それまで微笑《ほほえ》みながら話をきいていた秀頼が、表情をひきしめた。

「それはすこし気になるな」

「なにがでございましょうか」治長が訊く。

「いま、大坂には諸国の侍が集まっている。それは大いにありがたいが、烏合《うごう》の衆のおもむきがある」

寄せ集めであるがゆえに、上下の秩序が保てず、それがさまざまな軋轢《あつれき》を生んでいる。長らく貧しい暮らしをしていた牢人《ろうにん》は、支度金をもらっても身なりを整える余裕がなく、見すぼらしい格好をしている場合が多い。かと思えば、陣借衆《じんがり》には、金に飽かせて馬や供を揃えた、裕福な町人や農民の子弟もいる。彼らはふだんの服装も華美で、どこかの若殿様のようだ。

「そういえば」治長が口を開いた。「拙者の推挙した者のなかに、塙団右衛門《ばんだんえもん》という男がおります」

「憶えている」秀頼はうなずいた。

「あの男、牢人衆のなかでも殊《こと》にむさ苦しい格好をしておりますのに、気位はこれまた飛び抜けて高うございます。それが、このあいだ、足軽に間違えられたというので、相手を斬《き》るの斬らぬの大騒ぎ。納めるのに苦労つかまつった」

「そうであろう」秀頼はうなずいた。「そのような騒ぎがこの耳にも届いておる。衣服令のようなものが必要かも知れないな」

「えぶくりょう、ですか」治長はその言葉を知らなかったらしく、戸惑った表情をした。

　衣服令というのは、律令の一部で、位階ごとに服の色を定めたものである。これにより、役人の身分は一目でわかった。平安時代の半ばには有名無実になったが、有職《ゆうそく》故実《こじつ》に詳しい秀頼は知っていた。

似たような制度を導入することで、上下の分を明らかにしよう、と秀頼は思いついたのだった。

「陣羽織を身分ごとに色分けできないだろうか」秀頼はいった。

「それでは色分けはどういうことになりましょうか」一人の武将が穏やかな口調で尋ねた。後に幸村《ゆきむら》と改名する真田信繁《さなだのぶしげ》である。

「衣服令では、上から紫、緋《ひ》、緑、縹《はなだ》で、それぞれに濃淡があり、八段に身分を分かつ」

「緋色はともかくとして、紫や緑の陣羽織はぞっとしませんな」又兵衛が渋い顔をした。「若者には似合うかも知れませんが、われらのような年寄りにはつらい」

「いや、紫はどのみち禁色であるから、陣羽織に用いるのは畏《おそ》れ多い。それに、衣服令に拘《こだわ》る必要はないのだ。いまの公達《きんだち》は黒を召している」

「ならば、黒、朱あたりが大将の色ですかな」又兵衛がいった。

「朱の陣羽織は物頭《ものがしら》の茜《あかね》の陣羽織と紛らわしゅうございます」治長が指摘した。

「ならば物頭の身分の者に茜の役羽織を着せればよい。物頭より上は黒がよいかな」秀頼は考え込んだ。「物頭より下は、白か、浅葱《あさぎ》か……」

「しかし、わたしは白がよいですよ」重成がいった。

「まあ、陣羽織にはなにかと拘りをお持ちの御仁も多いでしょうからなぁ」又兵衛がいった。「拙者の陣羽織はもとから黒でござるが」

「いや、それよりも、馬上侍全員に新しい陣羽織を着せるのは無理ではございますまいか」治長がいった。

「なぜか」と秀頼。

「先ほど話に出た団右衛門ですが、物頭に取り立てられております。ですが、茜の陣羽織を着ておらぬのです。陣羽織を身につけておれば、足軽に間違われることもなかろうに、とわけを問うと、まだ買えぬと申すのです。布帛《ふはく》の値も騰《あ》がっておるらしゅうござる。物頭の役羽織すらじゅうぶんに行き渡っておらぬのです」

「そうか。ならば袖印《そでじるし》をもう一つ着けるというのはどうか。それを色違いにして身分の上下を示すのだ」

「まあ、それならよいかも知れませんが……」治長は同意しかけた。

「いやいや、待て。両肩に袖印を着けるというのも、不細工だな。なにかもっとよい方法はないか」

秀頼はじつに楽しそうだった。戦いのなかにあっても、彼は「上様の御新儀」を打ち出すことを忘れない。むしろ、「上様の御新儀」のために戦をしているような趣《おもむき》さえあった。

三日後、この雑談は陣中張文《じんちゅうはりぶみ》の追加として実る。

これによって、「軍隊の階級制度を創設したのは、秀頼公である」とよくいわれるが、それは必ずしも正確ではない。自然発生的な部分も大きかったのである。

すこし煩雑になるが、以下、その経緯を説明する。

身分の上下を示すのは、袖印の紐《ひも》ということに落ち着いた。騎馬侍は金色の紐で袖印を繋ぐ。陣借衆の同心衆、及び譜代の徒士《かち》、足軽は銀色の紐。そして、口取《くちと》り、若党、中間《ちゅうげん》、小者《こもの》、荒子《あらしこ》などの雑兵は浅葱、城上衆《しろあがり》は白色の紐を使うこととなった。

さらに馬上侍は、袖印のうえに両、つまり横線を引いて、細かく区分する。陣借衆の場合、母衣《ほろ》衆は金箔の線を一筋、引く。寄合《よりあい》衆は二本、采配《さいはい》衆は三本である。最下層の先手《さきて》衆は引両《ひきりょう》をいれない。

譜代の家臣も役職相当の数の金引両を入れることになった。すなわち、物頭や使番《つかいばん》は一本、小馬印を許された者は二本、馬印を掲げるほどの身分なら三本、入れる。

それより上の身分、つまり取次衆は自分の紋を袖印の上部に金で記す。

総大将の秀頼は袖印など必要としないのだが、さっそく自分用に菊紋と桐紋を金糸で刺繍《ししゅう》した袖印をつくらせて、悦に入った。

譜代の家臣で先手衆に相当するのは、馬廻《うままわり》衆と小姓衆である。最初は同じく引両を入れないことになっていたのだが、これに対して不満が出た。母衣衆以上となれば、牢人といってもそれなりに高名な武士である。ところが、先手衆はそれこそ有象無象《うぞうむぞう》で、武士なのかも定かでない者がいくらでもいた。あんな連中といっしょにしてくれるな、というのである。

秀頼はそれをきくと、即座に解決策を示した。馬廻には引両を一本、小姓には二本、銀箔《ぎんぱく》で入れることを許したのだ。

しかし、これにも不満の声が上がった。小姓衆は主君に近侍する役なので、組織としては馬廻衆より格上だ。しかし、個人を見てみると、馬廻にも大身《たいしん》の古強者《ふるつわもの》がおり、小姓には部屋住《へやずまい》同然の青二才がいる。

この不満にたいし秀頼は、馬廻衆のうち石高や経験の多い者に銀二引両を許し、逆に小姓衆でも経験のない者には一本しかつけさせないことで応えた。したがって、引両の数は役職とは関係がなくなったが、その後も、銀引両一本の者は馬廻格、二本の者は小姓格と呼ばれた。

やがて、牢人騎馬のうち、功績を立てて銀引両を許される者が出てきたが、彼らも、所属が先手組のままであるにもかかわらず、馬廻、あるいは小姓と称されるようになった。

逆に、譜代でも金引両一筋をつけている者を母衣、二筋の者を寄合などと呼ぶようになっていく。

大坂の陣の段階では、そこまで進んでいない。

庚丸は使番だが、同時に小馬印を許されているので、金引両二筋をつける。寄合格となったのだが、当時、そう呼ばれたわけではなかったのだ。

さて、家中衆《かちゅう》、つまり陪臣《ばいしん》の袖印についても規格が定められた。それにより、下部に主家の印を墨で書き入れることとなった。

神照家の紋は抱茗荷《だきみょうが》だが、できればだれにでも書け、一目で識別できる簡単な印がよかった。

「賽子《さいころ》はどうだ」と掃部《かもん》が神照の合印《あいじるし》を提案した。

「賽子ですか」庚丸は首を捻《ひね》った。

「そうだ、和尚が賭に負けたから、おれたちはここにいるんだ。ぴったりだろう」掃部は懐から予備の袖印を出すと、印を書いて見せた。

それは、四角のなかに黒丸を一つ打った印だった。賽子の天だといわれれば、そう見えなくもない。

庚丸はうなずき、神照家の合印が決定した。

第十章　初　陣

慶長十九年十月二十七日――。

敵はひたひたと大坂に迫っているのだが、城中にいるぶんにはその実感がない。

豊臣家の領国は包囲され、陸路で領外と連絡することは日に日に困難になっていった。とくに京との往還は厳重に封鎖されていた。

海路はまだ開いていた。大坂の西側は木津川《きづがわ》の河口で、その周辺の制海権は豊臣水軍が握っている。堺で拿捕《だほ》した伊勢船を軍船に仕立てるなどして戦力を増強し、徳川方の水軍を寄せつけなかった。

大坂湾全般で見れば、池田や蜂須賀《はちすか》などの徳川方水軍が優勢だが、海の道が閉ざされることはなかった。

徳川方が封鎖している海を舟が突破してくるのである。いちばん多いのは漁師の舟だった。捕れた魚をじかに売りに来るのだ。なにしろ大坂では生魚が高く売れる。

商人もやってくる。武具も高く売れるからだ。どこから仕入れたのか、焔硝《えんしょう》や鉛を持ってくることもあった。

彼らが対価として望むのは、金銀よりむしろ米だった。周辺では米価が高騰していたのに、大坂は椀飯《おうばん》や陣中扶持《じんちゅうぶち》のおかげで米が豊富だった。

個人の才覚で貯めた米や糒《ほしいい》を魚などと換えるのは黙認されていた。鉛と焔硝に限っては、城の蔵から米を出してでも確保した。ただ米を金銀で売ることだけは厳重に禁止されていた。

そして、物だけでなく人も海からやってきた。大野治長《おおのはるなが》などが期待したように大名が軍船を連ねて入港してくることはなかったが、牢人《ろうにん》を乗せた舟は毎日のようにきた。乗っているほうも乗せているほうも命懸けである。命知らずの船頭たちには、牢人からの報酬の他に、城からも米穀や銀貨が与えられた。

とはいえ、やはり月初めのころと比べると、着到衆の数は微々たるものである。おかげで神照庚丸《かみてるかのえまる》の仕事も減った。

その日、庚丸はいつものように早朝から鍛錬をしていた。永年染みついた習慣で、朝に身体を動かさなければ気持ちが悪いらしい。

庚丸が木刀を振りはじめると、その音で目覚めたのか、大橋掃部《おおはしかもん》が起き出してきた。

「今日も修行か」掃部はあくびをしながら、訊いた。

「たまには掃部さんもどうです」庚丸は誘ってみた。

「おれには仕事がある。知っているくせに」

「でも、掃部さんが行かなくてもいいでしょう」

「いや、おれはこの仕事が好きなんだ。だれにも譲る気はないね」

眠そうに目をこすりながら、家来が何人か長屋から出てきた。

掃部は彼らを集め、行器《ほかい》や桶《おけ》を担がせると、椀飯所に向かった。

神照陣屋では、朝、椀飯を受け取り、夕方には陣中扶持の米を炊く。掃部はどちらの仕事も決して他人任せにしなかった。

しばらく庚丸は一人で木刀を振るった。

やがて、外で蹄《ひづめ》の音がした。

「おい、庚丸。起きているのだろう。入れてくれ」原田藤馬《はらだとうま》だ。

「門を開けますぞ」と梅田作左衛門《うめださくざえもん》が確認する。

庚丸はうなずき、木刀を置いた。そして、広間に立てかけられていた一丈ほどの棒を二本、とる。

藤馬はほとんど毎朝、やってくる。

馬を下りた藤馬に、庚丸は棒を渡し、自分も棒を構えた。

「相変わらず、忙しいやつだ」藤馬は文句をいった。「白湯《さゆ》の一杯でも振る舞ってくれないのか」

「白湯を飲みに来たのか」

「いいや、おまえに稽古《けいこ》をつけるために、わざわざ足を運んできてやっているんだ」

藤馬は打ちかかってきた。

「そうであろう」繰り出された棒を、庚丸は受けた。

槍代わりの棒を振り回す二人に、家来たちが迷惑そうな眼差しを向けた。

しばらくして、掃部が椀飯所から帰ってきた。

「なんだ、今朝も飯を食いに来たのか」と藤馬にいう。

「自分のぶんは持ってきている」藤馬は胸を張った。

「当たり前だ、そんなの」掃部は毒づいた。「ほれ、ぬくめてやるから、汁をよこせ」

そういったときには、藤馬の家来が持ってきた桶を台所の荒子《あらしこ》に渡していた。万事、心得ているのである。

「飯だ、並べ」掃部は怒鳴った。

家来たちが台所の前に、食器を持って列をつくる。彼らは台所の竈《かまど》で温めなおされた味噌汁、柄杓《ひしゃく》一杯分と、湯気を立てる袋を受け取った。

適量の米と水を釜に入れて炊き上げる、いわゆる炊き干し法が普及するのはもうちょっと後のことである。この時代は湯取り法、すなわちたっぷりの湯で米を煮て、その後、余分な湯を捨てて、蒸し上げる方法が主流だった。

椀飯所で行われているのも、湯取り法の一種だった。布袋に三合の米を入れ、沸騰した湯に放り込む。頃合いを見計らって、湯から引き上げ、甑《こしき》で蒸す。それを、前日に使った袋と引き換えに渡すのだ。

「では、おれたちも朝飯にするか」庚丸は提案した。

「ああ」藤馬が同意する。

二人は広間に上がった。すでに島左近が起き出して、待っている。

「おはようございます」藤馬は左近にたいしてだけは両手をついて丁寧に挨拶《あいさつ》をする。

「殿の稽古の相手をしていただき、かたじけのうござる」左近も丁重に礼を返した。

ほどなくして、掃部も広間にやってきた。

荒子たちが折敷《おしき》や皿を持ってくる。

椀飯で渡される三合の飯を一度に食べてもいいのだが、普通は朝と昼の二食分に分ける。折敷のうえには箸《はし》と汁椀の他に、一合半の飯が山盛りになった古曽部《こそべ》焼の碗と、残りの飯が詰まった面桶《めんつ》が載せられていた。むろん、面桶は昼の分である。

藤馬の折敷には汁椀しか載っていない。藤馬は汁椀の横に、家来から受けとった面桶と箸を置いた。

広間の中央に置かれた皿には漬け物がうずたかく盛られている。これは椀飯ではなく、掃部が陣中扶持の銭で買い入れたものだ。

藤馬は当然のように、大皿に箸をのばす。

掃部がぎろりと睨《にら》んだ。

だが、掃部の目つきになど素知らぬ顔で、藤馬は漬け物をぽりぽり齧《かじ》った。

「そんな目をなさいますな」庚丸が掃部をなだめた。「藤馬には借りがあります」

「なんの借りだよ」

「和尚や掃部さんに、わたしが知行をいただいたことを報《しら》せたのは、藤馬の家の者なのです」

「ちょっと待て」藤馬が慌てて箸を置いた。「まさか、漬け物であの借りを返したつもりでいるのか」

「いけないか」と庚丸。

「そういうことなら、明日は赤鰯《あかいわし》でもつけてやろう」掃部がいった。

「困るぞ。それは」藤馬がいった。

「なんだ、なにか頼み事でもあったのか」庚丸は首を傾《かし》げた。

「ああ。場合によっては、この陣屋に間借りしようと思っているのだ」

「実家はどうした」

「うちは天満《てんま》だ。そろそろ引き払わねばならぬ」

「ああ。なるほど」

大坂城下は大きく四つに分けられる。まず城の周囲、上町《うえまち》である。本来はこの上町こそが大坂だった。だが、城下の人口が増えたばかりか、城も広げられることになって、上町から人が押し出された。その人口を受け入れるために開発されたのが西部の船場《せんば》であり、北部の天満である。そして、南部の平野《ひらの》町には、その名のもととなった平野郷から移住させられた人々がおもに住んでいた。

籠城となったときは、上町は守らねばならない。上町は惣構《そうがまえ》に囲まれており、大坂城の最外郭といえた。船場については、放棄を主張する一派と固守を主張する一派が対立して、まだ決着がついていない。船場は惣構の外だが、周囲に堀が巡らされており——防衛のためではなく、水運が目的だったが——、守るのは比較的難しくない。

だが、要害がなく、守りがたい天満と平野は捨てることになっていた。家屋敷もことごとく解体して、材木は城中に運び入れる。用材にならぬようなものは、割って薪《まき》にする。もし敵が来るまでに壊しきれない場合は、残った家屋を焼き払うことが決まっており、すでに打ち壊しは始まっていた。

「お父上はどうなされる」庚丸は訊いた。

「上町に小さな家を買った。お禄をいただいてきた以上、今さら大坂を見捨てるわけにはいかん、といってなぁ。それに、兄ともども城上《しろあがり》衆相手の椀飯役を仰せつかってもいる。奉公人には暇を出したが、父のもとから離れたがらない者、行く当てのない者もいる。無理に追い出すわけにもいかない。あれやこれやで、上町の家は手狭だ。それで、おまえの陣屋をおれと家来どもに間借りさせてほしいのだ」

「何人だ」

「おれを入れて十三人。他に、父の奉公人が何人かついてくるかも知れぬ」

長屋の部屋にはまだ空きがあるし、小屋も一つ空いている。奥小姓のころと同じように、寝所で藤馬といっしょに眠ってもいい。

「まあ、そのぐらいなら、余裕はある」

「待て待て。陣中扶持はどれだけもらっている」掃部が尋ねる。

「ご案じなく。三十口、いただいている」

「あわせて九十口か……」掃部の目が輝いた。

「大橋どのに、我が家の扶持を任せるつもりはない」藤馬は釘を刺した。

「台所はおれの城だ。おまえの家来を入れるつもりはないぞ」

「それは大橋どのが決めることではない。庚丸が決めることだ。そうだろう」

「おう、こいつにきっぱりいってやれ。たかが居候に口を出される謂《いわ》れはないってな」

藤馬と掃部に同意を求められた庚丸は困惑した。

「まだ定かではないのだろう」と藤馬に確かめる。

「ああ」彼はうなずいた。「おれも陣屋を賜《たまわ》るようがんばっている」

「ならば、またそのときに決めればいいではないか」庚丸はうんざりした口調でいった。「いまは飯を喰おう。あまりゆっくりしているわけにもいかない」

仕事が減ったとはいえ、なくなったわけではないのである。

「そうだな」藤馬は箸を取りあげ、飯が隠れるぐらいに漬け物を載せて、掻《か》き込んだ。

掃部はそれを渋い目で見たが、なにもいわず、食事を再開した。

朝食が終わったころ、作左右衛門がやってきた。

「殿、後藤さまがお見えです」

「えっ」庚丸は驚いたようだった。

「殿を迎えに来てくださったのかの」左近は白湯を飲みながらいった。

「まさか。ともかく、お通ししてくれ」と庚丸は作左右衛門に命じた。

「いや、ちょっと待て」掃部が止めた。

「掃部っ」左近が鋭い口調で窘《たしな》めようとした。

「違うよ。こんな見苦しいところに客人を通せないだろうが」掃部はそういうと、荒子に食器を下げさせ、自分もそそくさと台所に引っ込んだ。

後藤又兵衛がやってきた。

前回の反省を生かし、庚丸は客を広間の上座に招き入れた。

「じつは先ほどまで軍議をしておりましてな」又兵衛は切り出した。

「それはまた、朝早くからご苦労なことでございます」庚丸はいった。

「朝早くというより、昨日の夜からですな。眠くてかなわん」又兵衛はあくびをした。

「そのようなときに、なぜわざわざ足をお運びに……」庚丸はそこまでいうと、なにかに気づいたような表情で、左近を見た。

庚丸はいまから出仕するところだから、千畳敷で待っていればすぐ会える。だが、陪臣《ばいしん》である左近に会うためには、神照陣屋まで足を運ぶか、呼び出すしかないのだ。

それなら呼び出せばいいようなものだが、陪臣をわざわざ本丸に呼ぶのは目立つ。あるいは、又兵衛の左近に対する敬意ゆえ、自分のほうから出向いたのかも知れない。

又兵衛はうなずき、左近に尋ねた。「島どのは大和《やまと》のご出身とうかがいましたが、平群《へぐり》のあたりはご存じであるかな」

「ご存じもなにも」左近はこたえた。「平群谷こそわが一族の故地でござる。わしも、筒井《つつい》家を見限るまでは、平群の椿井《つばい》というところに城を築いて、住んでおった。わしが連れてきた人数も多くが平群の者だ」

庚丸の訪問を受けてからすぐ、左近は入城の準備を始めた。まず人数を集めなければならない。だが、京洛ではことさらに人との接触を避けて暮らしていたので、伝手《つて》がなかった。

そこで、自ら平群に行き、縁者やかつての家来筋のうち、信頼の置ける者を回って、人集めを依頼したのだ。また、金を渡して、武具を揃えることも頼んだ。平群からは、武器の生産地である堺、具足の生産地である奈良が近く、便利だった。手筈《てはず》を整えると、新しい寺男という触れ込みで平助を連れ、左近は寺に帰った。

庚丸からの報せに接した左近は、平助を平群に使わし、密かに京を脱出した。そして、枚方《ひらかた》で平群からの手勢と合流したのである。

「おお、それはありがたい」又兵衛はいった。

「さて、軍議のあとでそのご発言、いささか気になるの」左近はいった。「なにをやらされるのやら」

「わたしは、ここにいてはいけないのでしょうか」藤馬が腰を浮かせた。

「虎指物衆《とらさしもの》の原田どのでござったな」又兵衛は確認した。

「名前を憶えていただけたのですか」藤馬は嬉しそうだった。

「うむ。原田どのであれば差し支えあるまい。しかし……」又兵衛は言葉を濁し、庭で控える梅田作左右衛門を見た。

庚丸は作左右衛門に命じた。「しばらく広間にだれも近づかないようにしてほしい。台所からも人払いして」

「承《うけたまわ》って候」作左右衛門は頭を下げた。

すぐ掃部が台所から顔を出した。「おれも、いちゃいけないのかよ」

「いや、大橋どのもかまわぬ」又兵衛はにっこりしながらいった。

「よく考えたら、いたくないいな」掃部はふたたび引っ込み、荒子たちを台所から追い出した。だが、彼自身は台所に居座り、広間に入ってこなかった。

家来たちの気配がなくなると、又兵衛は小声でいった。「明朝、藤堂《とうどう》勢に朝駆けをかけもうす」

「おお、ついに」藤馬がいう。

「うむ。藤堂勢はいま国分村《こくぶ》にござる」

「しかし、今宵《こよい》もまだ国分に留まっているとは限るまい」と左近。

「いや、それは大丈夫でござる。おそらく数日、藤堂勢は国分に留まる。その証拠に、柵を結ぶだけではなく、堀を巡らしてござり、永滞陣《ながたいじん》の模様でござる」

国分は国府とも書く。その名の通り、かつては河内国の国衙《こくが》が置かれていた。大和《やまと》川《がわ》が生駒《いこま》山地と金剛《こんごう》山地を隔てる場所にあり、河内と大和の交通の要衝である。

ここに藤堂和泉守《いずみのかみ》高虎《たかとら》の軍勢が進出した。

しかし、高虎は自軍が突出しすぎているのに気づき、国分で数日、陣を張り、与力《よりき》である大和の小大名たちが参着するのを待つというのだ。

「たしかなのか」

「なに、お城と国分は指呼の間、動くようならすぐわかる」左近の危惧に又兵衛がこたえた。「そのときには出陣をやめにするなり、目当てを変えるなりすればようござろう」

「それもそうじゃな」左近は納得したようだった。その顔つきはすっかり戦国武将のそれに変わっている。

攻撃の主力は長宗我部《ちょうそかべ》勢である。もと土佐の国主である長宗我部盛親《もりちか》のもとには、多くの旧臣が馳せ参じていた。牢人《ろうにん》や帰農をしていた者はもとより、仕官していた者さえ新しい主を見限って、盛親のもとに走ってきた。その数は五千に達している。

彼らは、もとが同じ家に属していたのだから、まとまりがある。寄せ集めの大坂方にあって、これは貴重なことだった。

大人数での野戦という高度の機動力が求められる行動は、長宗我部勢に任せるのがいまの時点ではいちばん現実的だった。

だが、藤堂勢の人数は約四千と見積もられていた。奇襲が成功すればいいが、強襲になった場合、長宗我部勢だけでは心許ない。

そこで、鉄砲六百挺《ちょう》のほか、加勢をつけることになった。

「長宗我部どのは、それを耳にしたとたん、ぽろぽろと涙を流された」又兵衛は笑いながらいった。「なにごとか、と皆で問うと、どうやら長宗我部どのはだれかの下に組み入れられる、と誤解されたようでござった。そうではござらん、大将はあくまで長宗我部どのでござる、与力の将を何人かつけようということでござる、と皆でなだめるのに苦労いたしましたぞ」

「われらは、長宗我部さまの加勢をすればよいのですか」庚丸は問う。

「いやいや、そうではござらん。木村どのの加勢を頼めぬか、と思うておりまする」

「木村さまの……」

「うむ」又兵衛はうなずいた。

長宗我部盛親の率いる本隊は道明寺《どうみょうじ》方面、つまり西側から国分に襲いかかる予定である。

国分の東は隘路《あいろ》である。国分の北方にある暗峠《くらがりとうげ》を経て平群谷に入り、そのまま南下すれば、この隘路を東側から塞ぐことができる。朝駆けに先立って封鎖してしまえば、藤堂勢は袋の鼠《ねずみ》となる。したがって、ここにも一手を派遣するべきだ、と木村重《しげ》成《なり》が主張し、自らその指揮官に志願した、というのである。

「さすがに木村さまだ」藤馬がすなおに感心した。「お見事な軍略」

だが、左近は渋い顔である。

「博奕《ばくち》じゃな」彼はいった。

「仰せの通りでござる」又兵衛も苦虫を噛《か》みつぶしたような顔で応じた。

藤堂が突出しているといっても、後続から何百里も離れているわけではない。京の二条城にはすでに家康が入っており、伏見や木津にも関東方が進出している。木津から国分まで強行軍すれば一日、のんびり行っても二日あれば到着する。

もし後続部隊が郡山《こおりやま》や奈良にまで進出していたら、挟み撃ちになるのは別働隊のほうだ。

なにより、頃合いをはかるのが難しい。遅すぎれば意味がないし、かといって早すぎれば、敵にわざわざ襲撃を教えるようなもの。

いちばんいいのは、西側で合戦が始まった直後に持ち場に着くことだが、通信手段の限られるこの時代、容易なことではない。

戦には博奕めいた手を打たなければならないこともある。大坂は劣勢なのだから、そういった局面も多くなるだろう。

例えば、国分にいるのが家康か、せめて秀忠なら、賭けてみるべきだ。

しかし、この場合、博奕に勝っても、得るのはせいぜい高虎の首ぐらいのものである。高虎以下、藤堂勢が全滅したところで、東軍にはたいした打撃ではなかろう。

「拙者も反対したのだが、上様が乗り気でござってな」又兵衛はいった。「とりあえず勝ち鬨《どき》を上げることが重要だ、と仰せなのでござる。それも、大名を討ち取るような勝利を得て、大坂に勝ち目があることを諸大名に知らしめねばならぬ、とのことでござる」

大坂には後詰《ごづめ》、すなわち援軍のあてがない。ないのなら、つくるしかない。それには、華々しい勝利をあげなければならない、というのが、秀頼の考えらしかった。

「思ってもらえればよいが、の」左近は腕組みした。

「それに、拙者には、やらせてみたい気持ちもござる。木村長門守《ながとのかみ》重成というのは、なかなかに見所のある若武者でござる」

「そうでございましょう」なぜか自慢げに藤馬がいった。

「和尚が平群の生まれであることがありがたいということは、われらに木村さまの先導をせよ、との仰せでございましょうか」庚丸は訊いた。

「おお、この若武者も見所がござるわ。その通りでござる」又兵衛がいった。「お引き受けくださろうか」

「ぜひとも、その役目、仰せつけくださいませ」庚丸は頭を下げた。

珍しく興奮しているようである。無理もない、先陣というのは、武士にとって大いなる誉れなのだ。大野《おおの》治徳《はるのり》などがどう思おうが、庚丸は根っからのもののふだった。

「殿、一つだけきいてくれぬか」左近は庚丸にいった。「もしわしが危ういと思うたら、木村どのに引き返させるんじゃ」

「むろん、そう申し上げます」と庚丸。

るはずです」

「申し上げるだけでは足らん。身体を張ってでも止めよ。そのこと、約定してくれ」

庚丸はしばらく考え込んだが、やがてうなずいた。「木村さまならわかってくださ

「まあ、よかろう」

「庚丸、陣屋を間借りする話は忘れろ」いきなり、藤馬が叫んだ。彼は庚丸以上に興奮していた。

「なんだ、借りは返さなくていいのか」庚丸はきょとんとした。

「いや、借りは返せ。先手《さきて》におれを加えることで返せ」

「それは、おれの一存では決められぬ。上様にお許しをいただかなければ」

「もっともだ。お許しがいただけなければ、諦める。おれにそっくりなやつがついていくかもしれぬが、気にするな。しかし、できればこそこそしたくない。大っぴらについていけるよう、いっしょにお願いしてくれ」

「わかった」辟易《へきえき》したようすで、庚丸は承諾した。

「原田どの」左近が釘を刺した。「もしお許しが出たとしても、先手の大将はわが殿じゃ。そのこと、お忘れめさるなよ」

「ああ、しかたがございません」

「それでは、話がまとまったところで登城いたそう」又兵衛は腰を上げた。「島どの。お判りとは存ずるが……」

「わかっておる」左近はうなずいた。「この家中に信用できぬ者はおらぬが、いたずらに漏らさぬ。ただ今日は早めに休ませることにしよう。しかし、一人には明かしたい。いろいろ支度があるからの」

「島どののご随意になされよ」又兵衛は微笑《ほほえ》んだ。

＊

慶長十九年十月二十七日子《ね》の刻――。

大坂城惣構《そうがまえ》黒門口から松明《たいまつ》の炎で夜空を焦がすようにして、木村重成《しげなり》率いる別働隊が出陣した。

前備《まえぞなえ》は神照庚丸勝成《かみてるかのえまるかつなり》である。原田藤馬尚信《はらだとうまなおのぶ》も秀頼の許しを得て合力しているが、鉄砲二人の手勢をあわせても七十名に満たない。これではあまりに少なすぎるので、鉄砲衆二組六十挺《ちょう》、徒士《かち》槍衆一組三十筋を預けられた。それでも、総勢三百名ほどに過ぎなかった。

つづくのは木村重成率いる本備《ほんぞなえ》。中核は重成が頭を務める小姓六番組の五十騎である。それに鉄砲衆八組二百四十挺、弓衆二組六十張《はり》がつき、重成自身の手勢千人を加えて、総兵力は約二千二百だった。

後備《あとぞなえ》として、箸尾宮内少輔高春《はしおくないしょうたかはる》が一備、手勢とあわせて約千五百人を率いて出陣する。彼も大和国人《やまとこくじん》の出身だった。

木村勢の出陣からやや遅れて、八丁目口から長宗我部盛親率いる本隊が出撃した。

左前備は渡辺内蔵助糺《わたなべくらのすけただす》、右前備は淡輪六兵衛重政《たんのわろくべえしげまさ》が自らの手勢とともに一備を率いて務める。糺はいうまでもなく豊臣家譜代の臣、重政は陣借衆《じんかり》ながら、その苗字の示すようにもとは泉州《せんしゅう》淡輪の土豪である。両人とも河内《かわち》の地理に明るく、土地に不慣れな土佐勢の道案内も兼ねていた。

続く本備は長宗我部盛親率いる土佐衆である。鉄砲衆二十組をつけられ、その鉄砲頭は盛親が家臣から選んだ。

他に山川帯刀賢信《やまかわたてわきかねのぶ》と北川次郎兵衛宣勝《きたがわじろうべえのぶかつ》がそれぞれ一備を率いて、盛親の指揮下に入る。

総勢一万一千の軍勢だった。

本隊が出撃したころ、別働隊は暗峠《くらがりとうげ》にさしかかっていた。

松明《たいまつ》は麓《ふもと》で消した。むろん、敵に察知されにくくするためだが、河内から峠へ至る道が急で、とても松明など持って歩けないという理由もある。いまは各々の組の先頭のみが提灯《ちょうちん》を掲げている。

先頭を行く神照勢の前に松明の明かりが見えた。その明かりが近づいてくる。平助だった。

左近は日のあるうちに、この平群《へぐり》谷出身の従者を使いに出し、信頼できる家に諜報を依頼させていたのだ。むろん、朝駆けをすることまでは明かしていない。

庚丸は手勢を一時停止させた。

彼は小馬印《こうまじるし》を立てていた。できあがったばかりで、鳳笙《ほうしょう》を象《かたど》ったものだ。他に白地に紺で抱茗荷《だきみょうが》を染め抜いた幟《のぼり》も二本、翻していた。足軽たちの用いる桶側胴《おけがわどう》の正面には四角に黒丸を入れた賽子《さいころ》の合印《あいじるし》をつけ、同じ紋が陣笠の正面や足軽羽織の背に描かれている。少人数ながら、急造したとは思えない装いだった。

庚丸自身は下賜《かし》された紅鹿毛《べにかげ》に乗り、甲冑《かっちゅう》はこれも拝領の色々威《いろいろおどし》二枚胴具足だ。同じ甲冑をまとっている者が、もうひとりいる。藤馬である。彼は小馬印を許されていないので、虎皮指物《とらかわさしもの》のみを立てていた。

馬に枚《ばい》を含ませ、具足の草摺《くさずり》を縛って、音を立てないようにしていた。今夜限りの合印として白布を両肘《ひじ》に巻いている。これは、出陣したすべての兵が同様にしていた。合い言葉は「東風《こち》」と「梅」で、これも長宗我部勢、木村勢に共通している。

「首尾はどうか」左近は小声で平助に訊いた。

「敵の後詰《ごづめ》は心配ございませぬ」と平助は答えた。「しかし、上々とはまいりませぬ」

国分へ抜けるには二カ所の道がある。北の亀瀬越《かめのせごえ》と南の関屋越《せきやごえ》である。そのうち、関屋越の手前に軍勢が陣を張っているのだという。そこはまさに藤堂勢の退路を断つために木村勢が陣を張ろうとした場所だった。

「さすがは、藤堂和泉守《いずみのかみ》は戦巧者だな」左近は愉快そうにいった。「して、旗印は見たか」

「この目では確かめてございませぬが、きくところによると、黒い打垂《うちだれ》のついた唐人《とうじん》編笠《あみがさ》を二段重ねの馬印《うまじるし》、幟《のぼり》は上方黒地に横一筋を抜き、下方は赤とのよし」

「右近の家中《かちゅう》か」左近は破顔した。「いや、これはじつに懐かしい」

かつて筒井《つつい》家中に右近左近と並び称された家老がいた。左近は島左近を、右近は松倉右近重信《くらうこんしげのぶ》を指す。もっとも、重信は二十年ほど前に亡くなり、いまは息子の豊後守《ぶんごのかみ》重政《しげまさ》が松倉家の当主である。彼は関ヶ原で武功を挙げ、このときは大和国五条二見《ごじょうふたみ》城主となっていた。

庚丸は左近に馬を寄せた。

その前に、藤馬が左近とならんで、「まさか、引き返そうなどと仰せではございませんでしょうね」と不安げに訊いた。

「さて。殿はどうお考えじゃ」左近は庚丸に振った。

「敵の後詰がないのなら、行くべきと存じます」庚丸はいった。「敵陣のありかがはっきりしているのであれば、いかようにもできること」

「よういうた」どうやら正解だったらしく、左近は言葉少なに庚丸を褒《ほ》めた。

「それでは、木村さまにはおれが伝えてやろう」藤馬は弾んだ声で庚丸にいった。

「頼む」庚丸はうなずいたが、付け加えた。「これは借りにしないぞ」

「当たり前だ。戦場での役儀に貸しも借りもあるか」藤馬は笑った。「そんなことより、おれが戻るまで合戦を始めるなよ」

「無茶をいうな。気になるなら、さっさと戻ってこい。それとも、別の者を使いに出すか」

「いや、いい。おれが行く」

せっかく登ってきた険しい山道を、藤馬は騎馬で駆け下りていった。

庚丸は軍勢を進めた。暗峠を下り、竜田川《たつたがわ》を左に見つつ、山裾の道を南下する。

しばらくすると、後ろから蹄《ひづめ》の音が聞こえた。

藤馬が帰ってきたのだ。

馬沓《うまぐつ》を二重にして、蹄の音を抑えているが、それでも全力で駆れば、かなり響く。

「原田どの」左近がいった。「敵の不意を討とうというのに、馬を疾駆させるのはいかがなものか。それに、いまのうちから馬を疲れさせては、肝心なときに働けませぬぞ」

口調は丁寧だが、かなり腹を立てているようだ。庚丸や掃部《かもん》がやらかしたなら、もっと手《て》酷《ひど》く叱り飛ばされていたに違いない。

「申し訳ございませぬ。二度とやりませぬ」藤馬は首は竦《すく》めた。

「それで、木村さまはなんと仰せだった」庚丸は訊いた。

「追い抜くつもりはないゆえ、止まるべきときに止まれ、とのことだった」

「そうか」

平助が掲げる松明《たいまつ》を目印にして、軍勢はしばらく無言で進んだ。

やがて、亀瀬越の手前を通り過ぎた。ここは箸尾《はしお》高春《たかはる》が閉じることになっていた。

途中、何人か、土地の者がやってきて、左近や平助に手早く情勢を告げた。そのまま帰ろうとした者もいたが、左近が押しとどめて合流させた。

なだらかな山裾の手前でも、一人やってきた。

「この向こうに、敵陣がござる」その男は山裾を指した。

山裾の道ではなく、川岸の道を通っていたなら、ちょくせつ目にできるだろう。

「そろそろ止まったほうがよかろう」左近が呟くようにいった。

庚丸は軍勢に停止を命じた。そして、騎乗の者には下馬を命じ、自らも鞍《くら》から降りる。

馬を木々のなかに隠すと、全員に道から外れて伏せるよう命じた。

「本備《ほんぞなえ》に報《しら》せたほうがいいな」そういいながら、庚丸は藤馬を見た。

「今度は行かないぞ」と藤馬。「敵陣が近いのに、先手《さきて》から離れられるか」

「おれが行ってやるよ」掃部が申し出た。

「お願いいたします」庚丸はいった。

「合い言葉は東風と梅だったな」掃部は徒歩で去っていった。

「それでは、わしは敵陣の様子をこの目で見ることにしようかい」七十を超えているとは思えぬ足取りで、左近は歩きだした。

庚丸と藤馬もついていく。

雑木の幹を手がかりに、根を足がかりにして、山裾を登り、高台に出た。

左近が腹ばいになるのを見て、庚丸と藤馬も倣《なら》った。

まだ夜明けには間がある。

暗闇の底に、篝火《かがりび》が三つばかり灯っていた。

「こりゃ、買い被っておったかも知れん」左近が呟いた。

「どういうことでございます」庚丸は訊いた。

「わしはてっきり藤堂が後ろを守るために兵を置いたのじゃと思うた」左近は説明した。「しかし、兵を伏せておるつもりなら、篝火なぞ焚《た》いてはいかん。ここに陣がある、と教えるようなものじゃからの。あるいは堂々と夜討ちに備えるつもりなら、もっと焚かねばならん。あたりを明るうして、忍び寄られるのを防がねばの。しかし、あの篝火は中途半端じゃ。わざわざ兵を置いたというより、はみだしているようにしか見えん」

「あれが囮《おとり》だということはないでしょうか」庚丸はいった。

「うむ。そこまで手の込んだことをやるからには、わしらのことはお見通しなのだろうな」

「まさかここまで来て引き返すなどということはないでしょうね」藤馬がいう。

「原田どのはそのことばかりが心配らしいな」暗くて表情はわからないが、口調からすると、左近は吹き出すのを堪えているようだった。

「当然でございましょう。わたしには初陣《ういじん》です」

「頼もしいことじゃ」

「それで、和尚はわれらは見つかったとお思いですか」と庚丸。

「いや、そのような気配はなかった」左近は即答した。「知らぬ土地ならともかく、この平群谷で見られていることに気づかぬほど、わしは衰えておらぬつもりじゃ」

「それでは、攻め込みますか」藤馬が勢い込む。

「まだでござろう。表で戦が始まってからじゃ」

表というのは、山の西側、道明寺《どうみょうじ》方面のことである。

三人はその場を引き上げ、家来たちのもとへ戻った。

掃部《かもん》がもう帰っていた。それだけではなく、客も連れている。

「木村さまっ」藤馬が声を上げ、左近に睨《にら》まれる。

掃部と一緒にいたのは、木村重成だった。

「どうなされたのです」と庚丸。

「たとえ木村さまにであろうと、先手は譲りませんよ」藤馬が警戒感をあらわにした。

「いや、ちょっと様子を見に来ただけのこと」重成は苦笑した。「おれも初陣なので、気が逸《はや》る。先陣の誉れを奪おうとは思っていないから、このくらいは許せ」

「わしも逸るな」左近はいった。

「まさか、島どののような古強者《ふるつわもの》が」重成は冗談と思ったようだ。

「そうでもござらん。わしはもう戦場に出ることはない、と思うてござった。二度目の初陣のようなものでござる。還暦を超えてそろそろ十五年、ふさわしい歳でござるな」

「なるほど」重成はうなずき、不安そうな口調で尋ねた。「それで、島どのが危ういと思われたときは、身体をはってでも止めよ、と神照に仰せだったそうですが、いまは引き返すべきだとお思いか」

「若者たちはそのようなことばかり気になさる」左近は笑った。「安心めされい。いま、敵の様子を窺《うかご》うて来たばかりでござるが、攻めるべきと存ずる」

「そうですか」重成はほっとしたようだった。「では、いまからどうすべきとお思いか」

「それはわが殿の決めることでござる。わが殿が先手の大将でござるからな。あるいは総大将である木村どのがお決めなさってもよろしい」

「和尚、ぜひお示し願わしゅう存じます」庚丸はすかさずいった。

「夜が明けぬうちに、もそっと敵陣近くに兵を伏せるのがよかろう」左近は先ほど登ったあたりを指さした。「先ほど潜んだ場所を下ったところに、手頃な窪地がある」

「見つかったらどうすればよいのです」

「なに、そのときはわしらで松倉勢を引きつけ、そのあいだに藤堂の退口《のきぐち》を本備に塞いでもらえばよい」

「では、そうしましょう」庚丸は決断し、重成にいった。「国分《こくぶ》のほうで合戦が始まりましたら、われらも突っ込みますゆえ、疾《と》く後詰《ごづめ》をお願いいたします」

「承知した」重成はうなずいた。「おれたちはここで待っている」

＊

神照勢は窪地に移動した。昼間なら丸見えだったろう。松明《たいまつ》や提灯《ちょうちん》はもちろんのこと、火縄の火も消したが、夜目の利く者になら発見されたかも知れない。

だが、松倉勢の陣に動きはなかった。

庚丸は二人の鉄砲頭を呼んで、火縄に点火させるよう命じた。

夜が白みはじめたころ、松倉勢の陣に動きがあった。

神照勢に緊張が走ったが、陣では炊事の煙が上がりはじめた。

「朝飯の支度か」拍子抜けしたように、掃部《かもん》がいう。

松倉勢がここに留まっている理由に対する左近の推測はおおむね正しかった。藤堂高虎《とうどうたかとら》が国分《こくぶ》に達したということをきいて、松倉重政《まつくらしげまさ》が城を出たのは、二十六日の昼過ぎで、この地に到着したときには、すでに日が暮れていた。

藤堂からの使者は、いまから国分に入ってこられても迷惑ということを言外に匂わせたので、重政は一夜を関屋越の手前で過ごすことにしたのである。

藤堂勢は夜討ちを警戒していたが、その裏に位置する松倉勢は自分たちが襲われるとは考えていなかった。

いまも、朝が来たので、国分へ進出すべく、準備を始めたに過ぎなかった。

しばらくすると、国分のほうから銃声がした。

「始まったようだの」左近がいう。

「行きますか」と藤馬。

「それを決めるのはわしではござらん。しかしながら……」

「行きましょう」庚丸は立ちあがった。「馬を引けっ、鉄砲衆、前へっ」

「いや、気が早い」左近が止めようとした。

だが、そのときには、庚丸の号令に従って、足軽たちが窪地から飛び出していた。

「いまさら止めることはできませぬ」庚丸はいった。

「そのようじゃな」苦虫を噛みつぶしたような顔で、左近はうなずいた。

馬はやや離れたところにいた。

口取《くちと》りが紅鹿毛《べにかげ》を連れてこようとするが、それを待たず、庚丸は自分の足で走り出した。

しばらく走り、敵の兵士の顔が見えるところまで来た。

「放てぇっ」庚丸は下知《げち》を発した。

鉄砲頭が慌てて、足軽たちに片膝をつかせ、銃を構えさせる。

六十挺《ちょう》の鉄砲がいっせいに火を噴いた。

「殿！」紅鹿毛を牽《ひ》いた口取りがようやく追いついた。

待ちかねたように、庚丸は鞍に飛び乗った。

「槍っ」と小者《こもの》を呼び寄せ、槍を受けとる。

その横を藤馬が月毛《つきげ》を駆って、抜き去っていく。

「抜け駆けはずるいぞ」庚丸は遅れじと、馬に鞭《むち》を当てた。

「待たんかっ、馬鹿者どもっ」背後から左近の大音声《だいおんじょう》が響いた。

庚丸は思わず手綱を引いた。

先行していた藤馬までが、馬を止める。

「口出しはすまいと思うておったが、もう黙っておれん」左近は叫んだ。「二人とも、そこを動くなぁっ」

左近は二人のもとへ馬を寄せた。

「しかし、和尚……」庚丸がなにかをいいかけた。

「殿。頼むから、この老いぼれより先に死んでくれるな。戦場で主君を失うのは、生涯に一度でたくさんじゃ」

石田三成は戦場で死んだわけではない。が、左近のなかでは討ち死にも同然なのだろう。

「ならば、わたしはかまいませんね」藤馬が離れようとした。

「原田どの、待たれよ」左近は横目でぎろりと睨《にら》んだ。「主君の朋輩と思うて、口を謹んでまいったが、戦場なれば、率直な物言いをお許し願いたい」

「どうぞ」恐るおそるの体《てい》で藤馬はいった。

「このたわけがっ」左近は藤馬を怒鳴りつけた。「手柄を欲するのはよい。しかし、敵が陣を構えているところへ一騎駆けしてどうするつもりぞ。跡継ぎがおるのならともかく、妻もおらぬ若武者の場合、生きて帰って褒美《ほうび》をいただくまでが功名手柄じゃ。いま死なれたら、上様もだれを褒《ほ》めていいのか、戸惑われるわい」

「そこまでいわずともよいではありませぬか」藤馬は抗議した。

「まだ言い足りぬわっ。しかし、いまは暇がないゆえ、贅言《ぜいげん》に費やす時が惜しい」左近はいった。「殿、とにかく鉄砲衆を前へ出し、その後からついていけ」

左近が説教しているあいだに、家来たちが周囲に集まってきた。

むろん、松倉の陣にも動きがある。

敵陣は柵を結んだだけの簡単なものだった。そこから鉄砲を撃ちかけてくる。

左近の指示に従って、庚丸は鉄砲衆を前進させ、銃撃を加えさせた。

敵の鉄砲は十挺ほどだろうか。数ではこちらが勝っている。

だが、足軽は臆病である。手柄を立てる見込みもないので、仕方ないことだが、なかなか前進しようとしない。

「これだけ離れておれば、当たるものではないわい」左近はそう豪語して、先頭に立ち、ゆっくり馬を進ませていく。

庚丸もその隣に並ぼうとしたが、左近に睨まれておとなしく、鉄砲衆の後ろに引っ込んだ。

「ここでよかろう」左近はいうと、馬をとめ、庚丸を振り返った。

鉄砲頭たちが足軽を止め、その場で折り敷かせる。

「放てっ」庚丸は号令した。

味方の鉄砲衆が射撃を始めた。

硝煙がたちこめるなか、左近は馬を翻して、庚丸の近くへ戻ってきた。

やがて、敵の鉄砲足軽は崩れた。死者はいないようだが、恐れに駆られて退いていった。

だが、その代わり、木戸を開いて、武者たちが出てきた。

今度はこちらの足軽たちが浮き足立つ。

障害のない場所だから、装塡《そうてん》しているあいだに突っ込まれてしまうだろう。弾《たま》込めのすんでいた十数挺が発砲して、数人を斃《たお》したが、次弾を準備する余裕はない。

庚丸は左近の顔を見た。

左近はうなずいた。

「槍を入れるぞっ」庚丸は叫んだ。

神照勢の三騎と藤馬、そして徒士《かち》組が足軽たちの前に躍り出た。

藤馬が真っ先に駆け出した。だが、馬足を抑え気味にしている。左近の叱責が身に堪えたのだろう。

藤馬のすぐ後ろに庚丸が続く。その横には、長巻《ながまき》を担いだ梅田作左右衛門が併走する。さらにその向こうには、掃部《かもん》が槍を小脇に抱えて、馬を進ませる。

そして、その左右には、槍の穂先を輝かせた徒士衆が雄叫《おたけ》びを上げながら走る。

双方が激突した。

庚丸は一騎の騎馬武者に目をつけた。失ったのか、はじめからか、彼は槍を持っていなかった。太刀を馬上で振りかざし、徒士衆の槍をあしらっている。槍脇にいるべき家来も見あたらなかった。

どうやら、単身、突入してきたらしい。さすがに形勢が悪いと判断したのか、彼は退却しようとしていた。敵に背を向けるわけにはいかないので、顔は正面を向いているが、ゆっくりと馬に後じさりさせている。

庚丸は槍を構え、その武者に突撃した。

槍は馬に突かせよ、という教えに従って、庚丸は槍をしっかり保持することに専念した。

槍先が武者の横腹を捉えるかに見えた。

だが、武者は上体を反らした。

槍は浅く入り、鎧《よろい》の表面で滑った。

武者はすばやく槍に腕を絡ませる。

「小童《こわっぱ》、推参だぞっ」その武者は吼《ほ》え、槍を摑んだまま、庚丸から離れようとする。

庚丸は槍を放さないように握力を込め、馬から落ちないように踏ん張らなければならなかった。

「殿っ」作左右衛門が駆け寄ってきて、長巻を敵の軍馬の尻に振り下ろした。

馬はいななきをあげ、棒立ちになった。

敵の武者は思わず槍を放した。

庚丸は体勢を立てなおして、槍を一気に突き出す。

槍先は腕を貫いた。

しかし、浅い。今度は馬の脚力で突くのではなく、自分の腕力で繰り出したので、力が不足したようだ。

武者が身体を揺らすと、穂先は自然と抜けた。

「姑息なっ」武者は怒り、刀を振りあげて、庚丸に向かってきた。

相手の胸を狙って槍を突き出すが、外された。しかも距離をぐっと詰められてしまった。

槍先を懸命に縮めようとするが、間に合わない。

あっと思ったときには、白刃が肩先に達しようとしていた。

かろうじて避けたが、弾みで槍を放り出してしまった。

刀を抜く余裕もなく、庚丸は武者にしがみつく。

「放せ、小僧っ」武者は猛り狂う。

揉《も》み合いになり、二人は地面に落ちた。

落馬の拍子に、武者の手から太刀が離れる。

庚丸は夢中で馬手差《めてざし》を抜き、相手の首に突き立てた。

しかし、馬手差は喉輪《のどわ》に弾かれた。

相手が庚丸の身体をはねのけようとする。

それに抗い、相手を押さえ込もうとしながら、もう一度、庚丸は馬手差を振るう。

今度はするりと喉輪と胴の隙間に刃が潜り込み、肉を切り裂く感触を庚丸の手に伝えた。

武者は叫び、庚丸を押しのけた。

庚丸は弾き飛ばされて、尻餅《しりもち》をついた。

武者が首から馬手差を抜こうとする。

迸《ほとばし》る血飛沫《ちしぶき》に、朝日が反射した。

返り血で庚丸の顔が赤く染まる。

武者の体力もそこまでだったらしく、やがて崩れ落ちるように地面に横たわり、動かなくなった。

庚丸は立ちあがろうとしたが、できなかった。放心したように、地べたに坐り込む。

「殿」作左右衛門が近づいた。「早う首を掻《か》いておしまいなされ」

見回すと、味方が押されていた。

鉄砲は味方のほうが多かったが、人数は敵のほうが勝っている。白兵戦となれば、不利だった。

庚丸のへたり込んでいるあたりにも敵が押し寄せてくるだろう。

だが、庚丸の動きは鈍かった。

「紅鹿毛《べにかげ》は」と訊く。

「お馬でござるか。あれに」作左右衛門が指さした方向には紅鹿毛がいた。興奮しているが、口取りが二人がかりで押さえている。

「和尚はどこに……」

「存ぜず」舌打ちしかねない口調でいうと、いつまでたっても動かない主に見切りをつけたらしく、作左右衛門は刀を抜き、武者の首を掻き切った。

庚丸はぼんやりとそれを見ている。

そのあいだに紅鹿毛が連れ戻されてきた。

「さあ、お乗りなされ」作左右衛門が促した。

「その前に、馬印を挿《さ》してくれないか」庚丸はいった。

小馬印は馬印よりは小振りで指物としても使えるが、重いので、たいていは小者《こもの》に持たせる。

いまも小者が鳳笙《ほうしょう》の小馬印を掲げていた。

「承《うけたまわ》って候」作左右衛門は小馬印持ちを呼んだ。

甲冑《かっちゅう》の背についた受け筒に小馬印を挿した。

小馬印を背負った庚丸は、鞍上に収まった。小者が槍を拾ってきてくれたので、それを受けとる。

庚丸はそのまま馬を動かさず、ただ戦場に立っていた。

自然と家来たちが集まってきた。

「おい、そろそろ無理だ、退こうぜ」掃部《かもん》が寄ってきて告げた。

「和尚はどこへ行かれたか、ご存じありませんか」庚丸は訊いた。

「ああ、鉄砲衆を連れてどこかへ行った」

「鉄砲衆を……」

陪臣《ばいしん》である左近に、直参《じきさん》扱いである鉄砲衆を指揮する権限はない。陣中張文で禁じられている。だが、関ヶ原で築いた盛名の前には、そのような規律は些細《ささい》なことと、鉄砲頭たちは判断したのだろう。

「とにかく退こうぜ」掃部が促した。「おまえも首を獲ったみたいだし、満足だろう。いったん城へ戻って首帳《くびちょう》につけてもらえ」

「首を獲りに来たわけではありません」

掃部は不思議そうな顔をした。「じゃあ、なにをしに来たんだよ」

「勝ちにです」

「だったら、なおさらいったん退こう。本備《ほんぞなえ》がすぐ来る。そうすれば、おれたちの勝ちだ。こんな所で突っ立っていると、それまでに首を獲られてしまうぞ」

「敵に後ろは見せられません」

「和尚もいっただろう、生きて帰るまでが功名手柄だぞ。おれにいわせれば、生きて帰って、この戦に勝って、大名に取り立てられて、おれにお禄をくれるまでが功名手柄だ」

「死ぬつもりもありませぬ」

「頑固なやつだ」そういいながらも、掃部は庚丸を守るかのように寄り添った。

庚丸は藤馬の姿を探したが、見あたらない。

かわりに唐人笠《とうじんがさ》二段重ねの馬印が見えた。松倉重政の馬印だ。こちらへ向かってくる。

敵は総掛かりに出たようだ。

「殿、ここは珍しく大橋どのの仰せが正しかりましょう。いったん下がってはいかがか」作左右衛門がいう。

「下がれば崩れる。崩れれば討たれる」前方を見据えたまま、庚丸はいった。「木村さまがいらっしゃるまで、踏みとどまるしかない」

「そんなもんですかいのう」作左右衛門の口調はのんびりしていたが、身体は小刻みに震えていた。

小馬印が引きつけるのは味方ばかりではなかった。敵も集まってくる。

「ああっ、もうくそっ」掃部が前に出て、朱色の槍を振るう。「なんでおれがこんな目に。ピイピイ泣くぞ、こらっ」

周囲では徒士《かち》衆も槍を突き出し、敵を防いでいる。彼らを率いるのは、袖印に金両一筋を引いた徒士頭だ。

「そこ、逃げるなっ。年若の大将が留まっておるぞ。恥ずかしゅうないのか」徒士頭は、怯《ひる》んだ組下《くみした》をそんな言葉で叱咤《しった》する。

ただ馬に乗っているだけでも、庚丸の存在は役に立つということだ。

だが、戦況は庚丸が置き物代わりになることを許してくれなかった。

武者が一騎、突進してくる。興奮しているのか、怪鳥《けちょう》のような雄叫びを上げていた。

庚丸は槍を構えた。

さいわい、あたりには味方が密集しているので、すぐ助けが入る。

このときも敵の騎馬は、横合いから繰り出された槍に突かれ、あえなく落馬した。

たちまち味方の雑兵が群がり、討ち取ってしまう。

庚丸はほっと一息ついた。先ほどの一騎打ちで、体力をかなり損耗しているのだ。

しかし、味方もかなり討たれてしまったようだ。

「殿、これはますますいかんぞ」作左右衛門がいった。彼も返り血を全身に浴びている。手傷も負っているようだ。

そのとき、銃声が轟《とどろ》いた。

南側の土手に回り込んだ、左近率いる鉄砲衆が、松倉重政の馬印あたりをめがけて一斉に射撃したのだ。

「押せぇっ、敵は裏崩れしたぞ」掃部が叫ぶ。

前線が戦っているのに、後続が崩壊することを裏崩れという。

この時代の常識では、射撃を受ければ、突撃がすぐ来る。

松倉勢のうちまだ戦闘に参加していない武者は、それに備えて南を警戒した。

掃部はその動きを「裏崩れ」と表現したのだ。

銃声と掃部の指摘に、前線の敵も動揺した。

だが、それでも圧倒できるだけの余力は、神照勢にない。互角の状態を保つのがやっとの有様。

南からは銃撃が激しいばかりで突撃はなかったが、さすがに一方的に撃たれるのには我慢ができなかったらしく、重政の馬廻《うままわり》が土手にむかった。

人数が拮抗した。

「手柄を立てよっ」徒士頭が叫んだ。

だが、味方は疲労困憊《ひろうこんぱい》して、それどころではない。

やがて、ふたたび押されはじめた。

木村重成の本備《ほんぞなえ》が戦場に到着したのは、そのときである。

重成の配下と小姓衆六番組、あわせて百騎あまりが、軽卒を伴って、突貫してくる。

彼らのあげる鬨《とき》の声の前に、今度こそ松倉勢は崩れた。

鉄砲衆のいるあたりを見ると、そちらからも武者が一騎、飛び出して敵を追う。原田藤馬だった。

「いくら相手が浮き足立っているといっても、あれじゃ死ぬぞ」掃部が呆れたように呟いた。

「ならば、われらも行きましょう」庚丸は返事もきかずに馬に鞭を当てた。

*

この日の戦闘推移は次のようなものだった。

国分《こくぶ》村の西にある小松山に、藤堂《とうどう》家の侍大将、渡辺勘兵衛了《わたなべかんべえさとる》が陣を構えていた。

卯《う》の刻、勘兵衛の物見が国分に向かう軍勢を発見した。淡輪重政《たんのわしげまさ》の率いる右前備《ぞなえ》である。

勘兵衛はただちに伝令を本営へ走らせ、銃列を敷いて、敵を待ち構えた。

やがて淡輪勢が小松山の山麓に達すると、渡辺勘兵衛は銃撃を加えさせた。庚丸《かのえまる》たちが戦いの始まりを知ったのは、この銃声によってだった。

淡輪重政も鉄砲で応じ、何度か突撃を試みた。しかし、高みに陣取る渡辺勢を突き崩すことはできなかった。

一方、渡辺糺《ただす》の左前備は小松山の北方から国分へ突入しようとする。

しかし、藤堂勢は永滞陣《ながたいじん》を見越して、堀を穿《うが》ち、虎落《もがり》を植えていた。さらに、渡辺勘兵衛からの通報を受けて、柵の内側に筒先を並べていた。

左前備は柵に辿《たど》り着くことさえできなかった。このとき、渡辺糺は大将でありながらいち早く逃げ、ずいぶんと男を下げた。

左前備が崩壊したあと、長宗我部盛親《もりちか》の本備が姿を現した。

そのとき、珍事が起こった。

藤堂家の侍大将の一人、桑名弥次兵衛吉成《くわなやじべえよしなり》が単騎、柵から出て、長宗我部勢に突撃をしたのである。

弥次兵衛はもと長宗我部家の重臣である。関ヶ原の戦いの結果、主家が改易され、牢人《ろうにん》となったところを、藤堂高虎《たかとら》に召し抱えられたという経歴を持つ。仕官ののちも長宗我部盛親のことを忘れず、禄の一部を仕送りしていた。

それほどだから、大坂に旧主が入城したときいて、弥次兵衛はずいぶん悩んだ。盛親のもとへ馳せ参じようと真剣に考えたらしいが、家族や家来たちのことを思うとできることではなかった。そして、せめて戦場では盛親と相まみえぬように、と祈るような気持ちで出陣したのだが、早々に対戦する羽目になってしまったのだった。

長宗我部盛親の馬印を目にして、桑名弥次兵衛は発作的に駆けだしたらしい。

新恩と旧恩を両立させようとしたあげくの自殺的突撃だったと思われる。その証拠に、弥次兵衛はかつての朋輩たちに囲まれてもまったく抵抗せず、討たれた。

しかし、彼の行動は旧恩にのみ報い、新恩は裏切ることになった。

弥次兵衛が飛び出したのを見て、彼の家来や組下《くみした》も後を追ったのだ。結果、彼らは優勢な敵にばらばらで突っ込むことになり、あっという間に全滅してしまった。

それだけではない。やはり藤堂家の侍大将だった藤堂玄蕃良重《げんばよししげ》が、弥次兵衛の行動を抜け駆けと誤解して、柵を出た。良重の隊は統率のとれた状態で出撃したが、衆寡敵せず、長宗我部勢の前に壊滅した。

良重は戦死し、兵たちは陣へ逃げ戻った。

潰走する兵たちにつけいって、長宗我部勢も藤堂の陣へ突入した。

あとは乱戦である。

山川賢信《やまかわかたのぶ》と北川宣勝《きたがわのぶかつ》の脇備《わきぞなえ》も国分へ乱入し、態勢を立て直した渡辺糺の左前備も後に続いた。

藤堂勢の一部は郡山《こおりやま》方面へ逃れようとしたが、亀瀬越《かめのせごえ》と関屋越《せきやごえ》には、松倉勢を駆逐した木村重成《しげなり》があわせて二百挺《ちょう》以上の鉄砲を並べていた。

藤堂高虎はわずかな家来を連れて徒歩で山に逃れ、なんとか首を保った。しかし、桑名弥次兵衛と藤堂玄蕃のほか、藤堂勘解由《かげゆ》、同仁右衛門《にえもん》、同新七郎《しんしちろう》、山岡兵部《やまおかひょうぶ》と、六名の武将を失い、騎馬武者だけでも七十騎ばかりが討たれるという大損害を受けたのだった。

すでに合流を果たしていた与力将たちも悲惨だった。とくに神保出羽守相茂《じんぼうでわのかみすけしげ》主従などは全滅してしまった。

午《うま》の刻ごろ、松平下総守忠明《まつだいらしもうさのかみただあき》の軍勢が接近していることを知った大坂勢はようやく引き上げを開始した。

このとき、気を吐いたのが、小松山でがんばっていた渡辺勘兵衛《わたなべかんべえ》だった。勘兵衛は再三、主君から救援の命令を受けながら、無視していた。山麓に、兵力で勝る淡輪《たんのわ》勢があり、それを突破するのもおぼつかなかったからである。

だが、大坂方が撤退をはじめたと見るや、やにわに山を下り、追撃して、淡輪勢に痛撃を与えた。その後、長宗我部勢が救援のために引き返してくると、素早く退き、被害を最小限に留めた。

この日、藤堂隊の挙げた唯一の戦果だったが、大敗の汚名を返上するほどではなかった。むしろ、この行動のせいで高虎と勘兵衛の関係が悪化し、禍根を残すこととなった。

この勝利に大坂城は沸き立ち、ただちに論功行賞が行われた。

庚丸は、六千石に加増された。知行証文《ちぎょうしょうもん》しかもらえなかったが、馬印と采配《さいはい》、そして袖印に金の三引両を入れることが許された。役儀も上がり、侍頭として備《そなえ》を一つ預かることになった。

藤馬は大功を立てた。松倉重政の首級《しゅきゅう》を挙げたのである。この功績により、三千石に加増されるとともに、金両二筋を袖印に引く先手頭《さきてがしら》となった。牢人騎馬五十騎からなる先手組を預かるのだ。むろん、待望の陣屋も与えられた。

庚丸と藤馬の初陣は、彼らにとってまずまずだった。

終　章

大坂城八丁目口から軍勢が出てきた。

先頭に五本の幟《のぼり》が翻る。二色の絹を縦に縫い合わせたもので、竿《さお》側が黒、外側が黄色だった。そして上部には八弁菊の紋章が金革《きんがわ》で描かれている。

秀頼が上洛のためにつくらせた有職旗《ゆうそくき》の一つである。有職旗は襲《かさね》の色目に因《ちな》んだ配色がなされている。本来は各配色に一本ずつだったが、東西手切れが決定的になると、秀頼は一種類につき四本を追加でつくらせ、五本ずつにした。そして、新しい備《そなえ》ができるごとに、有職旗一種五本を授与したのである。

黒と黄色の取り合わせは、襲の色目では木蘭《もくらん》と呼ばれる。したがって、五本の旗は木欄旗、この軍勢は木蘭備と称されていた。

旗のあとに鉄砲衆四組と弓衆二組が続く。茜《あかね》色の陣羽織を着用した物頭《ものがしら》たちが、自分の配下を率いていた。

その後ろは、備の中核というべき先手組《さきて》である。五十騎からなり、寄合格の先手頭が束ね、補佐役である母衣格《ほろかく》の先手組頭が二騎、つく。先手衆は最低でも三人は家来を連れているので、人数は三百人近くになる。

先手衆は揃いの番指物《ばんさしもの》を背負っていた。四半の裾黒《すそぐろ》、つまり縦横の比率が三対二で、下辺に太く黒い線が引かれている旗だ。小姓衆と馬 廻衆《うままわり》は金の四半だが、一万騎に達する先手衆に金の旗を用意するのは、さすがの豊臣家の財力をもってしても無理だった。

牢人《ろうにん》たちの自己顕示欲に配慮して、番指物は、四半の裾黒であれば自由に紋や文字を入れてもよいことになっていた。木蘭備の先手衆も三分の二ほどは自分の紋や名前を旗指物に記している。

その後に、備を預かる侍頭の本陣が続いた。白地に藍《あい》で抱茗荷《だきみょうが》を染めた幟が七本並び、鳳笙《ほうしょう》の小馬印、そして、賽子《さいころ》に馬連《ばれん》の馬印が立っている。木蘭備を預かる神《かみ》照庚丸《てるかのえまる》の本陣だった。

わが家に伝わる屏風絵《びょうぶえ》そのままだった。むしろ、この光景が屏風絵を写しているというべきかもしれない。

もういいだろう——木蘭備の初武者押しを見下ろしながら、わたしはそう思い、現実に浮上することにした。

「命令。繋ぎを断って」わたしは夢紡《ゆめつむぎ》に告げた。

肉体の感覚が戻ってきた。

「お帰りなさい、神照夢見役《ゆめみやく》」石崎医療技師が声をかけてくれた。

「ただいま。いつもながら、最悪の気分」わたしはいった。

目を開けたが、目眩《めまい》が酷《ひど》くて、起きあがれなかった。わが職場ではこれを戻り酔いと呼んでいる。

「薬を出しましょうか？」

「いや、大丈夫。でも、しばらく放っておいて」わたしは頼んだ。

体質のせいか、わたしは戻り酔いが酷い。同僚のなかにはまるで感じない者がいるらしい。不公平な話だ。

それでも、今日は神の視点で潜っていたからまだましだ。人の視点から戻るときは死ぬかと思う。

ひょっとすると、この仕事が向いていないのではないか、と考えることもあるが、上司は、わたしほど向いている人間はいないという。人の視点で潜ると、夢紡のつくりだした人格と完全に同化してしまう。現実での記憶は遮断され、偽の記憶を本物だと信じ込んでしまうのだ。出身、職業、年齢、ときには性別まで違う人格に支配される。

だから、現実に戻ったとき、多かれ少なかれ混乱するのが普通だ。ところが、わたしは混乱したことがない。

わたしは四十二歳の男として大坂城にいたこともある。名もない忍者として大野治《はる》徳《のり》に扱《こ》き使われていたのだ。わたしが治徳を嫌うにはきわめて正当な理由があることが、わかっていただけるだろう。

神の視点とちがって、人の視点では自主的に夢紡から離れることができない。あらかじめ時間を決めておくか、外部操作で強制的に現実へ浮上させる。

つまり、人の視点では現実への浮上は唐突にやってくる。だが、わたしは夢紡のなかにいたとき、自分が大野治徳配下の伊賀者であることにまったく疑問を持たなかったが、浮上したとたん、刑部省偽世寮夢見役《ぎょうぶしょうぎせりょう》の神照沙耶《かみてるさや》に戻った。

不本意極まりないことだが、混乱を経ずに現実に戻るというのは希有《けう》な才能らしい。

わたしは肘掛けの差込口から記録器を引き抜いた。これに、わたしが夢紡のなかで見聞きしたことが納められている。それを編集して、解説を加えて、報告しなければならない。

しかし、報告で思い出したが、わたしの解説はくどすぎる、と批判を受けることもある。しかし、報告を視る人が全員、歴史に詳しいわけではない。わたしとしては最低限の説明のつもりだ。

ぼんやり記憶器を見ているうち、ようやく酔い戻りが収まってきた。

「そろそろいいわ。処置をお願い」わたしは石崎技師にいった。

「わかりました」彼女は手際よく、わたしの身体についた管だの線だのを抜き取りはじめた。「なにか、異常はありませんか」

「お腹が空いた」

石崎技師はくすりと笑った。「それもいつものことですね」

「そうね」わたしも笑った。

もう深夜だったが、ありがたいことに、偽世寮の椀飯所《おうばんしょ》は一日中、営業している。近ごろ気に入りの薄藍《うすあい》色の被布《ひふ》を羽織り、わたしはそこへ向かった。

客は多かった。むろん、全員が偽世寮の職員だ。

偽世寮の存在自体は秘密ではないが、なかでなにが行われているのかは高度な機密である。外部の人間には、この食堂でたいしておいしくもない膳を食べるだけでも、しかるべき理由と膨大な申請書が要求される。

偽世寮が管理する夢紡は、乱暴にいってしまうと、数式で記述された世界を走らせる超計算機関だ。

数学者たちが自分たちにだけしか理解できないような記号をいくつも発明して、奇《き》天烈《てれつ》で巨大な数式で人間の行動を記述した。別のいい方をすれば、人格を数式化した。さらに数式化された人格の相互作用も研究し、計算機関にかけることで、小さな仮想社会をつくりだして見せた。

これを犯罪捜査に使えないか、と馬鹿げた発想をした男がいた。

現代社会は情報で溢れている。賑やかな場所は防犯のためつねに撮影されているし、個人の些末《さまつ》な出来事すら映像で記録されている。また電子財布の使用記録により、だれがどこでなにを買ったかわかる。

これらの情報によって確定した事実を疑似世界に入力すれば、観察されていない事件を再現できるのではないか、つまり、過去の事実を見ることができるのではないか、という発想だった。

あまりに素人くさい発想だったので、数学者たちは挑戦意欲をかきたてられ、この問題に取り組んだ。そして、いくつかの事件をほんとうに解決してしまったことにより、ひょっとすると優れた発想なのではないか、と考える人間が増えていった。

そこで偽りの世界を夢見る機械、夢紡が建造され、それを管理する偽世寮が設けられた。夢紡は同時にいくつもの世界を走らせることができる。その性能は、職員のわたしにさえ知らされていない。

夢紡への捧げ物を確保するため、政府はひそかに防犯用監視機の数を増やし、一定時間が経過すれば破棄されるのが当然だった記録を蓄積しはじめた。さらに、適当な名目で法を整備して、銀行や物流会社に業務記録の提出を義務づけた。さすがに個人的記録は、強制的に提出させるわけにはいかなかったので、『想出図書館』という施設をつくり、甘言で釣って集めた。

これらの努力が功を奏して、検挙率は目に見えて上がった。

だが、政府の真の狙いは犯罪の抑制になかった。夢紡はRetrocognitionだけではなく、Precognitionにも使える。未来を予測する場合、夢紡はきわめて便利な道具になる。

ある政策を実行したとき、どんなことが起こるのか、夢紡に入力すれば、かなり正確に予測できる。

国内政治だけではない。外交にも夢紡は威力を発揮した。むろん、外国の情報は国内のそれに比べれば少ないが、世界的に広がった通信網のおかげで、ある程度は拾うことができた。もっとも、各国も偽世寮と同じような組織を整備し、自国の情報が外に流れることを警戒しはじめている。

こうして、偽世寮は政府全体にとって重要な機関となったが、刑部省は手放そうとしなかった。国会にたいしては、「犯罪捜査のため」ということにして予算を取っていたから、ほかの省庁も容認せざるをえなかった。

その代わり、偽世寮は軍人や外交官を受け入れた。いまも椀飯所で、采配《さいはい》や母衣《ほろ》の階級章《そでじるし》をつけた軍人の一団が談笑している。

いっぽう、夢紡の本来の役割である過去の再構築も順調に進んでいた。古い事実を再構築すれば、現在や未来の構築にも役立つ。しかし、さすがに百年以上も前の事件となると、実用的な意味に乏しい。その学術的な意味しかない業務がわたしの仕事だ。

椀飯所には表示壁がある。

表示壁は遠目には抽象絵画のようだった。

国内限定の確度表だ。縦が地域、横が時代を表す。左端が現在を表し、右に行くに従って、時代が古くなっていく。

左端は確度甲《こう》を表す深紫で塗りつぶされていた。その右側には確度乙《おつ》を示す浅紫の線が立つ。境界が曖昧《あいまい》で、虹のようだ。

　だが、虹模様はそこまでだ。

　確度丙《へい》の深緋との境界は波打ち、ところどころに確度丁《てい》の浅緋の斑点がある。そこから左は浅緋に確度戊《ぼ》の深緑、己《き》の浅緑が入り交じり、混沌としてくる。三百年ぐらい昔になると、確度辛《しん》、つまりほとんどなにもわからないことを示す浅縹《あさはなだ》が圧倒的になる。

　虹模様のところを、偽世寮で中心的な現在科が担当する。左端のさらに左、表示壁に現れてない部分は、偽世寮でももっとも秘密めいた部署、未来科の仕事だ。そして、右側の乱雑な領域を、わが過去科が担当する。

　動画どころか写真もない時代だし、文書の記録も現代に比べれば圧倒的に少ないので、不明確なのはしかたがない。

　一本だけ深緑の領域が先細りしながらも右に伸びている。その先端は約四百年前の大坂だ。大坂の陣以来の豊臣家関係は文書がいろいろ残っているので、それだけ事実を確定しやすい。

　しばらく表示壁を眺めて、わたしは席に着き、料理を注文した。

　ぼんやりしながら、膳が来るのを待っていたとき、「神照女史、きいたか？」と背後から声をかけられた。

わたしは振り返った。

山内論理技師がいた。技術科所属だが、過去科にしょっちゅう出入りし、夢見役たちと歴史談義に興じている。歴史狂といっていいだろう。腹立たしいことに、わたしを同類と思い込んでいるらしい。

「きいたって、なにを?」わたしは戸惑いながら問い返した。彼は歴史狂にしては常識のあるほうで、返答に困る質問などめったにしてこない。

「その反応は、きいていないな」山内は決めつけ、わたしの前に坐った。「きみの対照が凄いことになっている。そっちはどうだった?」

それで、なんとか質問の意図がわかった。

夢紡で不確定な事実を確定するために、別々の仮定を入力し、対照するのは基本的な技法だ。実際と隔たった歴史が出力されたり、世界が壊れてしまえば、それは事実と違うとわかる。

「問題なく繋がったよ。国分《こくぶ》の戦いのあたりまで見てきた」木蘭備《もくらんぞなえ》の初武者押しは我が家にとっては重要な事件で、わたしも幼いころからきかされてきた。だが、一般的には些末《さまつ》な事柄だろう。歴史狂の山内でさえ知らない可能性がある。だから、わたしは国分の戦いを持ち出した。こちらは著名というほどではないが、大坂の陣のあたりの歴史が好きなら、知っていないとおかしい戦闘だ。報告も国分の戦いまでにするつもりだ。

「そうか。しかし、殿原さんのほうは繋がらなかった」山内は嬉しそうだった。

「珍しいわね」

古い時代の事実を対照技法で確定しようとしても、たいていは失敗する。背景に不確定な要素が多すぎて、少々の矛盾なら吸収されてしまい、どちらも既知の歴史線に繋がってしまうのだ。

歴史狂どもは違う意見を持っているようだが、今回、対照される事実はわたしにはどうでもいいことのように思えた。すなわち、慶長三年七月十五日、豊臣秀吉が遺言を残した場に、秀頼がいたか、いなかったか、ということだ。

わたしは、秀頼がいた、という前提に立った世界を見てきた。むろん、会話の細かいところまで事実そのものとはいかないだろうが、われわれの知っているとおりの歴史を夢紡は出力した。

いっぽう、いなかったという説は殿原夢見役が検証したが、抱えている仕事の関係で、彼のほうがわたしより早く夢紡と接続した。

「彼が目覚めたのは、きみが接続した直後だったよ」

「へえ」わたしは気のない返事をした。

料理が運ばれてきたからだ。それに、どうせあとで殿原の提出した報告を視なければならない。

「大騒ぎになった。なにしろとんでもない結果になったからね」

料理を楽しみたかったので、わたしは山内が早くどこかに行ってくれないかな、と思った。わたしも上流と見なされる階級の出身で、場所によっては沙耶姫と呼ばれる。優雅に会話を楽しみながら食事するぐらいのことは躾《しつ》けられているつもりだ。だが、いまはあまりに空腹過ぎた。それに、山内との会話が優雅なものになるはずもない。

「どんなふうになったの」わたしは儀礼上、尋ねた。

「秀頼がその場にいなかっただけで、秀吉は息子に遺言を残すことを忘れるんだ」山内は勢い込んで話しはじめた。「十二カ条の遺言が十一カ条になる。その結果、秀頼は周囲に流されるままの、惰弱な人間に育つ。とくに母親の影響を脱しきれない。教養はそれなりに身につけるんだが、武術からは遠ざけられる。決断力とか指導力とかも本物に比べればずっと劣る人物になった。現実にはあれほど熱心だった諸制度の整備にもほとんど関心を持たない。そして、豊臣は大坂の陣であっさり滅ぶんだよ」

「へえ」わたしはちょっと興味を持った。「じゃあ、国分の戦いまでじゃ足りなかったかな。また潜ってみなきゃいけないかも」

「そうすべきだ。けれど、あっちでは国分の戦いが起こらなかった。西の道明寺でなら戦いがあるんだが、半年ほどあとに起こる。そして、後藤又兵衛が戦死する。秀頼が自害するのはその二日後だ」

「秀頼公が自害？　それで、徳川家が日本を支配するわけ？」

「そう」山内はうなずいた。「しかも、徳川家は鎖国政策をとる」

「なに、それ？」

「要するに、国外との交流を厳しく制限することだよ。とくに日本人が海外に行くことは完全に禁じられた」

「じゃあ、松江参議と島原侍従の南方開拓もないの？」

「ないね。棚倉大夫の樺太《からふと》進出や、陸奥中納言《むつちゅうなごん》の阿礼渡《あらいと》討伐もない。速水守頼《はやみもりより》は松江参議を継ぐ前、まだ出来麿《できまろ》と名乗っている段階で死ぬ。燃える大坂城のなかで切腹するんだ」

「まだ子どもだったのに」わたしは眉をひそめた。

「そういう時代だったんだ。現実の歴史でも子どもが切腹した例は少なくない」

「まあね」

「そして、初代島原侍従にいたっては、歴史に登場さえしない」

「残念。あの子のことは好きだったのに」わたしは国分の戦いで藤馬、のちの原田島原侍従尚頼《なおより》が一騎駆けする姿を思い返した。

「たとえ史実らしく見えようと、しょせん、夢紡のつくりだした架空の世界だよ。きみが見たのも、実在の原田尚頼の少年期とは違う」

「わかっているわよ、そんなこと」

山内の、したり顔で当たり前のことをいうところが、わたしは嫌いだ。

「そうそう。きみのご先祖、初代佐和山侍従、神照頼成《かみてるよりなり》も歴史に登場しない」

「それも残念ね」

「ぼくにとっていちばん残念だったのは、出身地が英国人のものになることだね」

「破邪蘭《はじゃらん》だっけ?」わたしはあやふやな記憶のなかから、山内の生まれた街を拾い出した。彼がその街のすばらしさを熱弁しているのを、うっかりきいてしまったことがある。

「ああ。でも、破邪蘭だけじゃない。大南洲全体が英国の自治領になっていた。破邪蘭には、なんだか変な形の建物が建っている。Sydney Opera House とかいっていたな」

「ちょっと見てみたいかも」

「あとで潜れよ。もう何人も潜っている」

「ひょっとして、あなたも潜ったの？」

「ああ」彼はうなずいた。

「大丈夫なの？」わたしは不安になった。

「なにが？」

「あんまり遊んでいると、予算が削られるわよ」

もともと学術的な業務は政治家にたいして訴求力がない。過去科という部署は近代以前を職務対象としているので、つねに廃止の危機に晒《さら》されていた。夢紡に関することには機密事項が多いので、政府が手を引いたからといって、民間で継続するわけにはいかない。

過去科の業務からいっても、本来、真正の歴史と矛盾が出た段階で調査を打ち切るべきなのだ。そのため、既知の事実が発生しなかった場合、自動的に演算を停止する機能が夢紡に組み込まれている。殿原たちはわざわざその機能を切って、機械に夢を見させたわけだ。ありもしなかった過去、ありもしない現在、あるはずもない未来を探究することなど、職員たちの趣味、予算の無駄遣いとしか評価されないだろう。

さらにいえば、山内は夢見役ではない。技師が夢紡と接続することは認められているが、それは検証のためであって、この場合は職権の私的乱用と非難されてもしかたない。

過去科が廃止されても、未来科へ転属できれば、わたしとしては満足なのだが、思惑どおりになるとは限らないし、いまの部署にもそれなりに愛着がある。

「心配性だな」山内は余裕を見せた。「遊んでいるといえば、きみだってそうだろう」

「どういう意味よ？」わたしはむっとした。

「今回の報告はまだ視ていないけれど、どうせまたご先祖さまにべったりついて歴史を下ってきたんだろう」

「それは……」図星を突かれて、わたしは言葉を探した。「自由裁量のうちよ。いくつかある選択肢から自分好みのものを選んだだけ。仕事はちゃんとやっている」

未来科志望だったわたしが過去科に配属されたのも、先祖がたまたま歴史的人物だった、という理不尽な理由からだ。ならば、その歴史的人物を中心に過去を見たからといって、責められる筋合いはない。

「こちらもお遊びなんかじゃないさ。夢紡の精度を高めるためにしているんだ」

「いいわけにしかきこえない」

「いや、そうでもないんだよ。あちらにも真の歴史が干渉してるらしい。例えば真田幸村」

「信濃中納言《しなのちゅうなごん》がどうしたの？」

「きみも知っているだろうが、彼が幸村と改名するのは、初代信濃中納言に叙位《じょい》されたときだ。ところが、あちらでは、世襲官位制の創設はなく、とうぜん信濃中納言という爵位もつくられなかった。したがって、信繁《のぶしげ》という名で伝わっていなければおかしい。なのに、幸村という名で知られているんだ。変じゃないか」

「単なる歪みじゃないの？　現実より早く改名したとか」

「いやいや。彼は信繁のまま大坂の陣で討ち死にした。しかし、没後半世紀以上経って書かれた本に幸村という名前で登場し、それが人口に膾炙《かいしゃ》するんだ。ほかの名前ならともかく、幸村だよ。偶然とは思えない」

「たしかに不思議ね」わたしはやむなく同意した。

「なぜこんなことが起きるのか、調べるべきだ」山内は胸を張った。「豊臣なき歴史は、立派な研究材料だよ。われわれ技術科としても検証せざるをえない」

「それで上が納得してくれればいいけど」

なぜ山内ごときの前で取り澄まさなければならないのか――わたしは腹が立ってきた。どうせ彼は喋るのに夢中だ。ならば、わたしが食べるのに夢中になっても、気づきもしないだろう。ここで食欲の命じるままに行動しても、佐和山侍従令嬢沙耶の体面を汚すことになるまい。

わたしは山内を無視して、猛然と食事に取りかかった。

「納得させるさ」案の定、彼はわたしの態度の変化など見えないようすで力強く語りはじめた。「いま、人の視点で何人か接続している。やはり細かく観察するには、人の視点がいちばんだ。時間はかかるけど、神の視点ではわからなかったものが見えてくる。きっと真の歴史の反映を見つけてきてくれるだろう。例えば、架空の世界を現実だと思い込み、紛れ込んだ真正の現実を、単なる小説として読んでいるかもしれない。ほら、ちょうどいまきみが

接続を修復しました。いましばし、
夢見るままにお過ごしください。

この作品は2011年10月朝日新聞出版より刊行された『夢のまた夢―決戦！大坂の陣―』を改題し、加筆修正をいたしました。

徳間文庫

夢《ゆめ》のまた夢《ゆめ》

若武者の誕生

2023年4月15日 初刷

著者 森《もり》岡《おか》浩《ひろ》之《ゆき》
発行者 小宮英行
発行所 株式会社 徳間書店
東京都品川区上大崎三－一－一 〒141－8202
目黒セントラルスクエア
電話 編集〇三(五四〇三)四三四九
販売〇四九(二九三)五五二一
振替 〇〇一四〇－〇－四四三九二
印刷
製本 大日本印刷株式会社

ISBN978-4-19-894850-4 (乱丁、落丁本はお取りかえいたします)

徳間文庫の好評既刊

森岡浩之

優しい煉獄

おれの名は朽網康雄《くさみやすお》。この街でただひとりの探偵。喫茶店でハードボイルドを読みながら、飲むコーヒーは最高だ。この世界は、生前の記憶と人格を保持した連中が住む電脳空間。いわゆる死後の世界ってやつだ。おれが住むこの町は昭和の末期を再構築しているため、ネットも携帯電話もない。しかし、日々リアルになるため、逆に不便になっていき、ついには「犯罪」までが可能になって……。